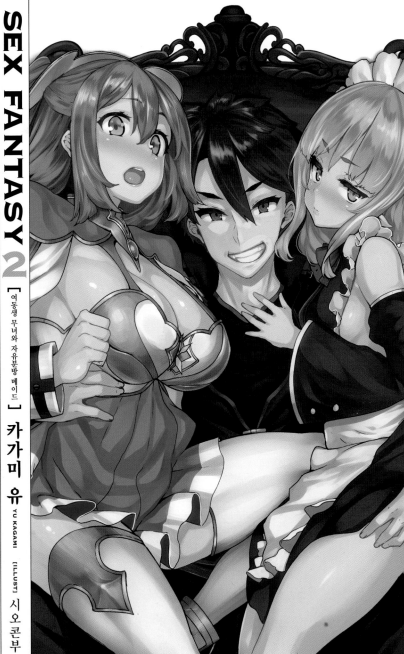

SEX FANTASY 2

[여동생 무녀와 자유분방 메이드]

카가미 유
YU KAGAMI

[ILLUST] 시오콘부

CONTENTS

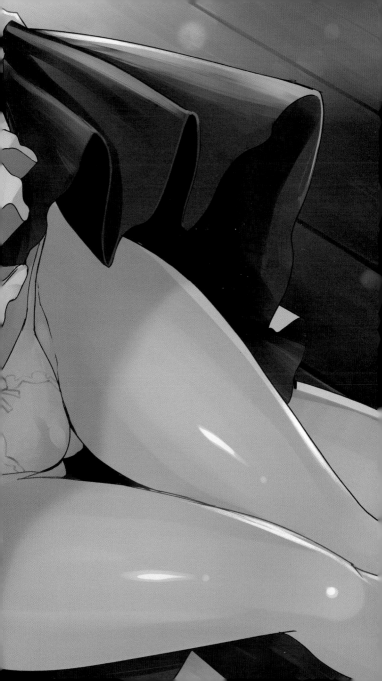

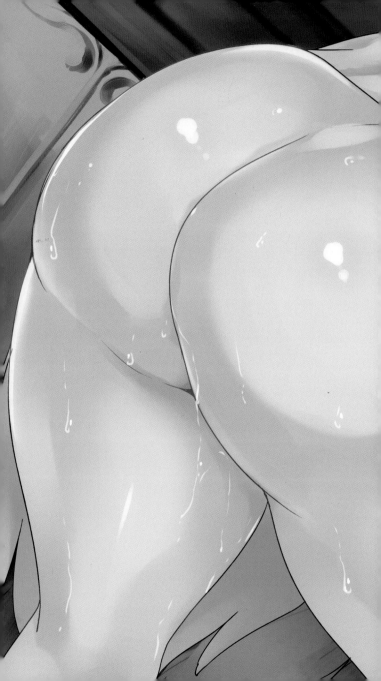

여동생 무녀와 자유분방 메이드

SEX FANTASY 2

카가미 유
Yu Kagami

Heroless time is over.
I dare to ask you.
"Still do you have the Fang to bite?"

NIGHT NOVEL

프롤로그

녹색 융단을 깐 듯한 삭막한 초원이 펼쳐져 있었다.

그 광대한 초원 지대에 건물 한 채가 덩그러니 세워져 있었다.

비정상적으로 새하얗고 깔끔한 3층짜리 건물이었다.

건물 주위에는 풀과 꽃이 심어져 있었고, 다시 그 주위에는 높은 벽과 깊게 파인 해자가 있었다. 그리고 병사 수십 명의 모습도 있었다.

약속의 별궁——— 세 나라의 완충지대에 세워진, 세 나라의 대표자가 한자리에 모일 목적으로 마련된 장소였다.

하지만 지금 이 건물의 주인은 세 나라의 대표자가 아닌——— 한 남자였다.

"앗, 아앙, 더, 더 이상은…… 아, 아침부터 벌써 여섯 번이나……!"

"이제 겨우 여섯 번밖에 안 했잖아. 오늘 하루는 아직도 많이 남아 있다고, 융커."

이 별궁의 실질적인 주인인 청년은 그렇게 말하며 웃었다.

시드 네키스라는 이름의 청년 앞에 있는 사람은 긴 은발과 뾰족하게 솟은 귀를 가진, 초현실적일 만큼 아름다운 여자애———

엘프였다.

엘프는 금방이라도 뚝 부러질 것만 같은 가냘픈 체구를 가진 자들밖에 없다고들 한다.

시드 앞에 있는 엘프 또한 전체적으로 가늘지만 가슴은 커다랗게 솟았고 허벅지도 튼실했다.

품에 안으니 그 살에서 느껴지는 탄력이 더할 나위 없이 기분 좋았다.

시드는 이 쭉쭉빵빵한 엘프, 융커의 몸매가 대단히 마음에 들었다. 그렇기에 그녀를 처음 안은 뒤로 거의 매일 같이 살을 맞대 왔다.

오늘도 아침부터 융커와 같이 산책을 나갔다가 정원에서 당연하다는 듯이 그녀를 탐했다.

딱히 정원에서 할 필요는 없었지만, 시드는 한번 욕정에 사로잡히면 절제를 할 수 없었다.

경비를 서는 병사들도 이미 이런 상황이 익숙했기에 두 사람을 배려해 모른 척했다.

시드는 정원에서 융커와 몇 번이고 몸을 섞었다. 그리고 입안에 두 번, 그녀의 질 안에 여섯 번 정도 정액을 토해 냈다.

"후앗, 으응, 아아앙……! 시, 시드 공……!"

융커는 몸을 비틀며 귀여운 신음 소리를 내질렀다.

시드는 여섯 번째 섹스를 마친 뒤 융커의 몸을 부드럽게 끌어안았다.

그러고는 그 커다란 가슴을 혀로 맛보며 유두를 빨았다.

신기하게도 그녀의 유두에서는 달달한 맛이 났다. 이대로 영원히 맛보고 싶을 정도였다.

융커의 음부에서는 정액과 애액이 연신 뚝뚝 흘러 떨어졌다.

──그리고 그것이 시드의 욕망을 더욱 부채질했다.

"부, 부탁…… 드려요. 저, 저도 이 이상은…… 못 참겠, 어요……."

"……알았어."

시드는 융커의 가슴에서 입을 떼고 고개를 돌렸다.

고개를 돌린 쪽에는 한 여성이 바닥에 털썩 주저앉아 있었다.

밤색 머리를 두 갈래로 늘어뜨린 그녀는 옷이라고 하기에도 민망한 너덜너덜한 천 쪼가리 한 장만 몸에 걸친 모습이었다.

게다가 목에는 철제 목줄까지 채워져 있었다.

그녀의 모습은 '노예' 그 이상도 그 이하도 아니었다.

"저, 저는…… 당신을 독 묻은 칼로 찔러 살해하려고 한 대죄를 저지른 계집입니다. ……그, 그러니 하다못해, 이 몸과 마음을 당신께 바쳐 속죄하게 해 주세요……."

그녀는 그렇게 말하며 떨리는 몸으로 혀를 내밀었다.

"그래? 그럼……."

시드는 몸을 숙여 그녀의 혀를 자신의 입술 사이에 끼우고 진하게 입을 맞추었다.

"읏, 으으응…… 읏~응, 으으응……!"

혀로 그녀의 입안을 마구 휘젓고 입술을 빨아올렸다.

그렇게 한동안 그녀의 입술을 느긋하게 맛보고 난 뒤──.

"하, 하아아…… 부, 부탁드려요……. 어서, 어서, 속죄하게 해 주세요……."

여자는 시드에게 매달리는 듯한 자세를 취했다.

시드 쪽에서 봤을 때 그녀는 내려다보이는 위치에 있었기에 헐렁한 노예복의 가슴 언저리 쪽에서 그녀의 풍만한 가슴이 엿보였다. 심지어 유두마저 살짝 보였다.

"제, 제 처녀를…… 엉망진창으로…… 앗아가 주세요……."

시드는 침을 꼴깍 삼키며 그녀를 끌어안고서—— 이미 단단해진 자신의 물건을 바지에서 꺼내 그녀의 음부에 댔다.

"으읏…… 아아앙……!"

자신의 물건을 박아 넣자 그녀는 자그맣게 비명을 내질렀다.

두 사람이 결합한 부분에서 순결의 상징인 그녀의 붉은 피가 흘러 떨어졌고——.

"더, 더 난폭하게…… 우, 움직여서…… 엉망진창으로……!"

"그럼 진짜 난폭하게 한다? 하지만 그게…… 내 사랑이거든!"

시드는 그녀를 대면좌위 체위로 끌어안은 채 밑에서 박아 올리듯 그녀의 내부를 탐했다.

노예복 사이로 손을 넣어, 박힐 때마다 출렁출렁 요동치는 가슴을 마구 주무르는 것도 잊지 않았다.

유두를 손끝으로 돌리듯 만지작거리고 입술을 난폭하게 겹쳤다——.

그렇잖아도 빡빡한 처녀의 질 안쪽이 시드의 물건을 꽉 조이며 시드의 욕망을 더더욱 부채질했다.

"하악, 앗, 아앙, 안쪽에······ 아앗, 들어왔어요······ 아아아앙, 노예인 저의, 미천한 제 안에, 당신의 그것이······ 날뛰고 있어요······!"

시드는 그녀를 끌어안은 채 애액이 계속 흐르는 그곳을 자신의 물건으로 마구 박아 댔다──.

마치 자신의 물건을 빨아올리듯 조여 대는 질 내부의 자극에 시드는 오래 버티지 못했다.

이제 막 처녀를 잃은 그녀의 가장 안쪽에다 정액을 쏟아 넣었다.

"앗, 아아아아아······ 웃, 아앗······ 제, 제 안에다 사정을······ 앗, 아아······."

"오오오, 엄청 기분 좋았어······ 우와, 아직도 나오네······."

시드는 그녀의 질 안에다 잔뜩 사정한 뒤에 자신의 물건을 뺐다.

그럼에도 힘차게 사정된 정액의 기세는 잦아들 줄을 몰랐고──.

"아."

자그마한 목소리가 들려오자 시드는 어리둥절했다.

지금의 그 목소리는 눈앞에 있는 그녀에게서 나온 목소리도, 융커에게서 나온 목소리도 아니었기 때문이다.

시드가 목소리가 들려온 쪽으로 고개를 돌리자──.

"이거, 뭐야?"

상아색 머리를 어깨까지 늘어뜨린 소녀가 멍하니 서 있었다.

그 소녀는 어째선지 메이드복 차림이었다.

그리고 깜짝 놀랄 만큼 소녀의 얼굴은 이목구비가 뚜렷했고
——.

"왠지, 이상한 냄새가 나."

소녀는 자신의 얼굴에 묻은 그 희멀건 액체—— 정액을 손가락에 묻혀 그 냄새를 맡았다.

시드의 물건에서 튀어나온 정액이 그녀의 얼굴에도 묻은 것이었다.

"어…… 누구지?"

시드는 고개를 갸웃거렸다.

이 별궁에는 여자애밖에 없었고, 시드는 모든 여자애의 얼굴을 완벽하게 기억하고 있었다.

하지만 그 상아색 머리의 소녀는 전혀 기억에 없었다.

"만나서 반가워. 난 이리야 메이터. 이리야는 당신의 메이드가 되려고 왔어."

"뭐……? 메이드?"

시드는 어안이 벙벙했고, 융커와 노예복 차림의 여자애는 경계 태세를 취했다.

이게 대체 어떻게 된 일인지——.

시드로서는 영문을 알 수 없었지만, 그래도 상대가 엄청난 미소녀였기에 그녀랑 몸을 섞어도 될지 말지를 고민해 보기로 했다.

이미 얼굴에다 엄청난 걸 싸질러 놓은 마당에 이제 와서 고민할 것도 없었지만 말이다——.

1 사랑은 문란해질 대로 문란해지고

메가레이시아 대륙은 전란의 대지다.

약 200년 전에는 강대한 힘을 가진 마신들 때문에 세계가 멸망 직전까지 몰렸었다.

그리고 '이름 없는 영웅' 덕분에 마신들이 멸해진 이후에는 그 마신이 모습을 바꾼 옷——마의를 입고서 초월적인 힘을 발휘하는 '마의공주'들의 싸움이 이어졌다.

마의공주들은 활활 타오르는 전쟁의 불길을 더 강렬한 전쟁의 불길로 없애는 것이 목적이었다.

그녀들의 목적을 좀 더 알기 쉽게 설명하자면—— 그것은 바로 '세계 평화'였다.

목적은 훌륭했지만, 마의공주들은 싸움이라는 수단을 통해 그 목적을 달성하려고 했다.

그것은 본능적인 것인지 그 누구도 그녀들을 말릴 수 없었다.

대륙 남방 지역에서는 마의공주 중 하나이자 마스디니아 제국의 황녀인 '천희' 엘소피아 공주가 실질적인 지도자가 되어 제국은 세력을 확대해 나갔다.

하지만 불과 얼마 전, 마스디니아는 침공의 대상이었던 아티나 왕국 및 엘프 연합과 화평을 맺었고 남방 지역에서의 전란은 일단 종식되었다.

아티나, 마스디니아, 엘프 연합에 속한 세 마의공주가 이미 동맹을 체결했다는 소문도 돌고 있었는데―― 아직 공식적으로 발표된 적은 없지만 이는 사실이었다.

다만 마의공주는 모두 합해 52명이다.

남방 지역에 있는 세 마의공주가 손을 잡았다 한들, 아직 전란의 불씨는 꺼질 줄을 몰랐다.

――이것이 남방 지역의 현재 상황이었다.

남방 지역이 안정되었다고는 하지만, 그럼에도 여전히 세계는 엉망이었다.

다른 지역에서는 여전히 계속해서 전란이 이어졌고, 평화가 찾아올 기미는 눈곱만큼도 없었다.

나 참, 대체 뭘 하고 있는 건지 원.

남방 지역 세 나라의 마의공주들은 모두 하나같이 엄청난 미소녀밖에 없었다. 그러니 나머지 49명의 마의공주 또한 이에 뒤지지 않는 귀여운 애들밖에 없을 테지.

그런 애들이 쓸데없이 전쟁이나 벌이는 건 안타까웠다.

여자애들은 평화롭게 살면 된다.

그러기 위해 남방 지역의 세 사람을 비롯하여 52명의 마의공주 모두와 성교를 맺어야 한다.

그렇다. 내가 마의공주들과 성교를 즐기는 건 어디까지나 평화를 위해서다.

아무도 상처받지 않으며 마의공주들은 쾌락을 만끽할 수 있다. 게다가 세계는 평화로워진다.

좋은 일밖에 없군. 아주 좋아.

온 세상이 사랑과 평화로 가득한 남방 지역처럼 되면 얼마나 좋을까. 그렇게 되려면 좀 더 시간이 필요할지도 모른다.

하지만 평화로운 남방 지역에서도 약간의 소동이 일어났다.

이를 테면—— 메이드복 차림의 여자애가 느닷없이 나타난 일이라든가 말이지.

"다시 소개할게. 내 이름은 이리야 메이터. 나이는…… 나 자신도 잘은 모르겠어."

"흠……."

자신의 나이를 모르는 사람은 의외로 드물지 않았다.

떠돌이나 고아 등, 자신의 나이를 일일이 세지 않는 자도 많기 때문이다.

솔직히 말해서 나도 내 나이를 확실하게 모르고 말이다.

"……그래서 왜 여기로 온 거지?"

"이 건물이 훌륭해 보여서."

메이드복 차림의 여자애 이리야 메이터가 그렇게 대답했다.

이곳은 약속의 별궁 내부에 있는—— 뭐, 응접실처럼 생긴 방이다.

소파와 탁자 등, 적당한 세간살이가 놓여 있었다.

별궁에 손님이 방문하는 경우는 없다. 뭐, 그렇지만 쓸 일이 없어도 원래 미리 준비는 해 두는 법이지.

나는 소파에 앉았고, 이리야는 탁자 너머에 뚱한 표정으로 서 있었다.

태도가 영 의욕이 없어 보이는데 말이지.

"사람도 많은 것 같고, 혹시나 고용해 주지 않을까 싶어서."

"흐음……."

일하러 온 사람치고는 말투가 영 미덥지 못한데.

뭐, 원래 이런 성격이라 생각하면 별 상관없지만 말이다.

그건 그렇고…….

"왜?"

"아니, 그게……."

이리야는 정말로 귀여웠다.

어깨까지 내려오는 상아색 머리, 이목구비가 또렷하고 살짝 앳된 느낌이 도는 얼굴.

체구와 가슴은 아담한 편이었지만 몸은 전체적으로 늘씬했고 허리는 잘록했다.

으음, 가슴이 작은 건 좀 아쉽군. 하지만 난 빈유도 좋아하지. 사랑할 수 있고.

게다가 메이드복이 무진장 잘 어울리잖아!

활동성을 중시한 탓인지 스커트 길이가 무릎 정도까지 내려올 만큼 짧은 편이었지만, 그것 말고는 노출도도 적었다.

하지만 오히려 그게 좋다고나 할까! 조신하면서도 앳된 미모의 미소녀 메이드!

"좋았어, 합격!"

"대체 무엇이 합격이란 말인가요, 시드 공!"

그렇게 지적한 사람은 융커였다.

"너무 쉽게 정하시는 거 아닌가요? 여기가 어디인지 알고는 있는 겁니까?!"

융커는 엘프 연합에서 이 별궁으로 파견된 엘프 병사 중 한 명이다.

약속의 별궁은 마스디니아 제국의 마의공주── 내가 루피아라 부르는 공주님이 마의의 능력으로 만든 건물이다.

원래 이곳은 세 마의공주의 회담을 목적으로 만들어진 곳이었지만, 그녀들이 부재중인 지금은 내가 대신해서 이곳을 맡고 있었다.

마의공주들은 지금 자기 나라 일 때문에 눈코 뜰 새 없이 바쁜 상태였다.

그도 그럴 게, 이 남방 지역의 상황이 격변을 맞이했기 때문이다.

국내 정치 및 경제도 조정해야 하고, 다른 지역 나라들과의 외교도 필요해졌다.

특히나 국민들이 피난 준비를 했던 아티나는 상황이 더 심각했다. 전란이 잦아들고 다시 귀국한 국민들을 위한 대책 마련 및 황폐해진 도시 재건 문제 등으로 큰일이라고 한다.

뭐, 그 큰일이 일어난 건 나 때문이기도 하지만 말이다.

리샤, 라크시알, 루피아 세 마의공주와 이미 그렇고 그런 관계를 맺었지만, 지금은 그녀들이 너무나도 바빠서 난 방치된 상태였다.

세 나라 중 아무 데서나 살아도 상관없을 테지만, 그렇잖아도 바빠 죽겠는데 내가 무슨 짓을 저지를지 모른다── 는 이유로 이 완충 지대의 별궁에서 살고 있는 처지였다.

뭐, 진짜 이유는 마의공주 한 사람이 나를 독점하면 안 된다는 질투심 때문이라고 생각하지만 말이다.

마의공주들 귀여워! 한동안 그녀들과 즐기지 못했으니 가끔은 여기에도 좀 놀러와 줬으면 싶은데!

내 욕망은 그렇지만, 어쨌거나 별궁은 마의공주도 가끔씩 방문하는 곳이다.

당연히 경비 태세도 나름대로 구축되어 있다.

융커를 포함하여 엘프 마의공주 라크시알의 부하── 엘프 희병 10명.

아티나의 마의공주 리샤의 근위기사 10명.

숫자는 의외로 적은 편이지만 라크시알이 거느리고 있는 희병은 다 합쳐서 48명밖에 없다. 그중에서 10명을 이곳에 할당해 준 것이니 나로서는 감지덕지할 따름이었다.

그리고 리샤가 거느리고 있는 근위기사 또한 수가 그렇게 많지 않다. 게다가 지금의 아티나는 극도의 혼란에 빠진 상태다. 한 사람 한 사람이 아쉬운 형편이니 어쩔 수 없었다.

다만 마스디니아의 마의공주 루피아는 보통 50명 정도밖에 없는 희병을 무려 1만 명 이나 거느리고 있다.

루피아는 그중에서 100명의 희병을 별궁으로 파견했다.

희병은 마의공주의 힘을―― 다시 말해 마신의 힘을 부여받은 병사로 일반 병사에 비해 전투 능력이 월등히 뛰어나다.

리샤는 희병을 보유하지 않은 것처럼 보였지만, 그래도 리샤가 거느리는 근위기사는 정예로만 이루어져 있다. 그런 그녀들과 엘프 희병, 마스디니아 희병을 다 합치면 120명이다. 병력으로서는 충분했다.

그리고 모두 아름다운 여자애들로만 구성되어 있었다!

나로서는 흠 잡을 데 없는 환경이었다.

"융커, 내 말 좀 들어 봐. 별궁에 있는 사람은 온통 병사들뿐이고 메이드는 한 사람도 없잖아."

"당신의 시중은 저희가 다 들고 있잖아요! 뭐 부족한 거라도 있나요!"

그 말마따나 실제로 병사들이 식사도 청소도 세탁도 다 도맡아서 해 주었다.

사실 융커는 라크시알의 쌍둥이 언니이자 엘프 희병 중에서도 리더격에 속하는 인물이다.

마의공주의 자매였기에 리샤와 루피아의 승인을 받아 별궁을 관리하는 책임자를 맡고 있었다.

"그리고 얘는―― 하프 엘프잖아요!"

"하프 엘프?"

나는 다시금 이리야의 모습을 뚫어져라 쳐다보았다.

"응, 이리야는 하프 엘프. 아버지가 인간이고 어머니가 엘프."

이리야는 그렇게 말하며 자신의 머리채를 잡아 올렸다.

그리고 드러난 귀는 융커나 다른 엘프들만큼 길지는 않았지만 그래도 분명 뾰족하게 솟아 있었다.

"호오. 하프 엘프라……."

나는 미소녀에게 사랑을 전하고자 온 대륙을 돌아다녔지만 하프 엘프를 본 건 이번이 처음이었다.

하프 엘프는 좀처럼 보기 힘들다고 한다.

일반 엘프도 만난 건 불과 얼마 전이었지만(그리고 품에 안았지만), 엘프 집락 얘기는 대륙 곳곳에서 종종 듣곤 했었다.

뭐, 엘프 집락에 다가가려고 하면 묻지도 따지지도 않고 활로 쏴 죽인다고 해서 아무리 나라도 얼씬도 못 했었지만 말이다.

아, 그러고 보니 다크 엘프도 아직 못 봤는데.

엘프와 마찬가지로 다들 미녀밖에 없는데다 성격도 순하다고 한다.

섹시한 데다 이왕이면 처녀인 다크 엘프 미소녀 모집합니다!

그래, 이건 상시 모집으로 하는 게 좋겠어. 원래부터 엘프는 귀했고 하프 엘프는 더더욱 귀하니까 말이지.

"뭐 어때? 귀엽잖아."

덧없고 가냘프고 가련하다, 그런 말들이 잘 어울리는 아이였다.

솔직히 말해서 융커나 다른 순수한 엘프보다 더 요정처럼 생긴 것 같단 말이지.

"그런 문제가 아니잖아요, 시드 공! 하프는, 그…… 뭐라고 해야 할지…….”

어째선지 융커는 말끝을 흐렸다.

“하프 엘프는 기피당하는 존재야. 인간도 엘프도 아닌 더러운 피를 물려받은 존재이기에 인간으로부터도 엘프로부터도 배척 당해 왔지.”

그 당사자인 하프 엘프 소녀가 그렇게 중얼거렸다.

“……그, 그래요. 사실 저희 숲에서도 하프 엘프를 본 적은 없었지만…… 결코 받아들여서는 안 되는 존재로 여겨져 왔어요.”

“…………..”

나는 이리야와 융커의 얼굴을 서로 번갈아 보았다.

“음, 하프 엘프가 인간으로부터도 엘프로부터도 배척당하고 있다는 건 알겠어. 하지만 그렇다고 해서 내가 배척할 이유가 있을까?”

그건 세상의 상식일 뿐, 내가 무조건적으로 따를 이유는 없다고 본다.

“그, 그건…… 하지만, 여긴 마의공주 전하들이 모이는 장소라고요. 당신은…… 라크시알 전하의 그…… 애, 애인 같은 존재라고나 할까요? 그러니 하프 엘프를 받아들일 수는…….”

“아니, 융커. 별궁에서 하프 엘프를 받아들이느냐 안 받아들이느냐, 그건 중요한 게 아니야.”

“……무슨 말씀이죠?”

“내 물건을, 이 하프 엘프가 받아들이느냐 안 받아들이느냐가 중요한 거라고!”

"아, 왠지 그렇게 말씀하실 것 같았어요!"

융커와는 그리 오래 알고 지낸 사이가 아니었지만, 그래도 융커는 나라는 녀석을 제법 잘 알고 있는 모양이었다.

마의공주 중에서 나를 가장 잘 알고 있는 사람은 리샤일 테지만, 희병 중에서는 아마도 융커겠지.

"물건······? 이리야가 어떻게 하면 돼?"

"신경 쓰지 마라, 하프 엘프. 그리고······ 아직 메이드로 고용하겠다고 정한 것도 아닌데 왜 메이드복을 입고 있는 거지?"

융커가 이리야를 힐끗 째려보았다.

"이러면 기합이 들어간 것처럼 보이지 않을까 싶어서."

"기, 기합? 그런 얼빠진 소리나 하는 주제에 대체 뭘······."

"그리고 복장에 관해서는 이리야도 질문할 게 있어."

이리야가 살며시 손을 들었다.

"이 별궁에서는 저 엘프 언니나, 아까부터 잠자코 있는 인간 언니 같은 복장이 필수야?"

이리야는 융커와─── 실은 아까부터 내 옆에 서 있던 마스디니아 희병을 지그시 쳐다보았다.

"아, 아니야! 이건 우리 희병이 마의공주 전하로부터 받은 옷으로······!"

융커는 검은색 상의에 흰색 스커트 차림이었다.

하지만 가슴 부위는 크게 트여 있어 가슴 계곡이 엿보였고, 스커트는 골반까지밖에 내려오지 않았기에 조금만 움직여도 팬티가 보였다.

이런 차림으로 일반인들 앞에 나서면 노출광 변태라고 손가락질 당해도 전혀 이상할 게 없는 차림이었다.

"우리 엘프 희병은 저 노예복 입은 여자처럼 취미로 입고 있는 게 아니야!"

"저, 저도 취미로 입고…… 이, 있는 건…….."

　말끝을 흐리는 마스디니아 희병── 그녀의 이름은 큐오.

　고맙게도 불과 조금 전에 자신의 처녀를 나에게 준 여자애였다.

　그녀는 아직도 너덜너덜한 노예복을 입고 있었고 목에는 목줄을 차고 있었다.

"제, 제가 이런 복장을 입은 데엔 깊은 사연이 있다고요……!"

　큐오는 루피아의 희병이자 정찰병이기도 했다.

　아무래도 마스디니아의 귀족 영애인 출신인 것 같은데, 그녀는 루피아에게 도움이 되는 것을 가장 우선시했다.

　심지어 고귀한 사람이 하는 일과는 거리가 먼 정찰병 일을 자진해서 맡을 정도였다.

"예, 예전에 부모님을 따라서 갔던 나라에서 어느 귀족이 여자 노예랑…… 이, 이상한 짓을 하는 걸 목격하는 바람에…… 그, 그 이후로…….."

　굳이 설명할 필요는 없는데도 큐오는 술술 말했다.

　마스디니아에 노예 제도는 없지만, 다른 나라에 갔을 적에 귀족이 여자 노예와 성교를 나누는 장면을 목격한 이후로 '노예 플레이'에 눈을 떴다나 뭐라나.

　사실 난 노예 같은 건 별로 좋아하지 않는다.

돈과 권력으로 여자애를 강제로 굴복시키는 건 재미없는 일이기 때문이다.

하지만 본인이 원한다면 노예복을 입히거나 목줄을 채우는 건 전혀 문제될 게 없었다!

뭐, 설마 큐오가 첫 성교에서 노예 플레이를 원할 줄은 몰랐지만 말이다.

"……별난 사람을 고용했네."

"난 고용된 게 아니야! 어디까지나 마스디니아의 병사로서 이 남자를 감시할 뿐이라고!"

큐오는 이리야에게 반론을 제기했다.

예전에 내가 엘프 요새에 있을 때 마스디니아 정찰병에게 독 묻은 칼에 찔린 적이 있었다.

그리고 나를 찌른 그 정찰병이 바로 큐오라고 한다.

나를 찌른 애를 군이 별궁의 경비 겸 내 감시자로 보내는 걸 보면 역시 루피아는 성격이 참 고약하다.

외법의 기술—— 시선만으로 여자애를 매료시키는 마성환혹(도 미 네 이 션)을 큐오에게 걸었다.

아무리 큐오가 노예 플레이를 원하는 기질이 있어도 마성환혹(도 미 네 이 션)이 없었다면 처녀까지는 받지 못했을 것이다.

일단은 긍지 높은 제국 귀족의 아가씨니까 말이다.

"뭐, 그럼 이리야를 메이드로서 고용해도 되겠지?"

"대체 뭘 어떻게 해야 그런 결론이 나오는 건가요?!"

융커가 난리법석을 떨었다. 무슨 일이 있어도 이리야를 채용하기 싫은 모양이었다.

"……시드 공, 하프 엘프라는 점을 떼 놓고 봐도 이상해요."

"확실히 좀 별난 애처럼 보이기는 하는데, 어차피 별궁엔 그런 애들밖에 없잖아?"

"엘프와 제국 병사 앞에 있는데도 불구하고 묘하게 담담한 태도를 보이는 것도 신경 쓰이지만…… 애초에 이 별궁은 경비가 삼엄해요. 천희의 능력 마조상정(魔造箱庭)으로 만든 곳이라고요. 어지간한 방법으로는 얼씬도 못 할 텐데 이리도 쉽게 들어온 걸 보면 이 하프 엘프는 보통내기가 아니에요."

"아, 그러고 보니 그러네."

이곳은 결계도 쳐져 있다. 게다가 라크시알의 먼 곳을 내다보는 능력인 파투만리(破透萬里)로도 감지하지 못했다니.

"밀정일 가능성도 있어요. 태도가 너무 당당하긴 해도 의심 가는 점이 한둘이 아니에요."

"그럼 그 의혹을 해명하는 차원에서 이리야를 채용하면 되겠군."

"무슨 일이 있어도 채용할 건가요! 그냥 시드 공이 이 하프 엘프랑 하고 싶어서 그런 게 아니고요?!"

"아, 그 점은 걱정 안 해도 돼, 엘프 언니."

이리야가 살며시 손을 들며 고개를 저었다.

"이리야는 하프 엘프. 이리야와 관계를 맺으면 부정 타."

"부정 탄다고? 그게 무슨 소리야?"

"하프 엘프는 있어도 쿼터 엘프는 없어. 하프 엘프와 관계를 맺으면 부정 탄다고 해서 아무도 자식을 남기지 않아."

"……네, 맞아요. 저도 들은 적 있네요. 하프 엘프는 엘프의 피를 물려받았기에 하나같이 빼어난 미모를 지녔지만, 하프 엘프 노예는 마땅히 사겠다는 사람이 없어서 발이 넓은 노예 상인도 취급하지 않는다고 해요."

그렇게 설명한 사람은 큐오였다.

역시 노예와 관련된 건 빠삭하단 말이지.

"그렇군…… 그런 속설이 있었구나."

"시드 공, 저도 그 얘기는 들은 적 있어요. 하프 엘프와 관계를 맺은 자는 저주를 받는다, 불행해진다, 그런 얘기들이었죠. 적어도 쿼터 엘프가 없다는 건 확실해요."

융커도 진지한 눈빛으로 그렇게 말했다.

구체성이 매우 결여된 얘기였지만, 실제로 하프 엘프는 그 누구도 성적인 대상으로 여기지 않는다고 한다.

"이리야는 그런 부정을 흩뿌릴 생각은 추호도 없어. 그러니 이리야는 메이드가 되면 뭐든 할 거지만, 성교만큼은 안 돼."

"흐음……."

메이드로서의 일이라면 설령 자신이 원하지 않는 일이라도 할 각오는 있는 모양이었다.

주인과 육체관계를 맺는 메이드도 많다고 들었는데, 이리야는 성교만큼은 절대로 하지 않을 생각이었다.

"그러니까…… 성교 말고는 뭐든 상관없다는 말이지? 거 재밌겠는데!"

"어? 이 사람 지금 무슨 소리 하는 거야?"

이리야는 살짝 고개를 갸웃거렸다.

외법의 기술—— 진안.
<small>서드 아이</small>

여자애의 공략 난이도—— 그러니까 성교를 할 수 있는지 없는지가 수치로써 내 시야에 표시되었다.

이리야의 난이도는 99. 최고 난이도였다. 다시 말해 지금 상황에서는 절대로 성교를 가질 수 없다.

그리고 공략 루트 진행도도 표시되어 있었다.

마성환혹으로 공략할 수 없는, 공략하기 어려운 여자애한테서만 이와 같은 진행도가 표시된다.
<small>도 미 네 이 션</small>

이리야는 상당히 버거운 상대인 듯싶었다. 단순히 말로만 성교는 절대로 안 된다가 아닌 모양이었다.

하지만 그렇기에 오히려 재미있다. 내 사랑으로 상대를 공략할 맛이 나니까 말이다.

"……왠지 불길한 예감이 들어."

"그러게……."

융커와 큐오가 서로를 마주보며 어이가 없다는 듯이 중얼거렸다.

하지만 나는 앞으로의 일이 흥미진진할 것 같은 예감밖에 들지 않았다.

"이리야 메이터, 지금 이 자리에서 확실하게 결정하겠어! 널 메이드로 채용하지!"

말할 것도 없지만 물론 내 전속 메이드로 삼을 생각이었다.

비록 성교를 할 수 없다고 해도 이만큼 가련한 미소녀가 또 있을까!

게다가 성교 말고는 뭘 하든 상관없다면── 오히려 선택지가 너무 많아서 앞으로의 일이 무진장 즐거울 것 같았다.

일단 이리야에게 내 방 청소를 맡겼다.

내 방에는 사치의 극을 달리는 거대한 침대가 놓여 있었고 넓이도 충분했다.

매일 아침 별궁에서 대기 중인 병사가 말끔하게 청소를 해 주지만, 역시 메이드라고 한다면 청소지.

"으음, 음……."

이리야는 신음하며 유리창을 걸레로 닦는 중이었다.

익숙하지 않은 모양인지 솜씨는 영 시원찮았다.

뭐, 융커의 말마따나 메이드는 그냥 구실일 뿐이지.

이리야가 수상하다는 건 나도 부정할 생각 없었다. 하지만 그렇다고 한다면 행동에 앞뒤가 안 맞는 부분도 있었다.

구태여 경비들 몰래 별궁 안으로 들어오니까 의심받는 거란 말이지.

하지만 설령 수상쩍든 결백하든 간에 나로서는 귀엽기만 하면 문제없었다.

애당초 수상한 걸로 치면 나만큼 수상한 놈도 없을 테고 말이지!

"……그런데 당신은 거기서 지금 뭐 해?"

"낮잠 자는 중."

나는 바닥에 쿠션을 깐 채 뒹굴며 이리야를 바라보고 있었다.

정확하게 말하자면 까치발을 들어 창문을 닦는 이리야의 스커트 속을 엿보고 있었다.

으음, 보일 듯 안 보이는 절묘한 각도로군. 메이드복 스커트는 무릎까지 내려오는 길이었지만, 바닥에 눕는다고 팬티까지는 보이지 않았다.

"보일 듯 안 보이는 이 느낌도 좋지만, 역시나 보고 싶은데."

"아."

나는 이리야의 스커트 자락을 젖혔다. 그리고 허벅지와 그 위쪽에 있는, 소박한 흰색 팬티에 감싸인 자그마한 엉덩이를 발견했다.

으음, 이것이 하프 엘프의 팬티인가!

속옷은 싸구려였고 엉덩이에 붙은 살집도 적은 편이었지만, 이건 이거대로 또 괜찮군!

그 엉덩이는 깜짝 놀랄 만큼 새하얗고 매끈했다. 만지면 부드러울 것 같았다.

"……하프 엘프의 속옷을 보려고 하는 사람은 처음 봤어."

"나도 하프 엘프의 팬티는 처음 봤어. 음, 귀여운 엉덩이로군!"

"그런 걸 봤다고 뭘 그리 기뻐하는지 모르겠어."

이리야는 나를 내려다보면서 고개를 갸웃거렸다.

그 반응은 꽤나 신선했다. 이리야의 얼굴은 완전히 무표정이었다.

만약 리샤나 라크시알이었다면 비명을 내지르며 난리법석을 피웠을 텐데 말이다.

"주인님…… 주인님, 이라고 부르면 돼?"

"님 자를 붙이는 건 좀 부끄럽긴 하지만, 그게 더 메이드다워서 좋을지도 모르겠군. 근데 그건 왜?"

"……주인님은 엘프 언니나 노예 언니랑 그렇고 그런 것도 했으면서 굳이 팬티 같은 게 보고 싶어?"

"그건 그거고 이건 이거지! 이 세상에 팬티를 보기 싫어하는 남자는 없다고! 만약 그런 남자가 있다면 아티나와 엘프와 마스디니아의 모든 힘을 다해서 퇴치해 버릴 거야!"

"그렇다고 굳이 퇴치할 것까지는 없다고 봐. 그치만 이런 거라도 좋다면 마음껏 봐도 돼. 몇 번이고 말하지만 이리야는 성교만 안 하면 뭐든 해도 상관없으니까."

"흐음……."

나는 이리야의 스커트를 젖힌 채 그 하얀 엉덩이와 귀여운 팬티를 뚫어져라 쳐다보았다.

"일단 확인해 두는데, 성교라는 건 요컨대 최후의 선을 넘는다는 거 맞지? 어, 무슨 의미인지는 알고 있고?"

"알아. 하프 엘프지만 이리야도 알 만큼 아는 나이니까. 구체적으로는 말하지 않겠지만, 서로 하나가 된다는 거잖아."

"다시 말해, 하나가 되지 않는 한은 뭘 해도 상관없다는 거지?"

"저런 데서 여자애 둘을 한꺼번에 품에 안은 사람치고는 꽤 신중하네? 그것도 한 명은 처녀였는데."

이리야는 무미건조한 눈빛으로 나를 쳐다보았다.

걔 말대로 내가 좀 끈질기게 보일지도 모르지만……

어쨌거나 이리야는 아직 마성환혹^{도미네이션}으로 매료시킨 것도 아니고, 공략이 완료된 것도 아니다. 그러니 무리한 짓은 할 수 없다.

리샤가 이 말을 들었다면 보나마나 "헤에? 이게 바로 거짓말쟁이의 얼굴이구나." 같은 반응을 보였겠지만, 나는 정말로 상대방에게 억지로 관계를 강요할 마음은 없었다.

오히려 그런 짓을 하는 남자를 발견하면 세 나라의 온 군사력을 동원해 철저하게 응징하고 싶을 정도였다.

그렇지만——.

이리야의 공략 진행도는 아주 조금이지만 진전을 보였다.

스커트 속을 엿보는 것부터 시작해서 팬티까지 관람했는데 진행도가 진전을 보일 줄이야, 이게 어떻게 된 일이지?

뭐, 상관없겠지. 어쨌거나 지금 내 행동은 틀리지 않았다.

"그럼 일단 키스 해 볼까?"

"응……?"

나는 자리에서 일어나 이리야의 그 가느다란 허리를 끌어안고서 입술을 겹쳤다.

내 입술 사이에 이리야의 입술을 살며시 끼우고 맛보며 빨아올렸다.

"으응…… 으음, 으응, 으으음…… 후아."

"……엄청난데."

"뭐?"

"우오오, 입술이 엄청 부드럽잖아. 말랑말랑하고 녹아내릴 것 같은 감촉에다 이 황홀한 맛! 이리야, 네 입술은 대체 뭘로 이루어져 있는 거냐?!"

"입술은 입술일 뿐인데."

이리야는 또다시 고개를 갸웃거렸다.

무표정을 짓고 있으면서도 속으로는 "이 인간은 지금 대체 무슨 소릴 하는 걸까." 같은 생각을 하고 있음이 고스란히 전해져 왔다.

"그건 그렇고 하프 엘프한테 키스하는 남자가 이 세상에 있다는 사실에 놀랐어."

"전혀 안 놀란 것 같은 표정인데?"

"고용한 메이드에게 손을 댈 줄은 알았지만, 설마 고용한 첫날부터 팬티를 보고 키스까지 하게 될 줄은 꿈에도 몰랐어."

"뭐, 난 여러 가지 의미로 다른 남자들과는 다르니까 말이지! 아, 키스 한 번만 더 하자."

"으웃…… 으으웁……."

나는 다시 한번 이리야를 끌어안고서 입술을 겹쳤다.

오오, 무진장 달콤하고 부드럽잖아! 그냥 키스만 하고 있는데도 엄청 흥분되는군……!

"아, 너랑 성교하고 싶어졌어! 조금만, 조금만 해도 될까?!"

"했던 말을 순식간에 번복하다니. 이렇게나 자기 욕망에 충실한 사람도 처음 봐. 그치만 안 돼."

쳇, 솔직하게 부탁해도 안 되는 건가.

그렇다면 다음에 둘 수는…….

"실례하겠습니다, 시드 공……. 아니, 벌써부터 뭘 하고 있는 건가요?"

내가 속으로 궁리하면서 다시 이리야와 키스를 나누고 있을 때였다. 융커가 방으로 들어왔다.

"읏, 으으음……읏, 으응……."

하아, 이리야의 입술이 무진장 기분 좋아.

"저기요. 저를 무시하고 계속 그렇게 키스 나누시면 곤란한데 요……."

"으~음, 이거 미안해. 이리야의 입술이 너무 기분 좋았거 든."

"이제 막 만난 소녀랑 그토록 진한 키스를 나눌 줄이야. 당신 제정신이에요……?"

"근데 너 같은 경우에도 만나자마자 같이 성교했잖아."

나는 이리야의 입술을 맛보듯 키스하면서 융커와의 첫 만남을 떠올렸다.

연병장에서 활쏘기를 연습하던 융커의 처녀를 순식간에 접수 했었지 아마?

"그, 그건! 다, 당신이 마성환혹^{도미네이션}이니 뭐니 하는 이상한 기술을 쓰는 바람에 그렇게 됐던 거잖아요!"

"그야 그렇긴 한데, 어쨌든 그거랑 비교하면 키스 정도야 애교 수준 아니겠어? 그리고 본인 허가도 받았는데 말이야."

"웃, 으응…… 웃, 으으읍……."

"당신의 그 끈질긴 키스 때문에 말도 제대로 못 하고 있는 것 같은데요……. 그리고 지금 저 아이는 눈도 부릅뜬 채 키스하고 있다고요……."

그렇다. 나는 아까부터 그 점이 신경 쓰였다.

이리야는 무표정을 유지하고서 눈을 부릅뜬 채 내 키스를 받고 있었다.

그 눈은 대체 어딜 보고 있는 거람.

"하아, 사실 그런 건 아무래도 상관없지만요. 시드 공, 북방의 국경을 조사하던 그 닌자로부터 보고가 들어왔어요……."

"아, 린이 보냈나 보네."

린은 아티나의 전(前) 근위기사대 소속이자 동방에서 왔다고 하는 검은 머리의 소녀다.

지금은 내 부하라는 형태로 되어 있고 이곳 별궁에서 일하고 있다.

닌자는 잠입 수사가 특기인 모양인지, 린은 말보다 더 빠르게 달릴 수 있었고 생쥐처럼 어디든 잠입할 수 있었다.

소속은 별궁 경비대였지만, 그 특기를 십분 활용해 지금은 이런저런 조사를 벌이느라 분주했다.

닌자 일은 별로 내키지 않는 모양인지, 조사 때문에 별궁을 나설 적에는 "또 어둠 속을 거닐게 생겼네……."라고 투덜대곤 했었다.

"그래서…… 잠시 괜찮을까요?"

융커는 이리야의 얼굴을 흘끗흘끗 쳐다보았다.

밀정일지도 모를 이리야에게 린으로부터 들어온 보고가 귀에 들어가게 할 수는 없는 노릇일 테지.

"어쩔 수 없지……."

"이해해 주시니 마음이 놓이네요. 하프 엘프, 넌 바깥에——."

"어쩔 수 없으니까. 융커, 너 좀 안아도 될까?"

"전혀 이해 못하신 것 같네요!"

융커는 당연하다는 듯이 아우성쳤지만 나는 신경 쓰지 않았다.

눈앞에 있는 이 요염한 엘프 희병의 옷 앞섶을 벌리자, 그 풍만한 가슴이 앞으로 튀어나왔다.

"자, 잠깐만요. 정말로 할 건가요! 그것도 하프 엘프가 보는 앞에서?!"

"괜찮아. 오늘도 넌 요염하니까. 이 포동포동한 살의 감촉을 정기적으로 만끽하지 않으면 금단 증상이 일어날 것 같거든. 이왕 이렇게 된 거 그냥 일 때려치우고 언제나 내 곁에 있어 줄래?"

"거, 거의 곁에 있잖아요! 그리고 당신이 저를 이상할 정도로 편애하니까 천희에게 찍혔단 말이에요! 마스디니아 병사들이 이상한 보고라도 올리면 천희한테 죽을지도 모른다고요!"

"걱정 마, 아무리 엘소피아 공주라도 엘프 마의공주의 언니에게 함부로 손을 댈 수는 없으니까. 손대는 건 나 하나만으로 충분하다고."

"그게 말처럼 그리 간단한 문제가—— 아앙!"

나는 융커의 가슴을 실컷 탐하며 일부러 유두를 거칠게 빨았다. 그러고는 미니스커트 자락을 젖히고 팬티를 아래로 내렸다.

음부를 어루만지다가 손가락을 안에다 넣고 만지작거리자 —— 융커의 그곳은 벌써부터 젖어들기 시작했다.

이제는 내가 손만 대도 이렇게 된단 말이지. 불과 얼마 전까지만 해도 처녀였는데 말이다.

"자, 잠깐만요. 하는 건, 괜찮은 데…… 하, 하다못해…… 하프 엘프가 안 보는 데서…… 아아앙."

하지만 이리야는 방 밖으로 나갈 생각이 전혀 없는 것처럼 보였다.

아마도 내가 뭐라 말하기 전까지는 꼼짝도 않을 모양이었다.

아까 이리야 앞에서 갈 데 까지 가는 모습도 다 보였으니 융커도 그냥 신경 안 쓰면 될 텐데.

아니, 잠깐만……?

내가 세 번이나 확인했던 사항이지만 이리야는 성교 말고는 문제없다고 했다. 내 물건만 삽입하지 않으면 뭘 하든 괜찮다고 본인이 직접 얘기했었다.

그렇다는 말은……?

"이리야, 너도 여기로 와."

"응."

이리야가 내 대답에 반응하더니 이쪽을 향해 종종걸음으로 다가왔다.

그리고 나는 의아하다는 표정을 짓는 융커를 바닥 위에 눕힌
뒤.

"어, 시드 공? 대체 뭘 하려는…… 으윽……!"

융커의 질문에 대답하지 않은 채 내 물건을 꺼내 단숨에 삽입
했다.

오오, 이 조이는 느낌은 몇 번을 맛봐도 질리지가 않는단 말이
지! 내 몸과 맞닿고 있는 그 탄력 있는 살결도 역시 장난이 아니
었다!

"앗, 앙, 아앙, 가, 갑자기…… 아웃, 그렇게 격렬하게……!"

"좋았어, 융커. 네 몸은 언제 맛봐도 탄력이 아주 좋아. 그리
고…… 이리야, 잠시만."

"응…………? 하으."

나는 융커에게 삽입한 채 팔을 뻗어 이리야의 몸을 내 쪽으로
끌어당긴 뒤, 겨드랑이 사이에 끼우듯 끌어안았다.

역시나 자세가 좀 불편하긴 했지만 그래도 못 할 건 없지.

내 물건에 완전히 익숙해진 융커의 몸이기에 가능한 자세라고
나 할까.

"웃, 으으읍…… 웃, 츕, 응…….”

나는 융커의 안쪽을 향해 허리를 움직이며 내 옆에 껴안은 이
리야에게 입을 맞추었다.

오오, 역시 이거 장난아니군……!

융커의 질 안에서 느껴지는 조임과 튼실한 허벅지의 감촉——
그리고 이리야의 달콤한 입술까지!

이 세 가지를 동시에 맛보게 될 줄이야……!

"시, 시드 공…… 대, 대체 뭘 하고 있는 건가요! 아앙, 흐아 앗!"

"뭐긴 뭐야. 너에게 박아 넣으면서 이리야의 입술도 즐기고 있는 거지."

"알리샤 공주의 말마따나 당신은 정말 답이 없는 쓰레기로 군요! 앗, 아응, 그렇게… 앗, 평소보다 더 단단한 게…… 아아 앙!"

"웃, 으으읍……."

안쪽 깊숙한 곳까지 박아 넣을 때마다 출렁출렁 요동치는 융 커의 가슴을 붙잡고 허리를 놀리며 이리야의 입술을 실컷 맛보 았다.

융커는 평소보다 더 헐떡였다. ——게다가 그뿐만 아니라 나 와 입술을 맞대고 있는 이리야 또한 입술 사이로 조금씩 신음 소 리를 냈다.

으음, 이건……!

융커와 몸을 섞고 있지만, 마치 이리야하고도 같이 그렇게 하 고 있는 듯한 느낌이 드는군!

평소보다 더 흥분되다 보니 내 물건도 맹렬한 기세를 더했다.

"웃, 너무 격렬해…… 저, 더 이상은…… 아앗, 앗, 아아아아 아아아앙…………!"

움찔, 융커의 몸이 펄쩍 튀어 오름과 동시에 나는 내 물건에서 성대하게 정액을 뿜어냈다.

아아, 도저히 참을 수가 없었단 말이지…… 진짜 많이도 나왔네……. 이만 한 쾌감은 마의공주들이랑 처음 했을 때 이후로 처음 맛보는 걸지도 모르겠군!

"하아, 하아, 하아…… 내, 내 안엥 엄청 많이 들어왔어…… 아아아…… 이런 거, 너무 굉장해……."

"으읏, 응, 으음……."

나는 융커의 안에다 내 물건을 박아 넣은 채 이리야와 농밀한 키스를 이어 나갔다.

우와아, 진짜 끝내 주는군…… 융커의 질 안은 이미 익숙했던 나였지만 꼭 이리야랑 한 것 같은 기분이 들었다.

……그나저나 융커에게는 좀 미안하게 됐군.

이건 융커의 몸을 이용해서 이리야랑 유사 성교를 즐긴 거나 다름없었으니까 말이다.

"……의, 의외로 좀 괜찮은데? 다른 여자애를 위해 내 몸을 이용당하는 이 기분이, 왠지 모르게 흥분된다고나 할까……."

"…………."

융커는 자기가 혼잣말했을 거라고 생각했겠지만 그 말은 내 귀에도 또렷하게 들려왔다.

처음에 관계를 가졌을 때도 그랬는데, 아무래도 융커는 나에게 무슨 짓을 당해도 다 좋아하는 것 같단 말이지…….

역시 공략하기 쉬운 엘프 누나라고나 할까…….

"으응…… 주인님은 이런 게 좋아?"

그리고 융커와 마찬가지로 나에게 실컷 이용당한 하프 엘프는 여전히 무표정을 유지했다.

눈앞에서 다른 여자랑 성교하는 광경을 보게 하고 키스까지 강요한 것이다. 빈말로도 정상적이라 할 수 없는 상황인데도 이 차분한 태도는 대체 뭐지?

혐오감을 표하며 도망치려고 해도 전혀 이상하지 않았을 텐데 말이다.

정말로 밀정이라서 이미 각오가 된 걸까, 아니면——.

"일단 한 번 더 하면서 생각해 볼까."

"아앙, 당신도 참…… 한두 번만으로는 성에 안 차나 보네 요……."

하지만 말은 그렇게 했어도 융커는 나에게 안기며 그 탄력 풍만한 살을 들이댔다.

나는 일단 뽑아냈던 내 물건을 다시 한번 대면좌위 체위로 삽입해 나갔다——.

"하웃…… 그렇게나 사정했으면서도 아직도 단단해…… 으 웃, 하아앙."

내가 밑에서 천천히 박아 올릴 때마다 융커는 가슴을 흔들며 다시 신음을 내질렀다.

"자, 이리야."

"응…… 쪽, 쪼옥."

이리야는 고개를 끄덕이더니 이번에는 자기 쪽에서 나에게 키 스를 했다.

애는 마성환혹도(도미네이션) 걸리지 않은 상태인데 눈치가 상당히 좋은데?

"저, 전 상관없어요, 시드 공······."

"응? 상관없다니?"

"시드 공이라면 이 하프 엘프의 정체가 무엇이라 한들······ 서, 성교하고 싶을 테죠. 그걸 자제할 수 있다면 제 몸을 어떻게 쓰시든 상관없어요······."

"좋아, 그럼 곧바로 대여섯 번 정도 해 볼까!"

"당신은 정말로 사양하는 법이 없네요! 대여섯 번 정도 하는 건 늘 있는 일이잖아요!"

뭐 그렇긴 하지. 융커는 내가 특히나 더 신경 써서 매일같이 귀여워하고 있으니까 말이다.

"이 하프 엘프가 속으로 무슨 생각을 하고 있든 간에, 본인이 성교하는 게 싫다면 하지 않는 게 상책이에요."

"············."

눈앞에서 대놓고 의심을 받고 있는데도 이리야는 조금도 신경 쓰지 않았다.

융커도 본인 앞에서 대놓고 이리야를 의심하는 건 이리야의 표정이 어떻게 변화하는지 읽기 위함일 테지만, 녹록치 않아 보였다.

"시드 공에게는 직접적인 위험이 가해질 수도 있어요. 으, 은 밀한 곳에 독을 숨기는 여자도 있다고 하고요······."

"독을 품은 성교라····· 과연 어떤 느낌일까? 한번 해 보고 싶긴 한데."

"그냥 당신은 한 번 죽어 보는 게 나을 것 같네요!"

뭐라 할 말이 없군. 뭐, 죽을 마음은 추호도 없지만.

"하지만…… 이미 다른 병사들도 다 달관했으니, 시드 공이 또 이상한 짓을 벌여도 아마 아무도 신경 쓰지 않을 거예요."

"간결하고 알기 쉽군. 그럼 상으로 오늘은 좀 더 세게 나가 볼까?"

"그, 그런 상은—— 앗, 아아앙, 안쪽을 톡톡 건드리고 있어…… 아아앙!"

나는 융커와 대면좌위 체위로 성교하며 내 물건을 안쪽 깊숙한 곳에다 박아 넣었다. 물론 이리야도 내 품에 안은 채로 이번에는 입술뿐만 아니라 뺨에도 몇 번이나 키스해 주었다.

이리야의 뺨은 말랑말랑하고 매끈매끈했다. 엄청 기분 좋았다.

하지만…… 여러모로 이상했다.

융커의 말마따나 이리야가 수상하다는 건 나도 인정한다.

하지만 나로서는 이리야의 정체를 알아낼 방도가 없으니 어쩔 수 없다.

어쨌거나…… 진안을 통해 보이는 이리야의 공략 루트는 진행 중이었다.

수치가 크게 진전을 보인 건 융커가 방에 들어오고 나서부터.

이리야와 함께 성교를 시작하고 나서부터였다.

마성환혹도 걸지 않은 여자애가 엉망진창으로 마구 휘말렸을 뿐인데 어째서 진행도가 상승한 걸까?

신기하긴 했지만…… 뭐, 일단은 융커의 허락도 받아냈고, 이리야와 성교할 수 없는 만큼 다른 애랑 같이 즐길 수밖에.

일단 융커에게 6번 사정하고 난 뒤, 마지막으로 청소 펠라티오를 시키는 동안 다시 한 번 더 입안에다 사정했다. 나는 만족스러웠다.

후우, 역시나 융커의 그 풍만한 신체는 몇 번을 맛봐도 질리지가 않는단 말이지…….

융커는 이리야와 있었던 일을 곧바로 동료들에게 전달하러 갔다. 그 녀석도 여러모로 참 바쁘단 말이지.

"자, 이제 어디로 갈까?"

"…………."

나는 이리야와 함께 별궁 복도를 나란히 걷는 중이었다.

사실 내가 이 별궁에서 딱히 할 일은 없다.

명목상으로는 내가 이곳을 대신해서 맡고 있는 상황이었지만, 그렇다고 지시를 내릴 필요도 없었다.

필요한 건 이곳에 있는 병사들이 다 알아서 해 주기 때문이다.

나는 그냥 이곳에서 그냥 살기만 하고 있을 뿐이었다.

마의 공주들 입장에서는 내가 다른 미소녀를 찾아 다른 곳을 어슬렁거리면 난처할 테지.

반쯤 연금 상태에 있다고 할 수 있지만, 그래도 이 별궁에는 120명의 미소녀가 있다.

마스디니아에서 파견된 희병은 100명이나 되었기에 아무리 나라도 전부 다랑 해 보지는 못했다.

루피아는 자신의 희병 중에서도 특히나 귀여운 여자애들을 뽑아 보낸 모양이었다.

역시 마스디니아 같은 대국을 다스리는 통치자다웠다. 빈틈이 없었다.

"……그런데 괜찮아, 주인님?"

"뭐, 뭐가?"

"거듭 말하지만 이리야는 하프 엘프. 엘프도 인간도 하프를 싫어해. 이리야를 데리고 돌아다니면 주인님마저 이곳 여자애들한테 미움받게 될지도 몰라."

"내 사랑은 종족을 가리지 않거든! 애초에 종족을 따지느라 귀여운 여자애를 놓치는 건 어리석은 행위라고."

"음~ 음~ 음음음……!"

나는 그렇게 외치며 다시금 이리야에게 키스했다. 으음, 이 말랑말랑한 입술은 역시나 장난 아니라니깐.

"아까부터 걷는 동안 틈만 나면 키스하고 있어……."

"기분 무진장 좋거든. 좋아, 그럼 한 번 더——."

그렇게 이리야를 껴안으려고 하던 바로 그때였다. 바로 근처에 있는 문이 살짝 열려 있다는 사실을 알아차렸다.

이 부근에는 엘프 희병들의 방이 있다.

별궁은 제법 넓은 편이었지만, 그렇다고 120명의 병사 전원에게 각방을 줄 만큼 여유는 없었기에 보통 네다섯 명이서 한 방을 쓰고 있었다.

그 문 너머에는 한 엘프 희병이 있었다.

완만하게 웨이브진 금발에 천진난만한 얼굴.

얇은 캐미솔에 팬티 차림이었다. 희병 복장에서 일상복으로 갈아입던 도중인 모양이었다.

쟤는 그 신입 희병이군. 48명 엘프 희병들과 7일 밤낮으로 성교하는 동안 융커에 뒤지지 않을 만큼 내 마음에 든 엘프였다.

"그러고 보니 신입 희병과 처음 만났을 적에도 옷 갈아입는 모습을 목격했던 것 같은데."

"엿본 게 아니고?"

이리야가 옆에서 무어라 말했지만 나는 신경도 쓰지 않은 채 신입이 옷 갈아입는 모습을 구경하기로 했다.

캐미솔의 어깨 끈이 풀리자 그 아담한 가슴이 살짝 드러날 듯 말 듯했다.

스커트를 아무렇게나 벗었는지 팬티도 살짝 벗겨져 있는 게 무진장 야릇한 모습이었다.

"좋았어. 옷 갈아입는 걸 엿보게 된 것도 일종의 인연이니 성교해 볼까?"

"엑?!"

내가 문을 열고 안으로 들어서자, 신입 희병은 깜짝 놀라 이제 막 벗은 희병 복장을 가슴에 안아 몸을 가리려고 했다.

음, 정석적인 반응이군.

신입 희병과는 이미 몇 차례나 몸을 섞은 상태였다. 그런데도 이렇게나 부끄러워하는 모습을 보이니 나로서는 기쁠 따름이었다.

아, 뭐야. 내 알몸 보고 싶어? 같이 담담한 반응을 보이는 건 재미가 없고 말이다. 아니, 그건 또 그거대로 야릇한 상황이지만 말이지.

"어쨌거나 해도 되겠지?"

나는 우격다짐으로 신입 희병을 바로 옆 침대에다 넘어뜨렸다.

캐미솔 자락을 통해 팔을 집어넣고 완만하게 부푼 언덕을 마구 주무르며 유두를 손가락으로 집었다.

"웃, 아앗, 가, 갑자기 이게 무슨 짓인가요! 예나 지금이나 제가 신입이라고 깔보는 거죠?!"

"딱히 신입이라서 그런 건 아니라고. 옷 갈아입는 모습이 그렇게나 야릇했는데 어쩌겠어? 이렇게 된 거 이제 할 수밖에 없지."

"여, 엿보고 있었나요! 나 참, 당신이란 사람은…… 하웃, 웃, 당신한테 굴복했다고 해서, 늘 마음대로 해도 된다고 생각하지 마세…… 하으으응!"

이 신입 희병은 천사처럼 귀여운 얼굴에 비해 여전히 고집이 세다.

하지만 오히려 그런 모습이 또 끌린단 말이지…… 난 신입 희병의 몸을 숙이게 한 뒤, 그 앙증맞은 엉덩이를 움켜잡고 팬티를 옆으로 젖혀 삽입했다.

"웃… 드, 들어왔어…… 어젯밤에도 일곱 번이나 했는데…… 또, 또 하시려고요?"

"어젯밤은 어젯밤이고 오늘은 오늘이지."

나는 허리를 흔들며 내 물건을 안쪽 깊숙한 곳에다 때려 박았다.

"아, 아휴, 참……! 시드 공, 어젯밤에는 '내일은 큐오의 처녀를 접수할 테니까 오늘은 조금만 하고 일찍 잘 거야.' 라고 말씀해 놓고선, 막상 한 번 하고 나니까 '미안해, 역시나 한 번만 더 해야겠어.' 라고 네 번이나 말씀하시더니, 나중에는 자는 사람 깨우고 한밤중에 세 번이나 더 하셨잖아요!"

"그렇긴 한데, 너랑 하니까 너무 기분 좋은 걸 어쩌겠어. 솔직히 말해서 질 조임은 엘프 중에서 네가 최고인 것 같더라고."

"하, 하나도 안 기쁘거든요……?! 아앙, 아앗, 아앙, 저, 전 어젯밤 내내 당신에게 안기고, 아침부터 경비 서고…… 아이, 참. 아앙, 사람 잠 좀 자게 해 주세요……!"

"그러고 싶지만, 네가 날 놔 주지 않는 걸 어떻게 해……!"

실제로 신입 희병은 스스로 허리를 흔들며 내 물건을 마음껏 탐하고 있었다.

참 솔직하지 못하지만, 그것이 이 아이의 귀여운 점이란 말이지.

일단은 뒤에서 마구 박아 대다가──.

"웃, 으아아아앙…… 나, 나오고 있어……. 아아앙, 또 내 안에…… 모조리 다……!"

"…………후우."

아까 융커랑 실컷 했는데도 불구하고 정액이 대량으로 나왔다.

역시나 엘프 희병 중에서도 이 아이는 융커와 견줄 만큼 각별하단 말이지.

"후우, 기분 좋았어. 그럼, 이번엔……."

"또, 또 더 하시려고요……?! 정말로 당신이란 사람은 저한테는 뭐든 해도 좋다고 생각하시나 보네요……! 이제 그만 좀 움직이시라고요……. 웃, 쭙, 츄웁."

신입 희병은 불평을 늘어놓으면서도 내 물건을 혀로 핥아 깔끔하게 해 주기 시작했다.

이렇게 위에서 내려다보고 있으니, 캐미솔 틈새로 그 귀여운 가슴과 자그마한 유두가 살짝 엿보이는 이 광경도 좋았다.

"……응?"

어째선지 지금 갑자기 진안이 발동해서 수치가 변화한 것 같은 느낌이 드는데?

이리야의 난이도는 변화가 없었다. 진행도도…… 융커와 할 때 조금 변화했을 뿐 거의 아무런 변화가 없었다.

"아, 맞다. 이리야랑 같이 해야지 참."

"……얘가 그 융커 씨가 말씀하셨던 그 하프 엘프 앤가 보네요……."

신입 희병은 그 가지런한 눈썹을 찌푸렸다.

역시나 융커뿐만 아니라 엘프는 대체로 하프를 혐오하는 것 같군.

이리야는 이렇게나 귀엽고 입술도 기분 좋은데 싫어할 만한 이유가 대체 어디에 있단 말인지 원.

"아, 또 키스만 하면 시시하겠지. 이리야, 너도 지루할 테고 말이야."

"그런 소리 한 적 없어."

이리야는 고개를 붕붕 저었다.

"저어, 시드 공? 대체 뭘 하시려고요? 융커 씨는 당신이 무슨 짓을 해도 그냥 포기하라고 하셨는데요……."

"괜찮아. 너도 확실하게 기분 좋게 해 줄 테니까 말이야. 어디 그럼…… 이리야."

나는 이리야와 신입 희병에게 지시를 내렸다.

일단은 속옷 차림의 신입 희병에게 침대 위에 드러누우라고 시켰다.

그리고 이리야는 그 위에 올라타는 모양새로 엎드리라고 했다.

"이, 이게 대체 뭔가요? 왜 제가 하프 엘프랑 껴안고 있는 듯한 자세를 취해야 하는 거죠……?"

"이 사람이 생각하는 건 도무지 이해할 수가 없어……."

이리야와 신입 희병은 체구가 가냘프고 앙증맞은 부분이 서로 비슷하단 말이지.

이 두 사람을 동시에 맛볼 수 있다니, 난 얼마나 복받은 놈이란 말인가.

나는 이리야의 메이드복 스커트 자락을 위로 젖혔다.

하얀 팬티에 감싸인 앙증맞은 엉덩이가 그 자태를 드러냈다.

그리고 나는 이리야의 엉덩이를 살짝 어루만지며 그 부드러운

감촉을 맛본 뒤에,

"그럼 이제 한번 해 볼까!"

이리야와 신입 희병의 음부는 두 사람의 팬티를 사이에 두고 딱 겹치는 위치에 있었다.

나는 이리야에게 허리를 조금 들어달라고 한 뒤, 내 물건을 두 사람의 음부 사이에다 끼웠다.

"웃…… 어, 어디에 넣으신 건가요?!"

"……성교는, 안 돼."

"나도 알아. 알고 있다고. 안 넣을 테니까 이 상태로 문지를게."

두 사람의 음부는 팬티 너머로도 충분히 뜨거울 정도였다. 그 사이에 끼운 내 물건이 그 열기에 감싸였다.

나는 곧바로 허리를 움직여 이리야와 신입 희병의 속옷 사이로 내 물건을 문지르기 시작했다.

"아앗, 앗, 그런 데 문지르지 마세요…… 앗, 아아앙!"

"웃, 으응…… 응, 으웃……."

오오, 이건…… 성교할 때와 또 다른 쾌감이 느껴지는군!

속옷 감촉과 음부의 열기가 등골이 저릿할 정도의 쾌감을 자아냈다── 오옷, 엘프 소녀랑 하프 엘프 소녀의 음부를 동시에 맛볼 수 있다니!

"아, 이런 것도 꽤 괜찮네. 팬티 좀 내릴게."

"흐왓……!"

나는 일단 내 물건을 뒤로 뺀 뒤, 신입 희병의 팬티를 내려 그 음부를 노출시켰다. 그러고 나서 다시금 내 물건을 둘의 음부 사이에 넣었다.

신입 희병의 그 부분을 직접 어루만지듯, 다시 문지르기 시작했다.

"오오, 역시 맨살일 때의 감촉이 더 좋군⋯⋯ 삽입할 때랑 또 다른 쾌감이 느껴져!"

"아, 아앙, 그런 데 문지르지 마세요⋯⋯. 앗, 웃, 아앗, 아응⋯⋯ 안 돼, 하프 엘프, 이쪽 보지 마⋯⋯."

"이상한 느낌이 들지만⋯⋯ 당신은 엄청 기분 좋아 보여⋯⋯."

"기, 기분 좋기는 무슨⋯⋯. 앗, 앙, 아아앙⋯⋯!"

나는 두 소녀의 훤히 드러난 음부와 팬티에 감싸인 음부 사이에 내 물건을 끼우고 몇 번이고 문질러 댔다.

한 손으로 이리야의 속옷에 감싸인 엉덩이를 어루만지며, 나머지 한 손으로는 신입 희병의 캐미솔 안에 손을 집어넣어 그 아담한 가슴을 마구 주물러 댔다.

"우오오, 이건⋯⋯ 더, 더는 못 참겠군⋯⋯ 싸, 쌀 거 같아⋯⋯!"

"아아아앙⋯⋯⋯⋯!"

신입 희병이 흥분한 듯 소리쳤다. 동시에 나는 두 사람의 사이에서 내 물건을 빼내 힘차게 사정했다.

힘차게 분출된 희멀건 액체가 이리야의 하얀 엉덩이와 신입 희병의 호리호리한 허벅지에 묻었다.

"오오, 무진장 기분 좋았어⋯⋯ 이것도 꽤 좋은데?!"

"뜨, 뜨거운 게 제 몸에 묻었어요……, 다, 당신은 뭐든 다 좋잖아요……. 대체 뭔가요, 이건. 왜 제가 얘랑 같이 껴안고 있어야 하는 건데요……!"

"난 더 하고 싶어! 좋았어, 이번엔 한 번 더 네 안에다 넣을게! 이리야, 넌 나랑 키스 하고!"

"사람 말 좀 들으세요! 이것도 늘 있는 일이지만! 아이, 참. 진짜 넣었네…… 아아앙!"

"웃, 으응…… 으으음…… 웃, 으응……."

나는 정상위 체위로 신입 희병의 음부를 꿰뚫으며 이리야를 끌어안고서 그 부드러운 입술을 맛보았다.

그리고 한두 차례 더 신입 희병 안에다 사정한 뒤, 그리고 나서 두 사람의 음부 사이에 내 물건을 넣었다.

으음, 이런 식의 살짝 특이한 성교도 기분 좋군.

융커와 신입 희병뿐만 아니라 다른 엘프 희병, 근위기사, 마스디니아 희병이랑 할 때에도 이리야와 서로 몸을 맞댄 자세를 취하게 해서 즐기도록 해야겠군.

그렇게 이 별난 하프 엘프와 만나고 나서 며칠 뒤——.

나는 이리야를 데리고 별궁을 돌아다니며 기사와 희병들과 성교를 나누면서 하프 엘프의 말랑말랑한 입술과 음부를 맛보았다.

어째선지 공략 루트 자체는 묘하게 진전을 보였다. 도대체 왜?

이리야의 난이도는 99에서 꼼짝도 하지 않는 게 마음에 걸렸다.

루트는 진행되고 있지만, 공략될 낌새가 전혀 없는 건 변함없었다.

"으~음, 이상하네…… 이상하단 말이지……."

"……저어, 주인님. 고민하는 건 자유지만, 이리야의 거기를 문지르든 고민하든 둘 중 하나만 해."

아침 식사를 마치고 나서 여느 때처럼 이리야를 데리고 별궁 복도를 걸었다. 그리고 몇 걸음 걸을 때마다 키스를 하니 잔뜩 흥분해 버렸다.

이리야의 몸을 복도 벽에다 기대게 하고, 선 채로 그녀의 스커트를 젖혀 내 물건으로 팬티 너머에 있는 음부를 문지르던 참이었다.

아~, 기분 좋군. 만나고 나서 며칠이 지나도록 아직 삽입해보지 못했는데 얼른 삽입하고 싶단 말이지!

하지만 계속 이런 식으로 애태우는 것도 나쁘지 않군!

"우왓……."

나는 한계에 다다르기 직전에 허둥지둥 내 물건을 이리야의 몸에서 뗐다.

팬티에다 문지르기만 했는데도 사정하는 건 좀 아깝기도 하고 말이지.

뭐, 주위에 다른 사람이 있었다면 질 안이나 입안에다 사정했을 테지만 말이다.

"후우…… 뭐, 됐어. 아, 키스나 해야지."

나는 이리야의 어깨를 끌어안으며 입술을 겹쳤다. 으음, 이 입술은 몇 번을 맛봐도 최고란 말이지.

"으웃…… 응, 춉…… 메이드 일은 어떻게 될지 몰랐지만, 설마 이런 이상한 데 휘말리게 될 줄은 몰랐어……."

"이리야, 하지만 메이드 일은 제대로 하는 게 없었잖아."

그렇다. 이리야는 한시도 내 곁에서 떼어놓지 않았기에 그녀가 평소 어떻게 일하는지도 거의 알 수 있었다.

청소를 하면 물건을 부수고, 세탁을 하면 옷을 찢어 버리고, 요리를 하면 식재료를 다 태워 아예 세상에서 소멸시켜 버렸다.

"솔직히 말해서 널 메이드로 고용해 주는 곳은 아무 데도 없을걸? 하프 엘프가 아니었다 해도 힘들었을 거야."

"그렇게까지 대놓고 얘기하니 이리야도 상처받아."

하지만 그 표정은 상처받은 것과는 전혀 거리가 먼 무표정이었다.

"그치만 이리야는 메이드로서 도움이 안 되는 것 또한 사실. 그러니 성교만 하지 않는다면 마음껏 부려먹어도 돼."

"부려먹어도 된다는 말이 야릇하게 들리는데……? 아, 또 흥분되는군."

"당신은 이 지상에서도 유례를 찾아보기 힘들 만큼 수많은 여자애랑 성교를 나누었으면서도 사소한 일에 소년처럼 흥분하는 게 참 신기해."

"그렇게 칭찬해 주니 이거 부끄러운데?"

내 안에는 팬티나 뺨에 키스하는 걸로도 기뻐하는 꼬맹이도 살고 있다.

뭐, 대체로 소년은 성욕에 무릎을 꿇지만 말이다.

"아, 그렇지. 야간 경비에 투입되었던 애들이 이제 슬슬 목욕하러 들어갔을 때가 됐어. 좋았어. 훔쳐보러 가자!"

"해맑은 표정으로 그런 쓰레기 같은 소리를 하는 사람은 처음 봤어……."

"세상에는 그런 쓰레기 같은 놈을 좋아하는 공주님도 있는 법이라고. 그리고 실컷 엿본 뒤에는 당연히 성교도 할 거고 말이야!"

나는 이리야의 손을 잡아끌며 목욕탕으로 향했다.

별궁에 있는 여자애들이 다 그런 건 아니었지만, 일을 마치고 나서 목욕하는 아이가 많았다.

경비 교대 시간이니 몇 명인가는 이미 목욕하는 중일 것이다.

"오, 역시 몇 명 들어와 있었어. 5명 정도인 것 같은데, 오늘은 좀 적군."

나는 재빨리 옷을 벗어 던지고 나서 허리에 수건 한 장을 둘렀다.

이리야는 스커트 자락만 접어 올릴 뿐, 옷을 벗을 생각은 없는 모양이었다.

그러고 보니 지금까지 키스를 하거나 맨살에 내 물건을 비비는 행위는 몇 번인가 했었지만, 아직 이 하프 엘프의 가슴을 영접한 적이 없었다.

뭐, 언젠간 그날이 올 테지만 말이다.

"응……?"

목욕탕 문을 살짝 열고 내부를 살피니, 그곳에는 여자애 다섯 명이 있었다.

다섯이서 서로의 몸을 씻겨 주는 훈훈한 광경이 펼쳐졌다.

쟤들은 분명 마스디니아의 희병이었을 텐데.

100명이나 되었지만 얼굴은 다 기억했다.

이 다섯 명은 모두 아직 나와 성교를 하지 않은 애들밖에 없었지만…… 뭔가가 마음에 걸리는데?

"…………아, 그렇구나! 알았다! 너희 다 닮았구나!"

"꺄아아아아아아아아아아아아아아아아악?!"

내가 힘차게 문을 열고 목욕탕 안으로 들어서자, 다섯 미소녀는 펄쩍 뛰어오를 만큼 깜짝 놀랐다.

다들 하나같이 검은 머리를 기른 모습들이었다.

포니테일, 트윈테일, 땋은 머리, 네 갈래로 묶은 머리, 생머리. 다들 헤어스타일은 달랐다.

"네키스 님?! 여, 여긴 어쩐 일이십니까?!"

"너희 다섯 명 자매 맞지?"

"그, 그렇긴 합니다만……. 그런 얘기는 저희가 목욕탕에서 나간 다음에 하시는 게……!"

"그래, 그렇단 말이지. 아마 서로 대면했을 적에는 너희가 한 자리에 없었던 것 모양이야. 그런데 아무리 그래도 그렇지 나란 놈이 너희가 자매란 걸 알아차리지 못했다니."

응, 역시 루피아가 고른 애들답게 다섯 명 모두 미소녀였다.

다들 가슴도 제법 커다랬고, 비록 이리야만큼은 아니었지만 몸매도 나름대로 호리호리한 게 딱 내 취향이었다.

"······응? 자매치고는 다들 나이가 비슷비슷해 보이는데. 설마 다섯 쌍둥이는 아니겠지?"

"저, 저희는 모두 이복 자매예요. 제가 첫째고요······."

포니테일이 첫째, 트윈테일이 둘째, 땋은 머리가 셋째, 네 갈래로 묶은 머리가 넷째, 생머리가 막내인 듯했다. 참 절묘하네.

"아버지는 제국 귀족으로······ 다섯 명의 애첩을 그, 거의 동시에······."

"아하, 그랬군. 세상에 그렇게 여자를 밝히는 사람이 있었을 줄이야!"

"······주인님이 할 소리는 아니지 않아?"

이리야가 뒤에서 그렇게 지적했지만 흘려들었다.

그나저나 애첩이 다섯 명이나 있는 데다 동시에 모두 임신시키다니.

그래도 그 덕분에 정말 보기 드물게도 이렇게 비슷한 나이대의 다섯 미소녀 자매가 이 세상에 나올 수 있었지만 말이다.

"그럼, 해 볼까? 다들 나하고는 아직 안 해 봤지?"

"여, 여기서 말인가요! 하다못해 저희 침실에서······!"

"침실로 갈 때까지 참아야 하는 건 고문이나 다름없다고. 괜찮아. 너희의 처녀는 내가 확실하게 접수할 테니까 말이야."

이 다섯 자매와는 지금이 거의 초면이나 다름없었다.

아직 마성환혹은 도미네이션 걸지 않았지만── 이미 그녀들은 나에 관해 잘 알고 있을 터였다.

"……언니, 네키스 님의 총애를 받는 것이야말로 저희의 사명이에요. 그러니……."

"그래요, 언니. 벌써 관계를 맺은 분들의 말씀에 따르면…… 그, 그…… 엄청 기분 좋다…… 고 하더라고요. ……아아, 부끄러워……!"

"그 얘기는 저도 들었는데…… 조, 좋아요. …… 엘소피아 전하를 위해서라면……."

음, 난이도를 보아하니 문제없이 공략할 수 있는 수치였다.

이러면 상대방도 나에게 거부감을 느끼지 않을 테니 마음껏 안을 수 있다.

"이제 얘기도 얼추 정리된 것 같으니 얼른 하자고."

옷 벗을 시간이 없는 건 좋다고 해야 할지 나쁘다고 해야 할지. 뭐, 아무래도 좋지만.

나는 가장 가까운 곳에 있던 막내를 내 쪽으로 끌어당겨 다짜고짜 가슴을 마구 주물러 댔다.

"앗, 아아앙, 가, 가슴…… 앗, 그런 식으로…… 앗, 아앙, 이런 건 너무 외설적이에요……!"

나는 물방울에 젖은 가슴을 움켜잡고서 그 아담한 유두를 잡아당겼다. ──그리고 그와 동시에 음부에 손가락을 넣어 구멍 안쪽을 후비듯 만지작거렸다.

"으앗, 핫, 아앙…… 이런 건…… 앗, 앗, 아아앙……!"

내가 막내의 가슴과 음부를 마음껏 희롱하고 있자——.

"하아, 하아, 아앙…… 동생이…… 동생이, 우리 앞에서……!"

언니 네 사람도 애무당하는 막내를 보고 있으니 흥분한 모양인지 그녀들의 음부에서 꿀물이 끈적하게 흘러내리기 시작했다.

엘프를 공략했을 때부터 마성환혹에 곧잘 의지하곤 했었는데, 아무래도 이번엔 기술만으로도 충분할 것 같았다.

"……이, 이런 모습으로…… 언니……!"

"이, 이것도 우리 희병의 사명이에요……. 받아들여야 해요……."

나는 다섯 미소녀 자매더러 목욕탕 벽면에 손을 짚으라고 시킨 뒤, 서로 비슷한 형태와 크기를 가진 엉덩이를 이쪽으로 내밀게 했다.

역시나 다섯 자매의 그곳에서는 꿀물이 끊임없이 흘러내렸다 —— 이미 준비는 완료되었다.

"곧바로 시작해 볼까. 그럼, 먼저——."

"앗, 아아아앙…… 아, 아팟…… 아아아앙……!"

나는 막내의 엉덩이를 붙잡고 선 채로 뒤에서 삽입했다.

오오, 역시 처녀답군…… 상당히 **빡빡한데**……! 그래도 **빡빡**하지만 무진장 기분 좋군!

"허억, 아앙, 아앗, 언니, 아파, 아파요……. 그, 그치만, 뭔가가…… 뭔가가 이상해요!"

막내는 나에게 박히며 그 가슴을 요란하게 흔들며 헐떡였다.

서로 결합한 부분에서는 순결의 증거인 피가 흐르고 있었지만 ──.

그 이상으로 끈적끈적한 꿀물이 흘러내리며 내 물건을 안쪽까지 몇 번이고 받아들여 주었다.

가슴도 이 조임도 너무 기분 좋았다……. 이런 걸 어찌 참을 수 있겠단 말인가……!

"미안한데 이만 사정하도록 할게. 역시 처녀의 이건 굉장하단 말이지……!"

"으앗, 앗, 아아아아앙……! 아, 안에다 사정하고 있어요……!"

"오오오…… 느낌 아주 좋았어. 그럼, 이번엔 넷째랑 해 볼까."

"자, 잠깐…… 아, 아직 전…… 아앙, 아아아아아아앙! 커, 커다래……!"

나는 이제 막 막내의 처녀를 접수한 내 물건을 가차 없이 넷째의 질 안에 박아 넣었다.

끈적끈적하게 젖어 있는 질 안으로 나아가 처녀막을 꿰뚫고 허리를 흔들어 댔다.

"아웃, 앗, 이런 커다란 걸…… 아, 아파, 으앗, 아앙, 아아앙!"

"어, 언니…… 힘 빼고…… 받아들여야 해요……! 그러면, 금방 기분 좋아질 거예요……!"

이제 막 처녀를 상실한 막내가 아픔에 허덕이는 언니의 등을 어루만지며 조금이라도 편하게 해 주려고 했다.

음, 아름다운 자매애로군 ── 이 다섯 자매의 처녀를 전부 내가 접수할 수 있다니 정말 최고야!

그리하여 나는 셋째, 둘째, 첫째 순으로 차례차례 처녀를 접수해 나가다가———.

"나, 처음인데 어떻게 이런…… 아아아아아아아아아아아아아아아아아아아아앙!"

첫째의 질 안에도 사정했다. 앞서 네 자매에 질 내 사정했는데도 불구하고 정액이 대량으로 뿜어져 나왔다.

우오오, 예전에 52명과 대난교를 벌인 적도 있었는데 5인 자매의 처녀를 한꺼번에 접수한 건 이번이 처음이 아닐까 싶었다.

"그럼 계속해서 즐겨 볼까? 너희랑 한 번 더 할까 싶은데."

"아앗, 또……! 제 몸이 당신의 그것을 바라고 있어요……!"

이리하여 나는 다섯 미소녀 자매랑 서로 한 몸이 될 기세로 신나게 즐겼다.

다섯 자매는 금세 내 물건에 익숙해졌다. 질 내 사정당하면 알아서 자동으로 펠라티오 청소까지 해 주는 데까지는 그리 오랜 시간이 걸리지 않았다.

목욕탕을 이용하려던 다른 여자애들이 있었지만 아무도 들어오지 않았다.

뭐, 내가 한창 열심히 다섯 명의 몸을 맛보던 중이었기에 감히 들어올 생각을 못 했을 테지만 말이지.

"후우, 각자 세 번씩 안에다 사정했나…… 그래도 뭔가 영 부족한데……."

"웃, 으응, 아까 언니에 이어 2번이나 더 사정하셨잖아요……. 저, 저는 세 번까지라면 계속하셔도…… 괘, 괜찮아요……. 으웃, 제가 더 우뚝 솟게 만들어 드릴게요……."

막내가 내 물건을 입으로 빨았다. 둘째와 셋째가 나에게 엉덩이를 내밀었고, 나는 그 음부를 손가락으로 만지작거리며 넷째의 유두를 빨았다. 첫째는 내 등을 끌어안고서 그 폭신한 가슴을 내 몸에 밀착했다.

아아, 미소녀 다섯 자매 하렘이라니, 최고야. 좀 더 즐기고 싶군…….

"웃…… 츄웁, 저, 전 몇 번이든 괜찮아요……. 앗, 또 개한테……!"

첫째와 키스를 나누며 다시 막내에게 내 물건을 뒤에서 박았다.

성교하면서 다른 애랑 키스하면 역시나 뭐라 이루 말하기 힘든 쾌감이 느껴진단 말이지.

이왕 하는 거 이리야랑 같이—— 어라?

"왜, 왜 그러세요……? 어, 벌써 그만하시게요……?"

내가 입술을 떼자 첫째가 아쉽다는 표정을 지었다.

아니, 막내에게 내 물건을 박아 넣으며 그녀의 몸을 맛보고 있었는데…….

나도 모르는 사이에 이리야가 온데간데없이 사라져 있었다.

이리야는 복도에 있었다.

복도 벽에 몸을 기대고서 무릎을 끌어안은 채 앉아 있었다.

지나가던 한 엘프 아이가 무슨 일인가 싶어 말을 걸었지만, 이리야는 잠자코 고개만 저을 뿐이었다.

　나는 다시 제 갈 길을 가던 그 엘프 아이와 엇갈려 지나가며 이리야의 앞에 섰다.

　"……미안해, 이리야. 그만 널 깜빡했어."

　내가 말을 걸자, 이리야는 고개를 저었다.

　"믿기지가 않아."

　"아, 그렇겠지. 널 완전히 깜빡하고 있었어. 그게, 그 다섯 자매가 워낙에 귀엽고 나랑 속궁합도 잘 맞다 보니 나도 모르게 그만 푹 빠졌지 뭐야."

　"……그게 아니라. 저 엘프 언니, 이리야에게 '괜찮니?'라고 물어봤어. 엘프가 하프 엘프를 꺼림칙한 존재로 여기는 엘프가 말이야. 어쩌면 주인님이 이리야를 데리고 돌아다니며 이것저것 시키는 바람에…… 이리야의 존재 따윈 아무래도 좋은 게 됐을지도 모르지만."

　"아, 그건 그럴지도 모르지."

　이리야에게 말을 걸었던 엘프 애는 저번에 나랑 이리야 셋이서 한 적 있었을 것이다.

　자신의 몸을 이용해서 하프 엘프와 유사 성교를 가지는 바람에 차별 의식이 옅어진 걸지도 모른다.

　뭐, 오히려 차별 의식이 악화될 가능성도 있겠지만, 원래 너무 어이가 없으면 오히려 웃음이 나오는 법이라고나 할까.

　"이리야, 실은 네가 사라진 걸 안 뒤에도 다섯 자매랑 한 번씩 더 했어. 아, 막내는 유협봉사(乳挾奉仕)도 해 줬군. 미안해,

미안."

"당신은 정말로 믿기지가 않아……."

평소와 같은 무감정한 눈빛에는 쓰레기를 쳐다보는 듯한 경멸감이 살짝 어려 있는 것 같았다.

오오, 드디어 이리야에게도 감정이라는 것이 나타나기 시작했군!

"……참 이상해. 당신은 그냥 성욕이 이끄는 대로 살고 있으면서, 성욕 외에는 아무 생각도 없으면서, 그런데도 주변 여자애들이 당신한테 모여들고 있어. 단순히 외법이나 마의공주들과의 관계가 전부는 아닌 것 같은 느낌이 들어……."

"글쎄? 하지만 바닥에 주저앉아 있는 여자애한테 손을 내미는 것 정도는 할 수 있어."

나는 이리야에게 손을 내밀었다.

"……그건 누구나 할 수 있는 거잖아. 누구나 하는 거잖아."

"난 네가 하프 엘프라서 이러는 게 아니야. 거듭 말하지만 그건 나랑 상관없는 일이라고."

어라——?

내가 봐도 손발이 오그라지는 말을 하고 나서, 왠지 모르게——.

이리야가 아닌 다른 여자애가 이와 똑같이 무릎을 끌어안고 있던 광경이 머릿속에 한순간 떠오른 것 같은데.

"……뭐지? 저번에도 이런 일이 있었던 것 같은데……."

"다른 여자애한테 작업 걸 때도 똑같은 소릴 했던 거 아니야……? 창의성이 부족해."

"역시 이리야. 무표정으로 가차 없이 일침을 날리네. 창의성이 부족해도 괜찮아. 내가 여자애한테 작업 걸 때 쓰는 건 사랑뿐이니까."

"…………그래?"

무표정임에도 그 얼굴에는 '거짓말 하는구나.'라고 적혀 있었다. 눈치가 빠르구나, 이리야.

"게다가 창의성은 부족해도 반성은 할 줄 알아. 이제 다시는 널 잊지 않도록 할게. 그리고 앞으로는 너도 잔뜩 귀여워해 줄 거야. 너랑 성교도 잔뜩 할 거고."

"……성교는 안 된다고 몇 번을 말해."

"쳇, 은근슬쩍 묻어가서 '좋다.'고 말할 줄 알았는데. 방심할 수 없는 녀석이군!"

"그건 이리야가 할 소린데……?"

하긴 나도 남 말할 처지는 아니지.

이런, 계속 이런 데서 이리야를 쪼그려 앉힐 수도 없는 노릇이지.

나는 이리야의 손을 잡아 일으켜 세우고 나서── 그 호리호리한 몸을 꽉 끌어안았다.

"응……."

이리야는 아무 말 없이 여느 때처럼 나에게 몸을 맡겼다.

이 아이의 정체는 아직 알 수 없었다. 융커는 아직 완전히 의심을 풀지 않은 상태였다.

하지만 나는 이리야를 내 곁에 두기로 했다. 손을 내밀어 주기로 했다.

그러니, 어중간한 상태로 내버려 둘 수는 없는 노릇이다.

그저 이리야가 귀여우니까, 어떻게든 성교하고 싶으니까——단순히 그런 이유만 있는 건 아니다. 아마도.

어째선지 나는 이 고독한 그림자를 드리우고 있는 하프 엘프가 불쌍해서 견딜 수가 없었다.

"이리야, 다시금 새로 시작하자."

"새로 시작한다고? 뭘?"

"그야 물론 다섯 자매와의 성교지. 너도 걔네랑 같이 하는 거야!"

"……조금은 다시 볼 수 있지 않을까, 그렇게 기대했던 이리야가 어리석었어."

여전히 이리야는 매우 냉정했다.

물론 미소녀 자매와 다시 하자는 건 진심이었다.

이리야를 소홀히 여겼던 만큼, 앞으로는 이리야 및 다른 애들과 한층 더 즐거운 시간을 보내기로 다짐했다.

마음을 새로이 가다듬고 다시 새로운 시드 네키스가 된 나는——.

다시금 여자애들을 탐하며 매일 별궁을 돌아다녔다.

융커와 신입 희병은 거의 내 방에서 살다시피 했는데, 이제는 거기에 다섯 자매도 더해졌다.

물론 이리야도 함께했다. 두 엘프와 다섯 미소녀 자매가 난교를 벌일 때에는 항상 하프 엘프도 곁에 있었다. 키스를 나누거나 맨살에 내 물건을 비비는 식으로 같이 즐겼다.

이제 슬슬 이리야의 가슴을 영접해도 괜찮지 않을까 싶은데…….

내가 속으로 음흉한 생각을 하기 시작할 무렵이었다.

어느 날 밤, 여느 때처럼 침실에서 다 같이 질펀하게 즐기고 있을 때——.

"아, 시드 님! 우와, 또 여자애들 천지네! 뭐, 늘 있는 일이지만! 린, 이제 막 돌아왔어! 엄청 열심히 정보 수집해 왔으니까 칭찬해 줘!"

검은 머리를 포니테일로 묶고, 기모노—— 동방의 민족 의상을 입은 소녀가 모습을 드러냈다.

아티나의 닌자이자 내 유일한 부하, 린이었다.

린은 침대 위에서 정액 범벅이 된 엘프와 다섯 자매의 모습에 잠시 움찔하더니 곧바로 정신을 차리고 왁자지껄 떠들어 댔다.

"아, 맞다. 너 정보 수집하러 나갔었지 참."

"깜빡했던 거야?! 아무리 세 나라가 화목해졌다고 해도 그렇지, 아직도 살기를 풍기는 곳도 있는데! 목숨을 걸고 정보를 수집해 왔는데!"

"알았어, 알았다고. 너하고도 성교해 줄게."

나는 린의 손목을 잡아 침대로 끌어들였다.

그 옆에는 나의 귀여움을 듬뿍 받고 뻗어 있는 융커가 있었지만 신경 쓰지 않았다.

나는 익숙한 동작으로 린이 입고 있는 기모노의 앞섶을 벌린 뒤, 옷자락 안에 손을 넣어 팬티를 끌어내렸다.

"자, 잠깐만! 다짜고짜 이게 무슨 짓이야?!"

"한동안 너하고 못 한 바람에 지금 하고 싶은 걸 어쩌겠어. 자, 봐. 오늘은 관객이 무려 8명이나 있다고."

"우와, 이 많은 사람들이 보는 앞에서 하면 흥분될 것—— 아니, 그게 아니라! 중요한 정보가 있단 말이야!"

"중요한 정보? 그래 봤자 나랑 성교하는 것 보다 더 중요하겠어?"

"중요해! 시드 님, 52명의 마의공주가 서로 싸우느라 정세가 엄청 위험한 거 벌써 잊었어?!"

정확하게 말해서 그중 세 사람과는 손을 잡은 상태지만 말이지.

나는 그런 건 신경 쓰지 않았기에 린의 아담한 가슴을 주무르며 질 입구를 손가락으로 빙글빙글 휘저었다.

"앗, 아앙, 안 된다니깐……. 앗, 앙…… 잠깐…… 남들 앞에서 하는 바람에 흥분했는데, 너무 그렇게 하면……!"

흐음, 이미 흠뻑 젖은 모양이로군……. 사실 이 방에 오기 전에 나랑 하기를 기대하고 있었던 거 아닐까?

"뭐 어때. 오랜만에 하는 거니까 오늘 밤에는 못해도 두 자릿수만큼 사정해 줄게."

"두, 두 자릿수?! 조금 전까지 엘프들이랑 실컷 한 게…… 웃,

에에에엑!"

"갑자기 소리 지르고 왜 그래? 딱히 이상한 짓을 한 것도 아니
잖아."

나는 린의 양 손목을 잡고 후배위 자세로 뒤에서 내 물건을 박
아 넣으며 쓴웃음을 지었다.

우옷, 난리법석 떠는 것치고는 조임이 상당한데…… 너무 빡
빡해서 아플 정도잖아.

"지, 지금은 이럴 때가 아니…… 저, 저기에 있는 애는, 하프
엘프 잖아?!"

"오, 잘 봤어. ……이런, 조임이 너무 세서…… 우오옷, 첫 발
간닷."

"히약, 으으으으읏…… 앗, 느닷없이 사정하다니……! 아아,
자신의 몸을 상대에게 바치는 것도 닌자의 역할이라고는 하지
만…… 아니, 사람 말 좀 들엇!"

"그래, 알았다고, 알았어. 이번엔 좀 빨리 사정했으니까. 다
시 또 해 줄게."

나는 린을 침대에 눕히고 이번에는 정상위 체위로 삽입하면서
린의 그 아담한 가슴을 조물조물 만지작거렸다.

아담한 가슴도 좋군. 오, 분홍색 유두가 딱 솟았잖아.

"그게 아니라, 하프 엘프! 린, 정보를 수집해 왔다고! '그레
시아'가 움직였어! 그레시아의 병사를 붙잡아서, 아앙, 커다
래…… 아, 앗!"

"시, 시드 공! 이 닌자는 정말 중요한 정보를…… 아앙!"

나는 우리 사이에 끼어든 융커의 가슴을 주물렀다.

　아담한 가슴을 만지작거리고 있어서 그런지 익숙한 융커의 가슴에서 느껴지는 중량감이 한층 더 굉장하게 느껴졌다. 이 무게와 탱탱한 탄력은 정말이지 최고란 말이지…….

　"아, 아앙, 시, 시드 공, 가슴으로든 입으로든 몇 번을 하셔도 되니까, 지금은……!"

　"그래, 린이랑 실컷 즐기고 난 뒤에 네 안에다 잔뜩 사정해 줄게."

　"얘, 얘기 좀 들으세요! 그레시아가…… 그레시아는 대륙 최대의 종교 국가! 어떤 의미에서는 마스디니아 이상으로 위험한 나라라고요!"

　"아뇨, 우리 마스디니아를 능가하는 나라는 없어요."

　이번에는 침대 위에 있던 다섯 자매의 첫째가 끼어들었다.

　이거 곤란한데, 다들 그렇게나 나랑 하고 싶단 말인가…….

　"이, 이건 중요한 얘기야! 들어 줘, 시드 님! 앗, 잠깐, 너무 그렇게 격렬하게……!"

　"성교하면서도 얘기는 들을 수 있잖아. 그래서?"

　"아흑, 응……아티나의 국경 부근에 있는, 마을에서… 정보를 모으고 있었는데, 린 이상으로 수상한 2인조 여성이 있어서, 붙잡았더니…… 정보를 캐냈어……!"

　린은 나에게 정상위 체위로 박히면서도 보고를 이어 나갔다.

　역시 닌자답군. 언제 어느 때라도 자신이 수집한 정보를 열심히 전달하고자 하고 있잖아.

"……잠깐만, 린. 너, 그런 위험한 짓을 했다고? 세상에, 난 너에게 그렇게 위험한 조사를 시킨 적 없었다고."

"그, 그런 말로 상냥한 모습 보일 거라면 이제 그만 좀 했으면 좋겠는데! 애, 애당초 린은 닌자니까 이 정도쯤은——!"

"……그럼 어쩔 수 없지. 두 번째로 사정하고 끝낼게."

"두 번은 하겠다는 거구나! 당신은 진짜 정상이 아니지만, 그래서 더 빠져든다니깐!"

나는 자포자기 상태에 빠진 린의 질 안을 실컷 맛보았다. 물론 그러면서 이리야와 키스를 나누는 것도 잊지 않았고, 내 옆으로 온 융커와 첫째의 가슴도 마음껏 주무르면서——.

"……읏, 응, <u>으으으으으으으으으으응앙</u>!"

린이 몸을 활처럼 휘며 절정에 달했다. 나는 세 번째로 가차 없이 정액을 질 안에다 토해 냈다.

"후우…… 기분 좋았다. 간만에 했는데도 잘 단련된 닌자의 몸은 역시 좋군."

"거참 다행이네! 그건 그렇고 결국 세 번까지 하다니, 이 사람은 진짜!"

린은 눈물을 글썽이며 음부에서 내가 세 차례나 사정한 정액을 질질 흘렸다.

"엄청 기분 좋았지만! 그치만 린은 화가 났어!"

"너무한데?"

"어쨌거나! 쟤, 하프 엘프 말이야! 그레시아의 여자들이 한 말에 따르면 상아색 머리의 하프 엘프를 이곳 별궁에다 밀정으로 파견했다고 했어! 린의 술법으로 자백시켰으니까 틀림 없어!"

그 말을 들은 융커와 신입 희병, 그리고 다섯 자매가 잽싸게 움직였다.

침대에서 나와 방바닥에 흩어져 있던 자신들의 옷을 잽싸게 주워 활과 검을 쥐었다.

"……이봐 이봐, 이 방에서 칼부림을 벌이는 건 자제하자고. 다들 무기 내려놔."

하지만 내 말에도 불구하고 융커와 신입 희병은 활을 겨누었고, 다섯 자매는 이리야에게 검을 들이밀었다.

그런데도 이리야는 침대 위에서 여전히 무표정을 짓고 있을 뿐이었다.

"네키스 님, 그레시아는 마스디니아에서도 아티나에서도 국교로 정해진 '그레시아 성교회'의 총본산이에요! 하지만── 그레시아 또한 마의공주를 보유한 나라! 모든 마의공주와 마찬가지로 전란을 끝내기 위해서라면 수단을 가리지 않아요!"

"음, 아무리 나라도 그 정도는 알고 있다고."

제국 귀족의 다섯 자매 보다 교양 수준은 뒤질 테지만, 애초에 나는 여행자란 말이지.

세상 돌아가는 일은 이곳에 있는 그 누구보다도 더 많이 체험하지 않았을까 싶은데.

그레시아 성교회는 열두 기둥의 신들을 기리는 종교로, 메가레이시아 대륙에 있는 대부분의 나라가 국교로 삼고 있다.

나는 뭐, 종교하고는 상성이 영 좋지 않아서 웬만하면 얼씬도 안 하지만 말이지.

아, 그래도 옛날에는 그레시아 성교회의 신관 중에 지인이 있었다.

미인이지만 누가 신관 아니랄까 봐 곧잘 설교를 늘어놓는 녀석이었지.

"시드 님, 그레시아는 우리 아티나와 마찬가지로 정보 수집에 뛰어난 나라야. 저들 입장에서 봤을 때는 남방 지역의 세 나라가 갑자기 동맹을 맺은 거나 마찬가지니까, 밀정을 보냈다 해도 전혀 이상하지 않았을 거야."

"그 동맹에 내가 관여하고 있다는 건 벌써 알아차렸나 보군. 그래서?"

나는 린과 대화를 나누며 이리야 쪽을 흘끗 살폈다. 여전히 무표정――.

융커도 신입 희병도 다섯 자매도 마의공주의 힘을 부여받은 희병이고, 린은 신기한 술법을 여럿 익힌 닌자다.

전투력이 뛰어난 이 여자애들의 적의를 한 몸에 받고 있음에도 이토록이나 무표정을 유지하는 건 대단한 일이었다.

"시드 님, 방심하면 안 돼. 하프 엘프는 엘프와 마찬가지로 활과 마법을 다루는 데 뛰어나! 얼른 개한테서 떨어져!"

"이리야, 너 밀정이었어?"

"응."

"그런 질문을 대 놓고 하다니?! 그리고 저 하프 엘프도 순순히 인정했잖아?!"

린은 어느새 뽑은 단도를 이리야에게 겨눈 채 떠들어 댔다.

사실 별 상관없는 얘기지만, 린이 있으면 이곳 별궁이 30퍼센트는 더 떠들썩해지는 것 같단 말이지.

"그 말대로 이리야는 그레시아로부터 왔는데, 만약 들키면 정체를 밝혀도 된다고 했어. 신문이나 고문을 억지로 견딜 필요는 없대."

"고문이라…… 난 그런 건 싫어. 남자야 아무래도 좋지만, 여자애랑은 서로 기분 좋은 걸 해야 하니까 말이야."

"당신은 좀 가만히 있어 봐! 하프 엘프, 잘 알고 있겠지?! 밀정이라는 사실이 발각되면…… 이렇게 된다는 걸!"

린이 손으로 목을 긋는 시늉을 했다.

"이리야는 바보지만, 그 정도는 알아. 그치만……."

"우왓?!"

갑자기 이리야의 몸에서 강렬한 압력이 뿜어져 나왔다.

거대한 침대가 덜컹덜컹 흔들렸고, 방 안에 있던 각종 집기가 떨어졌으며, 유리창에 차례로 금이 갔다.

이 압력은, 설마 저 작고 가녀린 몸을 감싸고 있는 메이드복에서 나오고 있는 건가──?

"이리야, 그 메이드복은 설마…… 마의?!"

"마의?! 이 하프 엘프가 마의공주였다니?! 그런 말도 안 되는 일이──."

"제국에서도 하프 엘프 출신의 마의공주가 있다는 정보는 들도 보도 못 했어요!"

내 뒤를 이어 융커와 첫째가 저마다 외쳤다.

그녀들은 도무지 믿어지지 않는다는 기색이었지만, 희병인 그녀들이라면 이리야의 메이드복에 범상치 않은 힘이 깃들어 있음을 알아차렸을 것이다.

"주인님, 의외로 예리해. 그치만, 좀 달라……."

이리야는 고개를 붕붕 저었다.

나는 그동안 리샤, 라크시알, 루피아, 이렇게 세 사람의 마의를 보아 왔다.

세 사람의 마의를 여러 번 접해왔기에 이리야의 메이드복이 마의임을 알 수 있었다.

"진정해, 마의. 이리야는, 당신의 힘 같은 건 필요없어……."

이리야가 오도카니 중얼거렸다.

그러자 방 안의 진동이 거짓말처럼 잦아들었고, 메이드복에서 뿜어져 나오던 압력도 사라졌다.

"분명 이리야는 마의에게 선택받았어. 그치만 마의공주는 아니야. 단지 마땅히 입을 게 없어서 이걸 입고 있을 뿐이거든. 옷이 터지거나 헤질 일도 없고, 입기 편하니까……."

"……마의에게 선택받아도 마의공주가 아니라니. 그런 경우도 있구나."

이리야는 마의를 입고 있음에도 불구하고 그 힘을 전혀 행사하지 않았다.

아니, 마치 그 힘을 피하려는 것처럼 보였다.

마의의 힘이라면 이곳에 있는 희병과 병사들을 모조리 쓰러뜨리기에 충분할 터.

그런데 이리야는 싸울 생각이 없어 보인다——?

"이, 이게 어떻게 된 거지? 넌 그 마의의 힘이 있으니까 밀정으로 파견된 거 아니었나?"

그러게 묻는 융커는 여전히 이리야에게 활을 겨누고 있었다.

"보낸 사람의 의도는 그럴지 몰라도, 이리야는 싸우는 게 싫어. 폭력으로 남을 누르는 건 이리야를 차별한 사람들과 다를 바 없으니까."

이리야는 여전히 무표정이었다.

자신의 목숨이 위기에 처한 이 마당에도 힘을 행사할 생각이 없다니——.

"이리야도 나 자신이 밀정 노릇을 제대로 할 수 있을 거라 생각하지 않아. 실패할 거란 건 알고 있었어. 하프 엘프는 엄청 눈에 띄는데다가, 가만히 있기만 해도 의심받으니까."

"그야 당연하다면 당연한 수순이지. 시드 공, 본인이 밀정임을 인정한 이상 저희 입장으로서는 이리야를 이대로 놔둘 수 없어요. 마의를 보유하고 있다면 더더욱 말이죠."

"융커, 이젠 너도 '하프 엘프' 가 아니라 '이리야' 라고 부르는구나."

"…………윽."

융커는 떨떠름한 표정을 지으며 고개를 내리깔았다.

"그, 그건…… 당신한테 몇 번이고 같이…… 아, 안기면 이름으로 부를 수도 있는 거잖아요! 하지만 그건 그거고 이건 이거예요. 이리야는 이곳 별궁 구조를 샅샅이 알고 있고 당신의 존재도 알고 있어요. 이곳에서 내보낼 수는——."

"일단 딱 잘라 말하겠는데, 난 이리야를 죽일 생각 없어."

그렇다. 이리야가 밀정이라는 이유만으로 왜 죽여야 한단 말인가?

물론 밀정을 살려서 보낸다는 게 상식과 동떨어진 행위임은 알고 있지만, 그걸 감안하더라도 나는 이리야를 해할 생각이 추호도 없었다.

"시드 님! 아무리 공주님이라 해도 그런 건 용납할 수 없어! 그야 불쌍하다는 생각은 들지만, 애초에 얘도 그런 건 각오하고서 잠입했을 거야……. 닌자도 임무에 실패하면 죽는다는 각오로 임하고 있다고!"

"…………."

저번에 린과 같이 엘프에게 붙잡혔을 때 제 목숨이 아까워 난리법석을 피우지 않았던가……?

"그레시아의 속내가 뭔진 몰라도 나랑은 상관없는 일이야. 하지만—— 이리야 너는 여기가 종착점이라고 생각하지 않잖아?"

"……종착점."

이리야는 내가 한 말을 똑같이 중얼거렸다.

내 진안에는—— 이리야의 공략 루트 진행도와 그녀 자신의 난이도가 표시되어 있었다.

진행도는 요 며칠 동안 완만하게나마 상승했고, 지금은——거의 마무리 단계에 접어들었다.

그리고 난이도 쪽은——0이었다.

불과 얼마 전까지만 해도 99 상태 그대로 꼼짝도 하지 않았던 난이도가 순식간에 0으로 떨어져 있었다.

"이리야, 이게 끝이 아니야. 넌 네가 바라는 게 있을 거야. 그게 뭔지 나에게 가르쳐 주지 않을래?"

"이리야가, 바라는 것……."

이리야는 그 자리에 주저앉은 채 무언가를 골똘히 생각하기 시작했다.

"이건 순전히 내 생각이지만, 넌——별궁에서 보낸 생활이 즐거웠던 거 맞지? 앞으로도 여기에서 계속 살고 싶다고——그렇게 생각하고 있는 거 맞지?"

이건 순전히 내 생각에 불과했지만 나에게는 진안으로 얻은 정보가 있다.

이리야의 진행도가 상승한 건 다른 여자애들과 난교를 하고 난 뒤밖에 없었다.

솔직히 아무리 나라도 믿기 힘들었다. 하지만 이리야는 다른 애들과 야한 짓을 하는 게 즐거웠던 게 아닐까 싶었다.

"이리야는 줄곧 혼자였으니까. 그런 행위로도…… 모두와 함께 있는 게 기뻤어. 뭐, 주인님은 가끔 행위에 너무 몰두하는 바람에 이리야를 방치하기도 했지만."

"그건 내가 미안했어……."

설령 주인님이긴 해도 나는 메이드에게 정중하게 사과했다.

"……왠지 은근슬쩍 터무니없는 얘기가 나온 것 같은데? 이제 시드 님은 당연하다는 듯이 난교를 즐기고 있지만, 린은 딱히 좋아서 하는 건 아니라고……."

"난교를 좋아하는 건 시드 공이지, 우리는 한 명씩 하는 것만으로도…… 아, 아니, 혼자라면 적극적으로 하겠다는 말이 아니라!"

린과 융커가 뭐라 속삭이듯 말했다.

얘네도 여럿이서 할 적에는 무진장 즐기는 주제에 말이다.

"뭐든 상관없었어. 어처구니없는 일이긴 해도, 그런 걸로도 다른 사람들과 함께 무언가를 할 수 있다면 뭐든 상관없었어. 그럴 땐 아무도 이리야를 하프 엘프라고 차별하지 않았으니까."

"넌 하프 엘프지만 그건 단지 종족에 불과해. 여기선 인간이든 엘프든 하프 엘프든 나처럼 수상쩍은 남자가 있든 아무도 신경 쓰지 않거든."

"……수상쩍은 남자 쪽은 좀 그렇지 않을까 싶은데~."

"……새삼스럽지만, 저희 머리는 정말 괜찮은 걸까요?"

얘네 혹시 지금 내 험담한 건가?

"그러니까 이리야가 밀정이든 하프 엘프든 간에 네가 즐거운 일을 하면 돼. 뭐, 메이드로서 나를 섬겨야 하지만. 그리고 하는 김에 성교도 같이 할 거지만!"

"……응."

이리야는 고개를 살며시 끄덕였다.

"어? 그래도 돼? 어쩌면 이틈을 타 운 좋게 '응.' 이라고 대답해 주지 않을까 싶어서 그냥 해 본 말이었는데!"

정작 말을 꺼낸 내가 더 놀랐단 말이지.

"당신은 이리야에게 처음으로 즐거운 감정을 느끼게 해 주었어. 당신이 부정 타게 될지도 모르니 성교는 안 되지만…… 그래도 종족 따윈 상관없다고 했으니……."

기분 탓인지 이리야의 뺨이 살짝 붉어진 것 같았다.

오오오오오, 그 천하의 이리야가! 부끄러워하고 있잖아?!

"……재도 참 쉽게 넘어가는 하프 엘프인가 보네……."

"……린 공, 엘프가 다 저렇게 쉽게 넘어가는 건 아니에요."

다행이군, 린과 융커의 말은 이번에는 내 험담이 아니었다.

"게다가…… 실은 시드 네키스의 조사에서 가장 중요한 항목이 있어."

"오오, 자기 일에 충실한데? 밀정 노릇 계속하려고?"

나에 관한 거야 얼마든지 조사해도 상관없다.

내가 남을 보는 것도 좋아하지만 가끔은 남이 나를 보는 것도 나쁘지 않지.

"마의공주를 공략한 수단에 관해서도 조사하라고 했어. 이미 알고 있을 테지만, 그것을…… 한번 '실제로 해 줬으면' 싶어."

"……그래, 이미 알고 있다면 어쩔 수 없지. 그럼 좀 더 구체적으로 가르쳐 줘야겠군."

나는 이리야의 손을 끌어 내 품에 안고는—— 그 촉촉하고 부드러운 입술에 키스했다.

　다 같이 하는 게 좋은 모양이었지만, 그래도 처음만큼은 너 하나만 바라보면서 하도록 하지.

　"웃, 으응, 으으응…… 웃, 응, 혀가…… 안에 들어왔어……
으으읍."

　나는 이리야를 끌어안은 채 입술을 겹치고 혀를 집어넣어 입안을 휘저었다.

　그와 동시에 손을 더듬어 스커트 자락을 젖히고 팬티 위에서 그 앙증맞은 엉덩이를 쓰다듬었다.

　으음, 좋은 엉덩이로군. 탱탱하고 부드러운 게, 꼭 내 손을 빨아들일 것만 같아.

　"앗, 응, 아아…… 엉덩이…… 안 돼…… 웃, 으응."

　이리야는 그렇게 말하면서도 내 손길을 거부하지 않았다.

　나는 이리야의 그 촉촉한 입술을 실컷 맛보면서——.

　그 가벼운 몸을 들어 올려 침대 위에 놓았다.

　"웃…… 좀, 떨려."

　"괜찮아. 나는 처음 하는 애한테는 부드럽게 하거든."

　옆에서 린과 융커가 어처구니가 없다는 듯이 투덜거렸지만 나는 신경 쓰지 않았다.

　나도 침대 위로 올라와 이리야의 앞에 앉았다.

　"와…………."

　이리야가 자그맣게 소리를 냈다.

내가 이리야의 메이드복 앞섶을 벌리고—— 그 아담한 가슴을 노출시켰기 때문이다.

오옷, 드디어 영접하는군! 이것이 이리야의 가슴! 아담해!

완만한 곡선을 그리는 그 가슴은 내 손바닥에 쏙 들어갈 만한 크기였다.

가슴은 작았지만 그 곡선미는 대단히 훌륭했다. 역시 엘프의 피를 이어받은 게 어디 가지 않았다. 얼굴뿐만 아니라 몸도 형태가 가지런했다.

그리고—— 정점에는 마치 반짝이는 듯한 분홍색 유두가 있었다!

"왓…… 아…… 그런 데를, 빠는 거야……?"

나는 그 가슴을 주무르기도 전에 나도 모르게 그 유두에 입을 대고 말았다.

그러고는 그 자그마한 돌기를 입술 사이에 끼우듯 맛보며 쪽쪽 빨아 올렸다.

으음, 맛있군. 자그마한 가슴의 귀여운 유두에서는 달달한 맛이 났다. 내가 빨면 빨수록 그 돌기는 점점 더 단단하게 솟았다.

"웃, 앗…… 흐아…… 웃, 유두…… 너무 그렇게, 쪽쪽 빨면 안 돼……."

"그렇지만 맛이 엄청 좋은 걸 어쩌겠어. 으음, 네 가슴은 귀여워."

나는 유두를 빨면서 다른 한쪽 가슴을 손으로 마구 주물러 댔다.

자그마한 가슴은 역시나 매끈매끈했고 부드러웠다. 마치 손에 빨려 들어갈 것만 같았다.

"앗, 웃, 으웃, 앙, 가슴…… 아앙, 그런 델 만지작거리면…… 앗, 아앙, 유두, 안 돼애…….”

이리야는 여전히 표정 변화가 적었지만 확실하게 쾌감을 느끼는 모양이었다.

그렇다면——.

"으웃?!”

이번에는 메이드복 스커트 자락을 젖히고 팬티 안에 손을 집어넣었다.

지금껏 팬티 너머로 내 물건과 닿은 적은 몇 번이고 있었다. 하지만 손으로 직접 만지는 건 이번이 처음이었따.

"앗, 아앙, 거긴…… 웃, 앗, 아앙…… 기분이 이상해…… 아앗……!”

가슴과 유두보다 더 민감한 모양인지 이리야는 몸을 움찔움찔 떨었다.

"처녀치고는 감도가 꽤 좋은데?”

"다, 당신이…… 다른 사람들과 성교하면서 이리야에게 이런저런 것들을, 했으니까…… 그리고 그런 것들을 당하다 보면…… 몸이 멋대로 반응하게, 돼…….”

그건 당연했다. 뭐, 그래 봐야 키스하는 것이랑 맨살에 내 물건을 비비는 게 다였지만, 그래도 처녀인 상태에서 몇 번이고 만지작됐으니까 말이지.

"……그, 그치만 잠깐만. 이리야는 메이드야…… 봉사를 해야…….."

"응?"

이리야는 나에게서 살짝 떨어지더니── 서투른 손길로 내 바지에서 내 물건을 꺼냈다.

"…………이, 이렇게? 응, 츄웁…….."

"오옷……!"

이리야는 그 촉촉한 입술로 내 물건 끝에다 입을 맞추었다.

우오오, 그냥 내 물건에 키스하고 있는 게 전부인데 녹아내릴 것만 같이 기분 좋잖아!

"그, 그리고…… 이렇게…… 융커 씨가 곧잘 이렇게 하던데…….."

이리야는 몸을 구부려 내 가랑이에다 얼굴을 가까이 대더니 ──.

내 물건을 입에다 물고 쪽쪽 소리를 내며 빨기 시작했다.

입이 작아서 그런지 내 물건을 입에 무는 게 버거워 보였다. 그럼에도 이리야는 내 물건에다 열심히 구강봉사를 해 주었다.

"웃, 으으읍……단단해…… 이렇게 커다란 거…… 입에 다 안 들어가…… 츕, 웃, 읍."

이리야는 내 물건을 힘차게 빨아올리며 목 안쪽에 닿을 기세로 깊숙이 삼켰다.

그렇게까지 무리할 건 없는데…… 그런 말이 입 밖으로 나오려고 했다. 하지만 너무 기분 좋아서 차마 입이 떨어지질 않았다.

아직 처녀인 이리야가 이런 봉사까지 해 줄 줄은 몰랐다.

아마도 다른 엘프나 미소녀 병사들이 펠라티오를 하던 모습을 보고 따라하는 것 같았다.

"아웁, 응, 하웁, 응, 츄웁…… 웃, 으웁…… 으으응……!"

그 자그마한 입으로 내 물건을 문지르며 혀를 얽는가 싶었는데—— 도로 입에서 뺐더니 그 귀여운 혀로 내 물건을 음낭 언저리 부분부터 끝 부분까지 할짝할짝 핥아 올리고는 다시 입에다 물었다.

오오, 입안의 온기, 부드러운 입술의 감촉, 서투른 혀 놀림…… 완전 최고잖아!

"이, 이리야…… 우오옷……!"

그 서투른 혀 놀림이 저릿저릿한 쾌감을 자아냈다. 나는 더 이상 버티지 못하고 이리야의 입안에다 마음껏 사정해 버렸다.

꿀렁꿀렁 넘쳐 나오는 정액이 이리야의 입안을 향해 차례로 쏟아져 들어갔다.

"으으으으응…… 후아…… 웃, 이상한 맛이 나…… 하으……."

"야, 야. 억지로 안 삼켜도 돼……."

이리야는 내 정액을 꿀꺽꿀꺽 삼키며 입을 살짝 벌렸다.

아직 입안에는 희멀건 정액이 고여 있었기에 입술 사이로 살며시 흘러 나왔다.

우오오, 무진장 꼴리잖아…… 예쁜 하프 엘프의 얼굴이 내 정액으로 더럽혀진 모습이 무진장 꼴렸다!

"이리야————!"

"꺅."

나는 그 자리에서 이리야를 넘어뜨리고 힘차게 끌어안았다.

이 하프 엘프가 기특하고 귀여워서 견딜 수가 없었다.

"……더는 못 참겠어. 이리야, 해도 되겠지?"

"응…… 그치만 이렇게 이리야만 상대해도 괜찮아? 그전에 융커 씨나 저 닌자 언니랑 몇 번 해야 되는 거 아니야? 이리야는 기다릴게."

"……저 하프 엘프, 또 터무니없는 소릴 하고 있어!"

그렇게 난리법석을 피우는 사람은 역시나 린이었다.

"아니, 내가 못 기다려. 난 지금 너랑, 너하고만 하고 싶다고."

"웃…… 원래 그랬지만 엄청 직설적이야…….."

이리야는 다시금 얼굴을 빨갛게 물들이며 그 자리에 발라당 드러누웠다.

자그마한 가슴과, 위로 젖혀진 스커트 사이로 하얀색 속옷과 호리호리한 허벅지가 엿보였다.

아직 덜 여문 느낌의 그것이 소녀의 달콤한 매력을 발산하고 있었다——.

"주인님…… 이리야의 몸으로, 야한 짓 해 줘."

"…………윽!"

나는 더 이상 참을 수 없었다. 드러누운 이리야의 허리를 붙잡고 흰색 팬티를 옆으로 젖힌 뒤——.

이미 입안에다 한 차례 사정했음에도 불구하고 여전히 단단함을 유지하고 있는 내 물건을 단숨에 박아 넣었다.

"으읏…………! 드, 들어왔어……!"

"큭…….."

예상은 했었지만 이리야의 그곳은 대단히 좁아서 내 물건이 잘 들어가지 않았다.

그럼에도 안쪽이 흠뻑 젖어 있었던 덕분에 어찌어찌 박아 넣을 수 있었다.

"하읏…… 앗, 으으읏…… 으응, 커다란 게…… 이리야의 안을, 넓히고 있어!"

내 물건 끝에서 무언가를 찢는 듯한 감촉이 느껴졌다──.

지금껏 이리야가 그 누구의 침입도 허용하지 않았음을 증명해 주는 막을 내 욕망으로 찢어발겼다.

"아읏, 읏, 으으응……이, 이리야의 안이…… 주인님의 것으로 가득 찼어……!"

"그으읏…… 이, 이거…… 장난이 아닌데……!"

이리야의 질 조임은 강렬했다. 마치 내 물건을 쥐어짜 낼 듯한 기세였다.

나는 빨리 사정하든 늦게 사정하든 내가 가장 기분 좋은 순간에 사정하는 편이다.

내가 원하기만 하면 몇 번이고 사정할 수 있는 몸을 갖추었기에 지금 당장 사정해도 상관없었다.

정액을 토해 내는 순간이 가장 기분 좋으니까 은근히 횟수를 중시하는 면도 있었다.

하지만 이리야의 안은 조임이 굉장했기에 내 의지로 사정을 제어하기 힘들었다.

"웃, 이리야…… 이, 일단…… 한 번 사정할게……!"

"어……?"

나는 더 이상 버티지 못하고 이리야의 질 안에다 희멀건 액체를 꿀렁꿀렁 쏟아 냈다.

"흐에, 흐에에……? 이, 이거…… 사정하고 있는 거야? 이리야의 안에다, 사정하고 있는 거야……?"

"그, 그래. 미안해. 더는 참지 못하고 사정해 버렸지 뭐야……."

나는 이리야를 정상위 체위로 꿰뚫은 상태에서 정액을 있는 대로 그녀의 안쪽에다 토해 냈다.

우오오오, 무진장 기분 좋잖아……. 이 정도로 온몸이 저릿저릿할 만큼의 쾌감은 좀처럼 맛보기 힘든데 말이다.

"이, 이리야, 처녀였는데…… 다, 다짜고짜 안에다 사정해 버렸어……."

"아, 미안, 미안. 아직 움직이지도 않았는데 말이지. 그럼, 이대로 계속해서——."

서로 정상위 체위로 이어진 상태에서 나는 다시금 허리를 움직이기 시작했다.

"앗…… 그, 그 상태에서 계속하는 거야……? 앗, 흐앗, 아앗……!"

내가 한두 차례 사정하는 걸로는 성에 안 찬다는 건 이리야도 잘 알고 있을 것이다.

하지만 처녀인 자신에게도 예외가 없을 줄은 몰랐던 모양이다.

"웃, 앗, 아팟, 앗, 아야…… 그, 그치만…… 앗, 커다란 게…… 이리야의 안을, 가득 메우고 있어……. 앗, 끝부분으로 안쪽을 빙빙 돌리는 게…… 기, 기분 좋아……!"

"…………."

처음 하는 거라 아프기도 할 텐데, 벌써부터 쾌감을 느끼기 시작하는 모양이었다.

애초에 이리야도 기분 좋아졌으면 싶어서 하는 거니까 말이지.

"웃, 앗, 으응…… 앗, 으응…… 안쪽에다 몇 번이고 두들기고 있어…… 앗, 앙, 주인님, 이리야의…… 아앙, 이리야의 몸, 기분 좋아……?"

"그래, 최고라고…… 금방 또 사정할 것만 같아……."

이리야는 침대 시트를 힘차게 움켜쥔 채 헐떡였다.

신음 소리를 내지르는 와중에도 거의 무표정을 유지하는 모습이 굉장했다. 그렇지만 성교 중에 이런 표정을 보이는 것도 신선해서 나쁘지 않았다.

금방이라도 꺾일 듯 가녀린 허리, 거의 출렁이지 않는 아담한 가슴, 꽉 조여 대는 질 안.

이 하프 엘프와 나누는 성교는 요 한동안 맛보지 못했던 신선함으로 가득 차 있었다.

"흐앗, 다행이야…… 이리야의 몸, 기분 좋은가 봐…… 앗,

웃, 이리야만 기분 좋은 거, 싫으니까…… 웃, 주인님도, 더 기분 좋아졌으면 좋겠어…… 더 안쪽에, 잔뜩 박아서, 이리야의 몸 안을, 엉망진창으로 만들어서 마음껏 즐겨……!"

덧붙여서 이런 귀여운 소리까지 해 주니까 말이지.

나는 이리야의 안쪽 깊숙한 곳에다 내 물건을 박아 대면서 입술을 겹쳤다.

촉촉한 입술을 난폭하게 탐하며 양손으로 가슴을 마구 주물러 댔다.

작고 호리호리한 체구도 즐길 맛이 있군. 이 아담한 가슴의 부드러움도 자극적이었다.

"아앙, 머리가 녹아내릴 것만 같아…… 주인님, 이리야, 뭔가가…… 오고, 오고 있어……!"

"큭…… 나도 더 이상은……!"

나는 치밀어 오르는 사정 충동을 견디며 이리야의 몸을 위에서 덮치듯 끌어안은 채 내 물건을 그녀의 안쪽에다 빠른 속도로 박아 댔다.

질 조임이 굉장했지만 미끈거리는 애액이 넘쳐흐르는 덕분에 마구 박아 댔다.

나는 필사적으로 허리를 흔들었고, 이리야는 그 가녀린 몸을 비틀며 계속해서 황홀한 신음 소리를 질러 댔다.

"웃, 앗, 아앙, 앙, 앗, 커다란 게, 이리야의 안을 마구 휘젓고 있어. 더는 안 돼…… 이 이상 계속하면, 더는 못 참겠어……!"

"이리야……!"

나는 이리야의 몸을 힘차게 끌어안으며 그녀의 안쪽 깊숙한 곳을 향해 두 번째 사정을 맞이했다.

힘차게 뿜어져 나오는 사정의 기세는 멈출 줄을 몰랐다. 정액이 이리야의 안쪽을 가득 채워 나갔다.

"아, 아아아…… 또, 또 들어오고 있어…… 이리야의, 몸 안으로 들어오고 있어……. 웃, 앗, 아앙, 주인님, 주인님의 정액을 모조리 다, 이리야의 안쪽에다 쏟아 내 줘……!"

"…………하아."

나는 마지막 한 방울까지 이리야의 안에다 쏟아 낸 뒤에야 한숨을 내쉬었다.

아아, 이거 장난이 아니군……. 내 물건은 여전히 이리야의 몸 안에 삽입된 상태였다.

서로 이어진 부분에서는 정액이 흘러넘쳤고, 처녀의 증거였던 피가 살짝 흐르고 있었다.

"……두, 두 번째…… 아니. 세 번째? 하, 할래……?"

"물론 할 거야."

나는 망설임 없이 대답했다. 망설일 게 뭐가 있단 말인가.

"아, 그런데…… 넌 다른 애들이랑 같이 하는 거 괜찮아?"

"……이리야, 저번에 들은 적 있어. 그 전설의 52명 대난교 말이야……. 이리야도 참가하고 싶었어."

"취, 취향 참 특이하네……! 이제 보니 얘는 종족만 특이한 게 아니었어."

"아마도 린은 그 굉장한 광경을 평생 잊지 못할 거야……. 정

신없는 와중에 처녀를 빼앗겼으니까 말이지…….”

황홀한 표정을 짓는 이리야의 모습을 융커와 린이 어이가 없다는 눈길로 쳐다보았다.

어쨌든 나도 애네랑 같이 하고 싶은 마음은 굴뚝 같았지만──.

“아니, 역시 안 돼. 너랑 좀 더 하고 싶어. 자, 이쪽으로 와.”

“응.”

이리야는 고개를 끄덕이며 내 몸에 안겼다.

아아, 달콤하고 부드러운 냄새가 나는군. 귀엽군, 귀여워.

“이리야, 아팠지? 억지로 해서 미안해.”

나는 이리야를 끌어안으며 그 머리를 부드럽게 쓰다듬어 주었다. 푹신푹신하고 부드러운 감촉이 느껴졌다.

“아니야. 다른 사람들과 같이 하는 것도 좋지만, 주인님이 있으면 이리야는 혼자가 아닌걸. 그러니까, 다행이야…….”

“그래?”

나는 이리야에게 살며시 키스하고 나서 밀착하듯 껴안았다.

지금 당장에라도 세 번째 행위에 돌입하고 싶은 충동이 일었다. 하지만 잠시 이렇게 있는 것도 나쁘지 않겠지.

“……시드 공은 왠지 이리야한테만 묘하게 다정한 것 같단 말이지.”

이제 험담하는 소리도 들리지 않았기에 평온한 마음을 유지할 수 있었다.

뭐…… 당연히 성교도 해야 하고말고! 물론 부드럽게 할 거지만.

당연하지만 서너 번 정도로 끝낼 생각은 추호도 없었다.

이 아담하고 귀여운 하프 엘프의 몸을 좀 더 진득하게 맛보고
싶었으니까 말이다.

2 사랑을 찬양하는 나라

용차(龍車)가 요란한 수레바퀴 소리를 내며 앞으로 나아갔다.

두 마리의 소형 용이 일반 마차보다 훨씬 커다란 차체를 끌고
있었다.

말 두 마리가 끄는 마차라면 수용할 수 있는 인원은 대여섯 명
정도가 고작이겠지만, 용차는 그보다 몇 배는 더 많은 인원을
수용할 수 있었다.

게다가 차 안에는 식사를 들 수 있는 탁자와 소형 침대까지 비
치되어 있었다.

가히 움직이는 집이라 할 수 있는 호화로운 차체였다. 강인한
소형 용이 아니면 끌 수 없는 중량이었다.

"하아…………."

용차 안에서 내 맞은편 자리에 앉은 소녀가 커다랗게 한숨을
내쉬었다.

찰랑이는 긴 금색 머리를 가진 그녀는 가슴이 거의 노출되다
시피하고 팬티가 보일락 말락 할 만큼 스커트 길이가 짧은 새하
얀 드레스를 입고 있었다.

올해로 성년을 맞이한, 화려한 광채를 내뿜고 있는 미소녀——

아티나 왕국의 왕녀이자 마의공주이기도 한 알리샤 공주였다.

왕족과 고귀한 자는 진명이라는 또 다른 이름을 가지고 있다. 그녀의 진명은 리샤라고 한다.

기본적으로 다른 사람들에게는 비밀로 하는 이름이었지만, 신뢰하는 상대에게는 가르쳐 주는 경우도 있었다.

"왜 그래, 리샤? 땅이 꺼져라 한숨을 푹 쉬고."

지금 이 용차 안에서는 리샤라 불러도 문제가 없었다.

"……그야 한숨이 나올 수밖에요. 새삼스럽지만 대체 이게 무슨 상황인가요?"

"그건 나도 잘 모르겠어."

용차는 별궁에서 출발하여 마스디니아 제국을 가로지른 뒤, 북쪽으로 향하는 중이었다.

이 용차는 마스디니아에서 빌린 것이었다. 그 외에도 우리가 탄 용차보다 조금 작은 용차 아홉 대가 길게 줄 지어 가도를 달리는 중이었다.

"주인님, 이리야도 아직 잘 모르겠어. 대체 이게 뭐야?"

"……너도 모르는 거야."

나는 내 옆에 앉은 이리야의 허리를 끌어안으며 살며시 키스했다.

"처음 보는 하프 엘프 메이드가 늘어난 것 정도는 상관없어요. 제 앞에서 대놓고 키스를 하는 것도 전혀 신경 안 쓰고말고요. 그럼요. 시드, 당신이라면 별궁의 병사들로는 만족하지 못하고 여기저기서 다른 여자애들을 데리고 오지 않을까 싶었으니까요."

"뭐야, 그래도 되는 거였어?"

"되긴 뭐가 돼요! 당신을 어떻게 취급할지 라크시알도 루피아도 아직 결정하지 못했단 말이에요! 아니, 그게 중요한 게 아니라……."

리샤는 머리를 감싸 쥐며 고개를 저었다.

"뭐, 너무 깊이 생각할 거 없어. 어쨌거나 우리는 지금──그레시아로 향하는 중이니까 말이야."

그렇다── 이 용차의 행선지는 대륙 최대의 종교 국가 그레시아였다.

간략히 설명하자면 이리야가 명실상부 별궁의 일원이 된 직후의 일이었다. 그레시아로부터 리샤, 라크시알, 루피아 세 사람의 마의공주 앞으로 편지가 왔다.

그레시아는 대륙 대부분의 나라가 국교로 삼고 있는 '그레시아 성교회'의 총본산이기도 했다.

국가이면서 대륙 최대의 종교적 권위와 상징을 지고 있었다.

그레시아 자체는 규모 면에서 아티나 왕국과 별 차이 없는 소국에 불과했다.

하지만 그레시아는 명목상으로는 대륙 각지의 나라들보다 지위가 높았고 '종주국'이라 불리기도 했다.

그 그레시아가 '남방 지역의 전란을 미연에 방지하여 평화적인 동맹에 공헌한 공적'이라는 이유로 세 마의공주에게 '위계'를 수여하기로 했다.

위계란, 과거 그레시아가 국가가 아닌 교단으로서 존재할 적에 신자들에게 수여하던 일종의 계급이었다.

제1위계부터 제5위계까지 존재하는데, 교단 내의 조직 운영 및 재산 관리, 무력 등을 담당하는 자들에게 수여되는 직함이었다.

그레시아가 국가가 되어 다른 나라들보다 더 높은 지위를 가지게 된 뒤부터는 그러한 직함 자체는 유명무실해졌지만——.

그레시아에서 다른 나라의 왕이나 중신, 혹은 그레시아 성교회에 크나큰 공헌을 한 자에게 위계를 수여하는 관습이 생겨났다.

왕이나 귀족은 그레시아로부터 위계를 수여받음으로써 자신들의 입지를 공고히 했다.

예를 들어, 마스디니아 제국의 황제는 '제2위계'의 위계 중 하나인 '집정관'을 수여받았다.

집정관이라는 직함 그 자체는 거의 유명무실했지만 '제2위계'라는 점에 의미가 있었다.

참고로 아티나 왕국의 국왕은 '제3위계'에 해당하는 '통무관(統武官)'이었다.

요약하자면 높은 위계를 받을수록 평판이 올라간다는 모양이었다.

우리는 세 마의공주들에게 '제4위계'를 수여한다고 해서 그레시아 수도인 '성도'로 초대를 받았다.

"위계를 받는 건 좋지만, 원래는 위계를 받으러 굳이 그레시아까지 가지 않거든요. 제 아바마마도 위계를 가지고 계시지만 성도에 간 적은 없다고 하시고요……."

"하하핫, 역시 그레시아는 무언가를 꾸미고 있나 본데."

"그레시아는 밀정을 보내는 나라니까……."

"그 밀정과 같이 여정을 떠나는 것 자체가 이상하다는 생각 안 들어요?! 그건 그렇고 이 하프 엘프는 정말 괜찮은 거 맞나요?!"

리샤도 이리야가 내 메이드가 된 경위는 이미 알고 있었다.

밀정이 한 나라의 왕녀 앞에 당당하게 있는 건 확실히 이상한 상황이긴 했다.

"이리야…… 라고 했나요? 당신이 별궁에 잠입했던 것과 이번 그레시아의 초대는 서로 엮여 있다고밖에 생각할 수 없네요. 대체 뭘 꾸미고 있는 거죠?"

"수수께끼는 깊어질 뿐……."

"다른 사람 일인 것처럼 얘기하지 마세요! 이거야 원. 시드의 뒤를 이어 골치 아픈 사람이 또 나타났네요!"

"……알리샤 공주님은, 공주님인데도 이리야가 하프 엘프라는 게 신경 안 쓰여?"

"하프 엘프가 차별받고 있다는 것 정도는 알고 있어요. 하지만 당신은 제 가신도 아니고 저랑은 관계없는 일이죠."

리샤는 하프에 대한 차별 의식은 정말로 없는 모양이었다.

뭐, 공주님이라는 최고의 신분에 속해 있는 몸이다 보니 아랫

것들의 자잘한 신분 차이는 관심 밖의 일인 걸지도 모르지만 말이다.

"그럼 아무 문제없어. 지금의 이리야는 주인님의 메이드거든. 성교도 할 수 있고. 으응, 춉."

이리야가 나를 껴안으며 키스를 했다.

이젠 나를 잘 따르게 되었다.

처음 섹스하고 나서 불과 며칠밖에 지나지 않았는데도 지금까지 대체 몇 십 번이나 했던가.

"……왠지 짜증이 나네요. 하아, 안 그래도 저 혼자 그레시아에 가는 것도 영 내키지 않는데."

"그야 어쩔 수 없잖아. 라크시알도 루피아도 바쁜 것 같던데."

그렇다. 위계는 마의공주 세 사람에게 수여되는 것이었지만, 엘프와 마스디니아의 마의공주는 각자 자기 나라에 있었다.

엘프 연합 내부에서는 인간과의 동맹에 반대하는 자도 적지 않은 모양이었다. 엘프는 기본적으로 인간을 싫어하는 경향이 있으니 당연했다.

마스디니아의 경우, 적으로 삼으면 성가신 엘프와는 달리 마음만 먹으면 간단히 유린할 수 있는 아티나와 동맹을 맺었다는 사실에 의심의 눈초리를 보내는 자도 많은 모양이었다.

그 외에도 제국의 실질적인 지도자인 루피아가 처리해야 할 일은 산더미처럼 쌓여 있었다.

게다가 루피아는 반년 동안이나 아티나의 술집에 잠입했던 바람에 나랏일을 내팽개쳤고 말이다.

라크시알과 루피아가 바쁘기에 다른 나라를 방문할 여유가 없는 건 어쩔 수 없는 일이었다.

"저도 한가한 건 아니라고요. 아바마마께서 다시 복귀하셨다고는 하나 아직 몸이 불편하시니까요."

아티나 왕국에서는 국왕이 병으로 쓰러져 리샤가 왕권 대리 집행자를 맡았었는데, 최근에 국왕의 병세가 호전되었다고 한다.

그래서 리샤는 나라 밖으로 나가 그레시아로 갈 수 있게 되었다.

엘프 연합과 마스디니아에서는 각자 마의공주의 대리인이 위계를 수여받기로 했다.

구체적으로 말하자면 엘프 연합에서는 마의공주의 언니인 융커를 보냈고, 마스디니아에서는 제국 귀족의 영애인 큐오와 그 보좌관으로 다섯 자매를 보냈다.

제국의 규모쯤 되면 황녀 전하의 대리도 달랑 한 명만 보낼 수는 없는 모양이었다.

융커와 큐오, 다섯 자매도 다른 마차에 탑승하여 그레시아로 향하는 중이었다.

"마의공주 세 사람이 위계를 수여받게 되었는데 아무도 그레시아에 얼굴 비추지 않으면 곤란하지 않겠어?"

"그렇네요……. 어떤 의미로는 그레시아는 가장 적으로 돌리기 싫은 나라니까요. 그레시아는 소국이라 동원할 수 있는 병력은 기껏해야 삼천 정도인지라 마스디니아라면 별 어려움 없이 이길 수 있을 테지만, 그래도 그레시아에게 칼끝을 들이미는 건 너무 위험하죠."

"하긴, 마스디니아 백성들도 대부분 그레시아 성교회 신자니까 그 총본산을 공격하기라도 했다가는 민중이 가만있지 않겠지."

"……아티나는 말할 것도 없죠. 군사력으로 이길 수 있을지조차 장담할 수 없으니까요."

"그러니 역시 넌 오는 게 맞았어."

마의공주가 한 사람이라도 직접 고개를 내밀면 그레시아의 체면도 설 테지.

국가 간의 이해관계는 참 복잡하단 말이지.

"네, 하지만 저는 그렇다 쳐도—— 가장 큰 문제는 바로 당신이에요, 시드."

"어? 나한테 무슨 문제라도 있어?"

"무슨 뚱딴지같은 소리예요! 당신도 그레시아가 보낸 서한을 봤을 거 아니에요!"

"뭐, 나도 글자 정도는 읽을 수 있으니까 말이지."

애초에 나처럼 신원도 확실하지 않은 남자에게 왕족 앞으로 보낸 편지를 보여 주면 안 되는 거지만 말이지.

"마의공주에게 위계를 수여하고자 초대장을 보내는 건 알겠어요. 대리자를 보내도 괜찮다는 원칙도 적혀 있었고요. 하지만—— 제 앞으로 온 서한에는 '제1왕녀 직속 서기관 시드 네키스의 동반을 허가한다.'라고 적혀 있었단 말이에요. 이건 아무리 봐도 이상하다고요!"

"허가하지 않는 것보다는 잘된 거 아니겠어?"

"그것도 때와 장소를 가려야죠! 사실 위계를 수여하겠다는 건 구실이고, 그레시아의 진짜 목적은 바로 당신이라고요!"

"그렇다 해도 굳이 구태여 동반자 얘기도 덧붙였는데 내가 가지 않으면 곤란하지 않겠어? 라크시알이나 루피아는 바쁘다고 핑계 댈 수 있지만, 일개 서기관이 다른 나라로부터 초대를 받았는데 바쁘다고 거절하면 큰 문제가 되잖아."

"……그건 그렇죠. 데리고 갈 수밖에 없는 건 알겠지만…… 아무리 생각해 봐도 불길한 예감이 든단 말이에요."

리샤는 참 걱정도 많단 말이지.

나도 엘프에게 감금당하거나 천희가 이런저런 의미로 나를 노린 적도 있었기에 내 입장도 조금은 알고 있었다.

"그래도 가만히 손 놓고 있으면 그레시아의 목적을 확실하게 알 수 없단 말이죠. 하프 엘프도 그렇고 린이 붙잡은 그레시아 군인도 아는 건 거의 없는 것 같고요. 이처럼 상대의 의도에 순순히 놀아나 주는 건 상투적인 수단이라 할 수 있지만요……."

"뭐, 어떻게든 되겠지."

나는 별달리 걱정하지 않았다.

구태여 내 이름을 지명했다는 건 정식 초대다.

그레시아 정도의 나라가 정식으로 초대한 손님에게 대놓고 해코지는 못할 테지.

"그냥 휴양 간다고 생각하면 되지 않겠어? 딱히 위험할 것 같지도 않은 것 같고."

그레시아로 향하는 여정 중에는 여러 나라를 경유하게 된다.

마스디니아의 용차가 당당하게 다른 나라의 영토를 경유하는 건 원래 말도 안 되는 일이었지만, 지금은 그레시아가 초대를 보낸 상황이다.

용차에는 그레시아로부터 빌린 깃발이 나부끼고 있었다.

이 깃발에 무기를 들이미는 건 그레시아에게 무기를 들이미는 거나 마찬가지였다.

물론 그레시아 쪽에서도 경유하는 나라들에게 사전에 얘기는 해 둔 모양이었다.

그리고 근위기사대, 엘프 희병, 마스디니아 희병, 도합 200명이 용차를 호위하는 중이었다.

게다가 이쪽에는 마의공주도 있고 말이지.

리샤는 마의공주라면 응당 가지고 있는 '능력'은 쓸 수 없고, 희병도 거느리지 않았다. 하지만 전투 능력은 충분히 높았다.

별일은 없을 것이다. 아마도.

"……시드, 그런데 당신 지금 뭐 하고 있나요?"

"앗?!"

"괜히 놀라는 척하지 마세요! 왜 스리슬쩍 아무렇지 않게 제 스커트를 젖히고 있나요?!"

아아, 기이어 한소리 듣고 말았군.

진지한 얘기만 하다 보니 지쳐서 리샤의 스커트를 젖히고 흰 색 팬티를 실컷 감상하며 마음을 치유하던 중이었다.

으음, 리샤의 마의는 예나 지금이나 기장이 짧아서 야릇한 느낌이 들고 흰색 팬티는 청초하고 귀여운 느낌이 드는 게, 이거 더는 못 참겠단 말이지.

"그렇지만 벌써 한 달 가까이 너랑 못 했잖아. 이제 참는 것도 슬슬 한계라고. 이렇게 코앞에서 야한 냄새를 풀풀 풍기고 있으면 나를 유혹하는 거라 받아들여도 되겠지?"

"되긴 뭐가 돼요! 누, 누가 야한 냄새를 풍기고 있다고…… 아앙, 이봐요!"

나는 리샤의 팬티 너머로 음부에 얼굴을 파묻고 코끝으로 균열을 빙글빙글 문질렀다.

"애, 애당초, 제가 시드의 품에…… 그, 안긴 건…… 마의공주를 정말로 굴복시킬 수 있는지 확인하려고 그랬던 거라과요! 천희도—— 루피아도 굴복시켰으니 이 이상…… 하, 할 필요는……!"

"하지만 난 널 사랑하는걸."

"……그, 그럼 어쩔 수 없네요! 따, 딱 한 번만 하세요!"

"간단히 넘어가네…… 그에 비하면 이리야는 철벽이었구나…….'"

손쉽게 태도를 바꾸는 리샤의 모습에 이리야가 나직이 꼬집어 말했다.

뭐, 나도 리샤는 정말 다루기 쉽다고 생각하지만 그게 귀엽단 말이지.

"꺄앙, 앙, 거길 핥으면…… 아홋, 웃, 아앙……!"

나는 리샤의 하얀 팬티를 옆으로 젖히고 이번에는 혀로 직접 할짝할짝 핥기 시작했다.

팬티를 젖히기 전부터 이미 그곳은 축축하게 젖은 상태였다 —— 얘는 참 민감하단 말이지.

혀를 오므려 질 입구에 밀어 넣고 음렬 전체를 빨듯 핥은 뒤, 위쪽에 달린 돌기를 이로 살며시 물었다.

"읏, 아앗, 아앙…… 여, 여기선 소리 내도…… 밖으로 새어 나가진 않겠죠……?"

"그래, 걱정 마. 네 귀여운 목소리를 듣는 사람은 나랑 이리야 밖에 없으니까."

이 용차는 원래 마스디니아 황족이 이용하는 것으로, 이동 중에도 밀담을 나눌 목적으로 사용하기 위함인지 차체 내부 벽에는 방음 소재가 붙어 있었고, 소리를 차단하는 결계까지 쳐져 있는 모양이었다.

"그, 그렇군요…… 그럼…… 계속…… 해 주세요. 저, 저도 한 달 남짓…… 줄곧 참아 왔다구요. 당신한테 여길 마구 박히다 보니…… 이제 당신이 없으면 근질거리는 몸이 되어 버렸단 말이에요…….."

"…………."

리샤, 그 말은 도저히 공주님이 입에 담으면 안 될 음란한 발언 같은데 말이지. 뭐, 어차피 이런 모습은 나한테만 보여 주는 것이니 아무 문제도 없지만!

엄밀히 따지자면 옆에서 이리야도 듣고 있지만, 그녀는 공주님의 성교에 관심이 있는 모양인지 우리의 모습을 뚫어져라 관찰하고 있을 뿐이었다.

뭐, 간만에 하는 거니 리샤의 몸에만 집중하기로 하자.

"그럼…… 간다."

나는 리샤에게 차체 벽에다 손을 짚도록 한 뒤, 엉덩이를 이쪽으로 내밀게 했다.

탱탱한 하얀 엉덩이와 끈적끈적한 애액을 질질 흘리는 음부의 모습이 너무나도 야릇하군……!

"앗……! 드, 들어왔어…… 이, 이걸…… 이걸 원했어요. 시드의 크고 단단한 그것을…… 아앙, 앗…… 굉장해……!"

나는 밖으로 꺼낸 내 물건을 있는 힘껏 안쪽 깊숙이 박아 대면서 허리를 난폭하게 놀리기 시작했다.

리샤의 음부는 이미 흠뻑 젖었으니 다소 거칠게 해도 별 상관없겠지.

"차내 성교는 예전부터 한 번쯤은 해 보고 싶었단 말이지."

"당신, 그런 어처구니없는 꿈은 이제 그만 꾸세요! 아아, 진짜 쓰레기 같은 사람이란 말이죠……! 앗, 하웃, 잔뜩 흥분하셨네요……. 저, 저번에 했을 때보다 더 커다래……!"

리샤는 금발을 흩날리며 황홀한 신음 소리를 내질렀다.

"하웃, 하앙, 시드의 그것이 제 안을 가득 채우고 있어요……! 앗, 아홋, 더 해 줘요……! 당신의 그 커다란 걸로 제 민감한 곳을 마구 박아 주세요……!"

리샤는 뒤에서 나에게 박히면서 스스로 허리를 흔들었다.

나는 뒤에서 리샤를 덮치는 자세로 아직 마의에 감싸인 가슴을 마구 주무르며 원을 그리듯 그녀의 안을 휘저었다.

우오오, 가슴은 여전히 풍만하고 부드럽고, 질 조임은 굉장하군!

나는 정신없이 허리를 흔들었고, 리샤도 내 쪽으로 엉덩이를 내밀었다.

몸이 서로 맞부딪치는 소리와 함께 리샤의 안에서 흘러나온 꿀물 냄새가 용차 안을 가득 메웠다.

"웃, 하웃, 더, 더어…… 안쪽에…… 안쪽에다 넣어 주세요. 휘저어 주세요…… 시드의 그것이, 제 안쪽에…… 아앙, 앗, 하웃, 안쪽 깊은 곳까지 닿고 있어요……. 흐앙, 저의 가장 민감한 곳을 마구 두드리고 있어요……! 앗, 아웅, 아앙, 더는 못 참겠어요……!"

"큿…… 리샤…… 나도, 더 이상은…… 으웃……!"

리샤가 몸을 움찔 떨며 등을 활처럼 뒤로 젖힘과 동시에 나는 대량의 정액을 그녀의 안쪽에다 쏟아 냈다.

꿀렁, 꿀렁, 간만에 맛보는 공주님의 몸에 흥분해서 그런지 믿기지 않을 정도로 많이 나온 희멀건 액체가 그녀의 안쪽을 더럽혀 나갔다.

"아, 아아…… 간만에 만끽하는 시드의 정액을…… 모, 모조리 제 안에다 쏟아 내 주세요……. 웃, 아직도 나오고 있네요……. 잔뜩, 나왔어요……. 아아아아……."

"엄청 기분 좋았어, 리샤. 역시 넌 최고야."

나는 리샤의 고개를 내 쪽으로 돌리게 하고 가볍게 입을 맞추었다.

그러고 나서 내 물건을 빼내자, 리샤의 음부에서 희멀건 액체가 끈적끈적하게 흘러 떨어졌다.

"주인님…… 으응, 음, 츄읍…….."

이리야가 곧바로 내 쪽으로 몸을 숙이더니 그 작고 기본 좋은 입술로 아직도 흘러나오는 정액을 빨아들이기 시작했다.

"앗, 이봐요, 하프 엘프! 그, 그건 제가 할 일이라고요!"

리샤도 허둥지둥 몸을 숙이고 이리야와 경쟁하듯 내 물건에 입을 대고서 혀끝으로 정액을 할짝할짝 핥았다.

설마 공주님과 하프 엘프의 더블 펠라티오를 받게 될 줄이야!

"웃, 으으읍…… 하으…… 아직도 나오고 있네요……. 으응…… 예나 지금이나 맛은 이상하고요."

"주인님은 오늘도 팔팔해…… 웃, 츕, 쮸읍, 으응…….."

이미 혀로 깔끔하게 만들어 주었는데도 공주님과 하프 엘프는 정신없이 내 물건을 혀끝으로 핥으며, 끝에다 입을 맞추고 입안에다 넣고 빨아 주었다.

내 물건이 금세 크고 단단해지더니——.

"그럼, 이번엔 누구랑 해 볼까? 이리야, 네 것도 한번 보여 줘봐."

"응…… 알았어, 주인님…….."

이리야는 살짝 뺨을 붉히며 메이드복의 스커트 자락을 들어 올려 노출시킨 흰색 팬티를 내리고, 손가락으로 음렬을 벌려 나

에게 보여 주었다.

처녀를 상실한 지 얼마 되지도 않았건만, 내 물건을 몇 번이고 받아들여 완전히 민감해진 음부는 이미 젖기 시작하고 있었다——.

"얘, 얘도 조교가 완전히 끝났나 보네요……. 시드, 역시 당신은 제 눈길에 닿는 곳에 놔둬야 할 것 같네요……."

리샤도 다시 벽에다 손을 짚더니 아직 희멀건 액체가 뚝뚝 흘러 떨어지는 음부와 풍만하고 봉긋한 엉덩이를 나에게 들이밀었다.

"굳이 한 사람하고만 할 이유도 없겠군. 번갈아 가며 박으면 되겠지."

"요, 욕심도 많으시네요……. 아앙, 진짜로 그러시게요……? 아이 참……."

"하으웃, 웃, 이리야의 안은 아직 주인님의 그 커다란 것에 익숙하지 않아서…… 으웃! 아흥, 웃, 키스도, 해 줘…… 츕, 쫍."

나는 뒤에서 몇 번이나 리샤에게 박아 댄 뒤, 이번에는 이리야와 정면에서 마주본 채로 그 촉촉한 입술에 키스하면서 또다시 몇 번인가 내 물건을 박아 넣고—— 이번에는 리샤랑 하기를 반복해 나갔다.

극상의 두 미소녀의 질 안을 비교해 가며 맛볼 수 있다니, 정말 최고란 말이지.

원래 용차에서 보내는 여정은 지루한 편인데 이번 여정은 꽤 재미있을 것 같았다.

"다른 차량에는 융커나 신입 희병, 큐오 등 다른 애들도 있으니까, 교대로 이 용차에 오라고 해야겠어."

"에휴, 마음대로 하세요……. 그치만, 전 계속 곁에 있을 거예요……. 그동안 만나지 못했던 만큼 잔뜩 안아 주지 않으면 가만 안 있을 거니까요……!"

"이리야는 메이드니까 곁에 있는 건, 당연…… 웃, 하응. 또 다 같이 성교할 수 있다니, 기뻐……."

두 사람도 다른 애들을 부르는 건 신경 쓰지 않는 기색이었다.

그레시아까지 도착하려면 열흘 가량의 기간이 걸린다.

그 열흘 동안 공주님과 하프 엘프, 그리고 희병 및 근위기사들과 함께 실컷 즐기도록 해야지.

그레시아의 수도, '성도' ──.

마스디니아의 국경에서부터 출발하여 열흘 동안 용차를 타고 다른 나라의 영토를 무사히 지나자.

시원한 바람이 부는 고원 지대에 그 도시가 있었다.

그곳은 그레시아 성교회의 발상지이자 천 년의 역사를 자랑하는 오랜 도시였다.

200년 전에 있었던 마신들과의 전쟁 당시에는 온도시가 전장이었다고 한다.

성도는 대부분 불타 오랜 세월 동안 황폐해진 상태로 남아 있었다고 하는데, 200년이 지난 오늘날에는 마신이 출현하기 전의 활기를 되찾은 상태였다.

"흐음, 여기가 성도란 말이지. 말로는 들었지만 도시 규모가 엄청난데?"

성도의 문을 지나자, 도시 내부에는 돌로 정비된 도로가 깔려 있었고 새하얀 건물이 수도 없이 늘어서 있었으며 수많은 사람들이 오갔다.

용차는 도시 밖에 두고 왔다. 너무 커서 도시 안으로 들어올 수 없었기 때문이다.

마스디니아의 희병이 몇 명 정도 남아 용차를 지키기로 했다.

"왠지 계단이 많은 것 같은데?"

"……이곳 성도는 계단의 도시거든요. 옛날에 그레시아 성교회의 신들이 하늘에서 내리쬐는 빛의 계단을 통해 지상으로 강림했다는 전설이 있어서 계단은 성교회의 상징이기도 하거든요."

"호오, 잘 아는구나, 리샤. 그래, 이리야는 이 도시에서 왔단 말이지?"

"……밀정으로서, 말이죠."

리샤가 이리야를 흘끗 째려보았다.

이리야를 밀정으로서 파견한 그레시아였기에 도시 안까지 데리고 들어가는 건 위험할지도 모른다.

최악의 경우에는 그레시아 측이 입막음을 위해 이리야를 노릴 가능성도 있다.

다만——'그럴 가능성은 언제 어디에서나 있다.'라는 것이 본인의 말이었다.

이리야는 한시도 내 곁을 떠나려고 하지 않았다. 그렇다면 이 왕 이렇게 된 거 '이리야는 아티나 왕녀의 보호 하에 있다.'는 모습을 그레시아 측에게 보여 주는 게 차라리 낫다.

"이리야가 성도에 있었던 건 1년밖에 안 돼. 도시 변두리에 있는 작은 신전에서 허드렛일을 하며 지내느라 도시 밖으로 나간 적은 거의 없었어."

"에이, 여긴 즐길 거리가 많은 것 같은데 아깝네. 오오, 귀여운 애들이 꽤 많잖아? 두세 명 정도는 마성환혹을 걸어도 될까?"

> 도 미 네 이 션

"되긴 뭐가 돼요! 애, 애초에…… 용차 안에서 실컷 하셨잖아요……."

리샤는 얼굴을 새빨갛게 물들이며 고개를 숙였다.

나는 이번 열흘간의 여정 중에 여자애들을 매일같이 용차 안으로 불러 들였는데, 특히 리샤랑은 아침부터 밤까지 실컷 했으니까 말이지.

으음, 부끄러워하는 리샤의 모습도 꽤 귀엽군.

"알리샤 공주, 갑자기 막 꼴리기 시작하는데 잠시 용차로 돌아가서 또 할까?"

"저쪽에 그레시아의 신관들도 있는데 하긴 뭘 해요!"

리샤가 득달같은 기세로 그렇게 말했다.

그렇다. 우리가 성도로 이어지는 가도를 지나던 도중 신관 몇 명이 미리 마중을 나왔었다.

그레시아에서는 왕궁이 아니라 신관들이 일하는 '대신전'이 정치를 관장하고 있다.

당연하게도 나라를 운영하는 것도 관리가 아니라 그레시아 성교회의 신관이었다.

"죄송합니다, 알리샤 전하. 보시다시피 저희 성도는 계단의 도시이므로 마차로 이동하기가 불편합니다. 죄송하지만, 대신 전까지 도보로 이동해 주시겠습니까? 거리가 좀 있지만 저희 신관들이 안내해 드리겠습니다."

"아, 아니에요. 전 변방 출신이지만 성도에 관해 잘 알고 있거든요!"

리샤가 허둥지둥 변명했다.

아마도 몹시 공손한 태도를 취하는 신관은 도시 안을 도보로 이동해야 한다는 사실을 알게 된 공주님이 종자에게 화를 낸 거라 지레짐작한 모양이었다.

그런 해프닝이 있은 뒤, 알리샤 공주 일행은 도시 중심에 있다고 하는 대신전으로 향했다.

일행이 다른 사람들 눈에 띄지 않도록 대신전으로 이어지는 길은 민중이 드나들 수 없도록 봉쇄된 모양이었다.

하얀 법의를 입은 신관들이 앞장섰다.

어찌 된 영문인지 신관들은 모두 10대에서 20대 초반 사이의 여자애들로만 구성되어 있었다.

그것도 저쪽 골목길 구석에서 한 발 정도 뽑고 싶다는 생각이 들 정도로 귀여운 애들뿐이었다.

아니, 마성환혹(도미네이션)이 있으면 정말로——.

"주인님, 그럼 안 돼. 여기서 그런 장난질은 안 통해. 알리샤 공주처럼 호락호락한 상대도 아니고."

"시드, 제 험담은 그렇다 쳐도 모쪼록 쓸데없는 짓은 하지 마 세요."

"……쳇."

역시 내 메이드, 그리고 나랑 살을 가장 많이 맞댄 공주답군. 내 행동을 훤히 꿰뚫어보고 있잖아.

우리는 신관들과 함께 도시 안을 나아갔다.

이래 봬도 나는 여행자이기에 과거 여러 도시를 둘러보았다.

그렇지만 이곳 성도만큼 잘 정비되고 청결한 도시는 거의 없 었다.

아마 입구부터 중심에 있는 대신전까지 도보로 이동하는 동안 다른 나라의 요인들에게 도시 풍경을 과시하려는 목적이 아닐 까 싶었다.

뭐, 이 정도로 잘 정비된 도시 풍경을 보고 있으면 그레시아의 국력이 대충 어느 정도인지 가늠이 된단 말이지.

"저건……?"

문득 리샤가 그렇게 중얼거렸다.

미소녀를 찾고자 주위를 두리번거리던 나 또한 건너편에 있는 교차로 쪽으로 눈길을 돌렸다.

"그레시아의…… 군대?"

백은의 갑옷을 찬 기마 부대가 도로 한복판을 위풍당당하게 나아가고 있었다.

저쪽도 우리 일행을 알아차린 모양인지 선두에 서 있던 기사가 손을 들어 교차로 정중앙에서 부대를 정지시켰다.

마치 우리의 앞길을 가로막는 듯한 모양새로 말이다.

"오귀스트 공! 이, 이게 어떻게 된 겁니까!"

아까 공손한 태도를 보이던 그 여신관이 당황한 기색으로 기마 부대 쪽으로 달려갔다.

"으음? 대체 무슨 소릴 하는 건지 모르겠군, 신관 나리. 그건 그렇고 신을 섬기는 몸으로 이 도로 한복판에서 그런 경망스러운 모습을 보이는 건 안 된다고 본다만?"

선두에 선 기사가 투구를 벗자 수염이 덥수룩한 아저씨의 면상이 드러났다.

아아, 봐선 안 되는 걸 봐 버렸군…….

"아티나의 왕녀 전하의 행차를 가로막으시다니요! 성기사단 분들께 이 일대를 봉쇄해 달라고 요청했었는데……."

"미처 몰랐나 보군. 우리는 서방 지역에서 농민들의 반란을 진압하고 이제 막 도착한 참이다. 예하께서도 대신전에서 우리의 귀환을 기다리고 계실 터. 그건 그렇고 아름답기로 명성이 자자한 아티나의 왕녀 전하를 이렇게 뵙게 될 줄은 몰랐군요. 이것도 하나의 인연일 테지요. 아, 제가 말 위에서 그만 실례를 범하고 말았군요."

오귀스트 어쩌고 하는 수염 아저씨가 말에서 내리자 다른 기사들도 따라서 내렸다.

"저는 그레시아 정규군, 성기사단의 단장인 오귀스트 카페티라 합니다.”

“아티나 왕국의 제1왕위 계승자인 알리샤예요. 널리 무용을 떨치신 오귀스트 공을 뵙게 되어 영광이에요.”

호오, 웬일로 리샤가 공주답게 굴잖아……! 다음에 공주님 버전의 리샤랑 같이 성교해 봐야겠군!

“후후후, 소문대로 아리따우시군요. 일행 분들은 마스디니아와 엘프 연합의 수행원 분들인가 보군요. 이미 소식은 들었습니다.”

오귀스트는 리샤, 융커, 큐오를 비롯한 여자애들을 노골적인 눈길로 쳐다보았다.

아저씨 뒤에 선 기사들은 그보다 더 노골적인 눈길로—— 마치 물건이라도 품평하는 듯한 눈길로 쳐다보았다.

성기사라는 요란한 이름과는 달리 꽤나 무례한 녀석들일세.

“남방 지역의 소식은 이곳 그레시아에까지 퍼졌습니다. 전란을 미연에 방지했을 뿐만 아니라 세 나라가 동맹을 맺었다고 하더군요. 저희 성기사단은 그레시아의 창이자 방패입니다만, 백성을 괴롭히는 전쟁은 본디 일어나서는 안 되는 것이지요. 알리샤 전하, 당신의 선택은 신들께서도 높이 평가하실 겁니다.”

“네, 저희 마의공주의 바람은 전란을 끝내는 것이죠. 전쟁으로 전쟁을 끝내는 것 이외의 선택지가 있음을 저와 엘프 및 마스디니아의 공주들도 뒤늦게나마 알아차렸으니까요.”

……음, 뭘까, 이 영혼 없는 대화는.

리샤도 오귀스트도 서로 예의는 갖추고 있었지만 눈은 조금도 웃지 않았다.

나뿐만 아니라 다들 그렇게 느끼는 모양인지 분위기가 무겁게 내리깔렸다.

"훌륭하십니다, 전하. 대체 무슨 수로 그 무시무시한 마스디니아의 천희—— 아니, 엘소피아 전하의 창끝을 거두게 만들었는지 참으로 궁금하군요."

"……그냥 외교 교섭의 성과일 뿐이에요. 구태여 성기사 단장님께 말씀드릴 만큼 대단한 내용도 아니고요."

수상쩍은 떠돌이 남자가 루피아를 공략해 버렸습니다, 라고 말할 수도 없는 노릇이겠지.

"그렇습니까. 엘소피아 전하의 용맹함은 이곳에서도 명성을 떨치고 있으니까 말이죠. 그저 무인으로서 궁금했을 뿐입니다. 무례한 질문을 드려 죄송합니다."

이 오귀스트 어쩌고 하는 아저씨…….

묘하게 공격적이라고나 할까, 루피아의 이름을 입에 담은 순간 갑자기 적의를 드러내는군.

순간적으로 검을 뽑는 게 아닐까 싶은 생각이 들 정도였다.

이 아저씨도 루피아를 두려워하는 건가, 아니면 무슨 원한이라도 품고 있는 걸까.

"아, 죄송하지만 이만 실례해야겠군요. 마스디니아와 엘프 연합의 아가씨들을 뵙게 되어 영광이었습니다. 그럼 이만."

오귀스트는 잽싸게 대화를 마무리 짓고는 말에 올라타 부하들에게 신호를 내리고 자리를 떠났다.

"……시, 실례했습니다, 알리샤 전하. 아무래도 저들은 이제 막 싸움터에서 돌아와 흥분했던 모양입니다……."

"신경 쓰지 마시길. 저들이 그 그레시아의 정규군, 정강하고 청렴한 성기사단이로군요."

신관이 노심초사하며 사죄했지만 리샤는 조금도 신경 쓰지 않았다.

"흐~음, 이제 막 싸움터에서 돌아온 것치고는 갑옷도 말도 깨끗하던데 말이지. 퍽이나 격렬한 전투를 치렀나 보군."

"시드! 죄송합니다. 저희 서기관에게는 나중에 따끔하게 주의 주도록 할게요."

"아, 아닙니다……."

아, 혼나고 말았네…….

쳇, 리샤는 나보다 더 싸움을 잘 알고 있으니 이미 눈치 챘을 텐데 말이지.

농민 반란을 진압했다고? 아마도 굶주림 끝에 세금 면제를 청원한 농민들을 몇 명, 몇 십 명 정도 죽인 걸 말하는 거겠지.

면제 따윈 어림도 없음을 다른 마을의 농민들에게도 본보기로 보이기 위해서 말이다.

곧잘 있는 일이지만, 그런 피비린내 나는 얘기는 참 싫단 말이지.

그레시아 성교회의 총본산이라고 해도 다른 나라와 통치 방식은 별반 다르지 않다는 건가.

하지만—— 신경 쓰이는 게 하나 더 있었다.

"이리야, 신관과 성기사단은 원래 저렇게 서로 사이가 안 좋아?"

"응, 그런 것 같아. 이리야는 잘 모르겠지만, 신관이 정치를 맡고 성기사단이 군사를 맡는 식으로 역할을 분담하고 있다고 해. 예전에 이리야가 일했던 신전에서도 들었던 얘긴데, 요즘 들어 성기사단이 불온한 움직임을 보이고 있다나 봐."

"불온한 움직임을 보이고 있다는 말은, 성기사가 권력 확대를 꾀하고 있다는 얘기야?"

"아마도."

성기사단이 군사력뿐만 아니라 권력도 차지하려 든단 말인가.

이 신성한 나라도 상황이 뒤숭숭한 모양이로군. 성가신 일에 휘말리지 않았으면 좋으련만.

성기사들은 계단으로 가득한 도시를 말을 탄 채 요령껏 잽싸게 잘 지나갔는지 이후 별다른 소동은 없었다.

좀 더 걷자 대신전이 모습을 드러냈다.

첫인상은 흰색 궁전이라는 느낌이었는데 신전이라기보다는 꼭 왕궁처럼 보였다.

거대한 문을 지나, 여러 중후한 건물로 구성된 대신전 중심에 자리한 '본전'이라는 건물로 들어갔는데——.

"오옷……!"

본전 내부를 순환하는 가느다란 수로에서 시원한 물이 흐르고 있었다.

곳곳에는 꽃들도 장식되어 있었다. 화려함은 없지만 구석구석까지 섬세한 손길이 닿은 신전이었다.

그리고 무엇보다도——.

"오오오, 이건……! 생각했던 것 이상인데!"

본전 내부에는 우리를 인도했던 신관들과 마찬가지로 젊은 여자들 천지였다.

"자, 시드. 여기까지 오는 동안 제가 했던 말 기억하고 있죠?"

"내 물건이 굉장——."

"그게 아니라! 대신전 말이에요!"

"그러고 보니 뭐라고 했던 것 같기도 한데."

종교 국가인 그레시아의 중추, 대신전.

그곳에 있는 건—— 젊고 때 묻지 않은 소녀뿐이었다.

그레시아의 정점이자 그레시아 성교회의 최고 사제이기도 한 존재——.

<ruby>무녀 공주<rt>사이네스</rt></ruby>라 불리는, 왕이자 신의 뜻의 상징인 자.

이 세상에서 가장 청순한 소녀인 무녀 공주를 섬기는 자들 또한 청순한 소녀여야만 했다.

본전에서 무녀 공주를 섬기는 자는 약 삼천 명의 젊고 아리따운, 때 묻지 않은 소녀들이었다.

그레시아 본국뿐만 아니라 세계 각지에 있는 그레시아 성교회 신전에서 고르고 고른 애들뿐이었다.

"알고 있어. 대신전 애들은 건드리지 않는다—— 맞지? 자칫 잘못했다가는 아티나와 그레시아 사이에 외교 문제가 발생할지도 모르니까 말이야."

"알면 됐어요……. 근데 정말 알고 있는 거 맞나요?"

걱정도 많고 의심도 많은 공주님이었다.

이곳 본전은 기본적으로 금남 구역인 모양이었다.

백은의 갑옷을 입은 무리가 없는 것을 보면 성기사들도 본전에는 들어올 수 없는 것 같았다.

예외가 있다면, 고위 성직자 또는 다른 나라에서 온 사신이나 무녀 공주의 초대를 받은 자—— 이번의 나 같은 경우밖에 없다고 한다.

"하아…… 방은 본전 안에 있는 걸로 마련해 주는 것 같네요. 오늘은 휴식을 취하고 내일 무녀 공주 예하를 알현하기로 되어 있어요. 예하께는 모쪼록 실례가 되지 않도록 각별히 주의하세요. 내일은 환영 연회도 열린다고 하는데—— 아니, 그새 어디로 갔어?!"

저 멀리서 리샤가 난리법석을 떠는 목소리가 들려왔다.

공주님한테는 좀 미안했지만, 어지간해서는 들어올 수조차 없는 대신전의 본전에 온 것이다.

늘 내 감시 역으로 붙은 리샤와 같이 행동하기보다는 혼자 자유롭게 행동하고 싶단 말이지.

물론 청순한 신관을 상대로 못된 짓을 할 마음은 없었다. 그래도 금남 구역의 화원을 조금 둘러보는 것쯤은 상관없겠지.

안 된다고 해도 갈 거지만 말이다.

본전은 그야말로 왕궁이나 다름없었다. 아티나의 왕궁보다 확연히 넓었다.

게다가 내부는 미로처럼 복잡했다. 하지만 지금의 나에게는 오히려 좋았다.

나 혼자서 어슬렁거리는 걸 다른 사람이 보고 제지해도 길을 잃었다고 둘러대면 그만이다.

만약 변명이 통하지 않으면—— 그건 그때 가서 생각하기로 하자. 어쨌거나 본전에 들어와도 된다고 허가는 받았으니까 말이다.

"어디 보자, 신관들이 생활하는 개인실과 목욕탕은 어디쯤이지? 저번의 이리야처럼 갈 데까지 가지만 않으면 되니까 엿보는 것쯤은 괜찮겠지."

다른 건물에서 거주하는 걸까, 아니면 무녀 공주를 섬겨야 하니 본전 내부에 거주 공간이 있는 걸까.

린한테 조사해 달라고 할 걸 그랬나. 사실 그 녀석은 용차에는 타지 않았지만 남몰래 우리를 따라왔다.

그래 봬도 닌자로서는 유능하기에 기척이 전혀 느껴지지 않는단 말이지.

"그건 그렇고 구조 한번 참 복잡하네. 이쯤 되면 리샤나 다른 애들도 곧바로 따라오지는 못하겠지."

아마도 지금쯤 리샤는 무진장 화를 내고 있을 것이다.

이따가 실컷 성교해서 노여움을 풀어 줄 수밖에.

"어? 저기…… 누구세요……?"

"실례지만, 이곳은 남성의 출입이 금지된 곳이에요."

복도 너머에서 모습을 드러낸 두 신관이 확연히 경계하는 기색으로 나를 쳐다보았다.

그리고 그 뒤에 두 명이 더 있었는데 검을 휴대하고 있었다.

성기사도 본전에는 들어올 수 없으니 신관들이 경비도 담당하고 있는 건가.

느닷없지만 상당히 험악한 상황이었다.

검을 휴대한 두 사람을 포함해 모두 얌전한 소녀처럼 보였지만, 내 대답 여하에 따라서는 금방이라도 날 베기 위해 달려들 것만 같은 분위기였다.

"아, 너희도 들어서 알 테지만, 난 아티나와 엘프 연합, 마스디니아에서 파견한 사신 중 한 사람이야."

"……왜 혼자 이런 데 계시는 거죠? 안내자가 있었을 텐데요?"

안내자 없이 마음대로 돌아다니는 건 곤란하단 얘기였다. 그야 당연하겠지.

마성환혹을 걸어 모른 척 넘어가 달라고 하는 방법도 있지만, 이곳 신관들에게 그렇게까지 했다가는 나중에 성가신 일이 일어날지도 모른다.

《그냥 길을 잃었을 뿐이야. 보다시피 난 하인인데, 잠시 한눈 파는 사이에 알리샤 전하 일행과 떨어져 버리는 바람에 곤란하

던 차였거든.》

"…………아, 그랬군요. 아무래도 저희 쪽에서 부주의가 있었던 것 같네요. 죄송해요."

《아니야. 신경 쓰지 마. 내가 알아서 돌아갈게.》

"…………네."

네 신관 소녀들은 나란히 고개를 끄덕이고는 종종걸음으로 멀어졌다.

후우, 이곳은 내 생각보다 흉흉한 곳일지도 모르겠군.

마향환청(魔響幻聽)—— 외법의 기술 중 하나다.

마성환혹의 약체화 버전이라고도 할 수 있다. 눈으로 여자애를 공략하는 마성환혹과는 달리 목소리로 여자애를 현혹시키는 것이 바로 마향환청이었다.

뭐, 간략하게 설명하자면 거짓말을 믿게 만드는 기술이다.

여기저기서 여자애를 공략했다가는 소동이 일어날지도 모르기에 달아날 때 임시방편으로 쓰기로 했다. 내가 생각해 봐도 영 시원찮은 기술이란 말이지.

"얼른 옷 갈아입는 모습이나 목욕하는 모습을 엿봐야 할 텐데. 아무래 그래도 몇 번이나 얼버무리기는 힘드니까."

마향환청의 효과는 그렇게 강력하지 않다.

예를 들어 여자애랑 성교하는 모습을 다른 애가 목격했을 때 '그냥 허리 운동하는 중입니다.' 라고 얼버무려 봤자 상대방은 믿어 주지 않는다.

"……으음, 역시 본전을 나가는 게 좋으려나. 밖에도 신관들이…… 앗차차.”

복도를 나아가다가 계단을 발견했다.

그 계단을, 한 신관이 어떤 서류를 보면서 천천히 올라가는 중이었다.

신관은 다들 흰색 법의를 입고 있는데 역할이나 계급 차이에 따른 것인지 디자인이 미묘하게 달랐다.

계단을 오르는 신관이 입은 옷은 스커트가 펑퍼짐하게 퍼진 형태로 길이가 짧았다.

이쪽을 등지고 있었기에 얼굴은 보이지 않았지만 허리는 잘록했고 다리는 늘씬했다.

“………….”

일단 계단 밑에서 몸을 낮추어 보았다.

오오, 이거 좋군. 푸른색과 흰색 줄무늬 모양인가.

줄무늬 팬티는 좋단 말이지. 좀처럼 보기 힘든 편인데 실은 내 취향이었다.

청초한 신관은 흰색 팬티도 어울릴 테지만 줄무늬도 어울렸다.

살짝 아담한 엉덩이도 귀여웠고, 살짝 놀라울 정도로 피부가 하얀색이었다.

“……….”

계단을 오르던 그녀의 움직임에 맞춰 나도 위로 향했다.

이런 이런, 계단을 오르니까 팬티가 안 보이잖아.

나는 몸을 숙인 채 계단을 오르는 머저리 같은 자세를 유지하며 신관의 팬티를 계속해서 관찰했다.

줄무늬 팬티도 좋지만 엉덩이도 좋군. 이리야보다 살짝 큰 정도라고나 할까. 귀엽고 부드러울 것 같은 곡선을 그리는 훌륭한 엉덩이였다. 한번 만져 보고 싶군.

앗, 하마터면 입 밖으로 소리를 낼 뻔했다.

계단을 다 오른 신관이 복도를 나아갔기 때문이다.

쳇, 조금만 더 보고 싶었는데 말이지.

신관은 서류에 집중하는 모양인지 내가 자기 뒤를 졸졸 따라가고 있음을 알아차리지 못했다.

"꺅."

갑자기 그녀가 자그맣게 소리를 지르더니 아무 것도 없는 곳에서 넘어졌다.

짧은 스커트가 위로 말려 올라가는 바람에 줄무늬 팬티가 고스란히 드러났다.

"아, 아얏…… 으으, 아파라……. 앗, 차거."

신관은 다시 일어서려다가 복도 벽을 따라 놓인 선반에 부딪혔다. 그리고 거기에 놓여 잇던 꽃병이 머리 위로 떨어졌다.

……마치 사전에 누가 꾸미기라도 한 것처럼 물벼락을 맞고 말았다.

"에휴, 또 저질러 버렸잖아. 이놈의 꽃병은 나에게 무슨 원한이 있어서 이러는 건지 원."

"…………."

신관은 아무 죄도 없는 꽃병에게 화풀이를 했다.

나이는 이리야와 비슷한 정도로 보였다.

새빨간 머리카락을 길게 늘어뜨렸고, 머리 양쪽은 좌우 머리를 살짝 묶은 형태(투 사이드 업)를 취하고 있었다.

약간 앳된 느낌이 감도는 머리 형태였지만 그것이 그녀와 무척이나 잘 어울렸고 귀여웠다.

그건 그렇고 얘 무진장 귀엽잖아……!

눈은 커다랬고 콧날은 오똑했으며 입술은 엷고 형태가 가지런했다.

"아, 차가워라……. 더 이상 못 입고 있겠네……!"

그 미소녀가 갑자기 법의를 홀라당 벗기 시작했다.

법의 안에는 얇은 캐미솔을 입고 있었는데 그것도 물에 흠뻑 젖어 있어서 몸에 딱 달라붙어 있었다.

몸은 아담했고, 봉긋하게 솟은 가슴이 캐미솔을 밀어 올리고 있었다!

가슴은 이리야보다 커다랬고 리샤나 루피아보다는 작았다. 하지만 캐미솔 너머로도 그 형태가 얼마나 좋은지 또렷이 알 수 있었다. 아름다운 가슴. 그렇다. 아름다운 가슴이었다!

뭐야, 이 초현실적인 광경은.

본전에 있는 신관이 하나같이 미소녀밖에 없다고 해도 이렇게나 귀여운 애가 본전 안을 거닐고 있을 줄이야.

다른 마의공주들에게 결코 뒤지지 않는 미모에다 아름다운 가슴, 게다가 줄무늬 팬티까지.

"아, 아얏. 으으, 손이 베였잖아……."

그녀의 손에서 피가 한 방울 바닥에 떨어졌다.

이런, 여자애가 다쳤잖아. 아무리 나라도 이대로 잠자코 있을 수도 없는 노릇이었다.

"……아니야, 괜찮아."

"…………?"

내가 그렇게 생각하던 차에, 붉은 머리 애가 바닥에 떨어진 피를 바라보더니 무어라 말하기 시작하는 게 아닌가.

"맞아. 툭하면 그랬던 것처럼 또 저질러 버렸어. 넘어졌다가 바닥에 손 짚을 때 살짝 베였을 뿐이야. 에이, 이 정도 상처쯤은 아무렇지도 않다니깐. 뭐, 넘어지고 나서 꽃병에 있던 물을 뒤집어쓰고 말았지만."

"…………."

뭐야, 뭐야 얘는? 바닥이랑 대화를 나누고 있잖아?

"옷은 갈아입을 거니까 괜찮아. 감기라도 걸렸다간 혼날 테니까 말이야. 응, 그럼 나중에 또 봐—— 언니."

혼잣말…… 하는 것 같지도 않군.

신관답게 신이랑 대화라도 나누고 있는 걸까. 하지만 그런 것 치고는 무척 친근한 투로 말했는데 말이지.

"……그런데, 당신은 대체 누구지?"

"……우왓."

아까 피를 보고 한 걸음 앞으로 내디딘 탓에 날 알아차린 모양이었다.

신관 아이는 나를 신기하다는 눈길로 바라보며 고개를 갸웃거렸다.

자신이 거의 반라나 다름없다는 것은 잊어 버렸는지 몸을 가리는 시늉조차 하지 않았다.

정면으로 시선을 마주하자 더더욱 그녀가 엄청난 미소녀임을 알게 되었다.

이, 이건…… 이건 정말이지!

"…………읏?!"

"이 아이는, 내 거야!"

나는 자기도 모르게 그 신관을 끌어안고 말았다. 오오오, 생각했던 것 이상으로 끌어안았을 때의 감촉이 좋은데!

그 아름다운 가슴이 내 가슴팍에 짓눌렸다. 엄청 부드럽잖아!

"……어, 당신이 지금 무슨 말을 하는지 모르겠지만, 본전의 신관── 무녀는 항상 몸을 깨끗이 해야만 하기에 이렇게 포옹하는 건 좀 그런데……."

"'포옹'이라니."

이 맹한 느낌도 귀여워! 그리고 살짝 덜렁거리는 부분도 마음에 들고!

순진한 공주, 순진한 엘프, 순진한 천희, 그리고 무표정 메이드 다음엔 덜렁이 무녀인가.

이거야 원, 물론 무녀에게 손을 대면 안 된다고 리샤가 신신당부 했던 건 기억하고 있다.

그런 짓을 했다가 자칫 아티나와 그레시아의 전면전이 일어나기라도 했다가는 큰일이니까 말이다.

다만, 뭐——.

"한 사람 정도는 괜찮지 않을까 싶단 말이지. 마성환혹을 ^{도미네이션}을 걸고 나서 두세 번 정도 하면서 내 사랑을 마구 주입하고 싶 어……!"

"역시나 무슨 소릴 하는 건지 모르겠지만…… 이번 일은 없었 던 걸로 해 줄 테니까 당신도 얌전히 물러나는 게 좋을 거야."

"돌아가긴 할 거지만, 널 데리고 돌아가고 싶어. 그전에 어디 빈방 하나 없으려나. 되도록 침대가 있으면 좋겠는데."

이런 귀여운 아이도 좀처럼 보기 힘들단 말이지.

이 기회를 놓치면 죽을 때까지 땅을 치며 후회하다가 내 영혼 은 이 세계에 속박될 것이고, 내 후회는 연옥의 불길이 되어 세 계를 불사르게 될 테지. 아니, 뭐라는 거야.

"……참 별난 사람도 다 있네."

무녀는 내 몸을 살짝 밀치고는—— 피식 웃었다.

오오오오, 웃는 얼굴도 귀엽잖아! 뭐야, 애는. 천사? 요정? 아 니면 여신?

"당신의 눈으로 날 보니 어때?"

"눈? 그거 설마——."

나는 진안을 발동—— 눈앞에 있는 붉은 머리 무녀를 지그시 쳐다보았다.

공략 난이도—— 0?

공략 루트 진행도—— 컴플리트?!

"으응?! 초면에 이 수치는 대체 어떻게 된 거지?! 이런 건 처음인데———."

"그럼 난 이만."

붉은 머리 무녀가 내 이마를 살짝 두드리더니.

갑자기——— 눈앞에서 흔적도 없이 사라져 버렸다.

"……뭐, 뭐야? 마법…… 인가?"

마법사는 존재 자체가 희귀하기에 나도 거의 만난 적 없었다.

모습을 감춘 걸까? 아니면 이 공간에서 사라진 걸까?

아니면 처음 겪어 보는 미지의 현상인지 판단이 서질 않았지만, 적어도 그 무녀는 어디론가 사라져 버렸다.

어, 어떻게 이런 일이. 진안으로 본 이상한 수치에 정신이 팔린 탓에 이리도 간단히 놓쳐 버릴 줄이야.

"……그건 그렇고, 걔는 내 진안에 대해 알고 있었던 걸까?"

그레시아는 나를 조사한 모양이니 진안에 대해 알고 있어도 이상할 건 없었지만…….

그 무녀는 그레시아의 밀정이 보낸 조사 결과를 볼 수 있는 지위에 있는 걸까?

"어라……?"

방금까지 그녀가 있던 곳에 줄무늬 팬티가 떨어져 있었다.

나는 그 자그마한 천 쪼가리를 주워다가——— 망설임 없이 냄새를 킁킁 맡았다.

달콤한 향기가 퍼지면서 어째선지 편안한 기분이 드는데.

여러 가지 의미로 이상한 애였단 말이지…….

결국 길을 헤매고 또 헤맨 끝에 원래 장소로 되돌아오고 말았다——.

합류한 리샤에게 단단히 혼이 났다.

융커와 큐오도 이에 합세하여 나를 꾸짖으니 왠지 모르게 가학적인 성벽에 눈을 뜰 것만 같았다. 결국 거기에 눈을 뜨지는 않았지만.

"당신, 무녀 공주 예하와 면담하는 건 금지예요! 좀 방심하고 말았네요. 정말이지 당신이라는 사람은 무슨 짓을 저지를지 알다가다 모르겠다니까요! 시드는 몸 상태가 좋지 않아 불참하는 걸로 하겠어요!"

——화내는 공주님의 분부는 거스를 수가 없었다.

이 이상 거슬렀다가는 한동안 나와 성교를 안 하려고 들지도 모른다. 그럼 곤란하단 말이지.

일단 나도 무녀 공주의 지명을 받고 초대받은 몸이기에 알현할 때 없으면 곤란할 테지만, 리샤는 차라리 내가 없는 게 낫다고 판단한 모양이었다.

참고로 내 개인실은 리샤의 개인실과 꽤 멀리 떨어진 곳에 있었다.

방 배정은 그레시아 쪽에서 정한 모양이었는데, 뭐 별 다른 뜻은 없겠지.

공주의 방과 남자인 내 방을 따로 떼어 놓는 건 전혀 이상한 일이 아니었다.

그리고 한밤중에는 신관—— 무녀들이 순찰을 도는 모양이니

리샤의 방에 몰래 숨어들기도 어려울 것 같았다.

"읏, 하앙…… 안 돼요…… 안 된다니까요오….."

"괜찮다니깐 그래도. 그건 그렇고 하던 얘기 계속 해 주지 않을래?"

"아, 네에……."

내 앞에 있는 사람은 짧은 갈색 머리의 살짝 차분한 인상의 무녀였다.

그녀를 벽 쪽에 세운 뒤, 나는 그 뒤에서 법의 스커트를 위로 젖혀 엉덩이를 쓰다듬다가 팬티 안으로 손을 넣었다. 그러고는 질 입구에다 손가락을 살며시 집어넣고 마구 휘저었다.

오오, 벌써 젖기 시작했군. 달콤한 신음 소리가 참 듣기 좋은데.

이 아이의 이름은 라나로, 그레시아의 유복한 상인의 딸이라나.

리샤 일행은 그레시아의 고위 신관들과 저녁 식사 모임에 참가했지만 아쉽게도 나는 거기에도 초대받지 못했다.

그래서 저녁 식사도 따로 떨어진 내 개인실로 운반해 주었는데, 식사를 들고 온 무녀가 귀여웠기에 식사 전에 그녀를 살짝 맛보기로 했다.

라나는 마성환혹으로 손쉽게 공략했다.

무녀를 공략해도 되는지 살짝 망설이기는 했지만, 그래도 한 사람쯤은 어떻게 잘 얼버무릴 수 있지 않을까 싶었다.

참고로 진안도 써 봤는데 수치에 이상한 부분은 없었다.

어쩌면 무녀는 특수한 존재가 아닐까 싶었는데 특수한 건 아까 그 붉은 머리 무녀뿐인가?

"무, 무녀에 관해서 였죠……. 흐아앙, 손가락…… 너무 그렇게 집어넣으시면 안 되는데…… 무, 무녀는 신관 중에서도 본전에서 무녀 공주님^{사이네스}을 섬기는 자들로…… 대부분 10대에서 20대 여자애…… 서, 성교는 안 돼요오……."

"응, 거기까지는 나도 알고 있어."

그레시아의 총본산이 젊은 여자애들을 그렇게나 모아 놨을 줄은 몰랐지만 말이지.

나는 오랜 세월 여행을 해 왔지만 그레시아 쪽은 얼씬도 하지 않았다.

아무리 봐도 딱딱한 종교의 총본산과 쓰레기 같은 나는 전혀 어울리지 않으니 말이다.

"웃, 아앙, 제 안쪽이 마구 떨리고 있어요……. 아아아아아아아앙…………!"

내가 음부를 마구 휘젓자, 라나는 몸을 움찔움찔 떨며 절정에 달하고 말았다.

어디까지나 절정에 달했을 뿐, 성교는 하지 않았으니 괜찮겠지.

"앗, 하아…… 그, 그리고, 죄, 죄송해요……. 성교는 안 되니까, 그…… 이, 이걸로 눈감아 주세요……."

"오오?"

라나는 내 앞으로 오더니 머뭇거리며 내 바지 안에다 손을 집어넣고 빵빵하게 솟아 오른 내 물건을 손으로 쥐고 문지르기 시작했다.

"뭐야, 그런 것도 알고 있었어?"

"······저, 저희 무녀는 늦어도 20대 초반에는 시집을 가기 때문에······ 언니들에게 이것저것 배웠거든요······."

"언니라······ 자매가 있는 거야?"

"아, 그건 아니에요······. 무녀들은 서로 피가 이어지지 않았어도 다들 자매처럼 지내거든요······. 물론, 무녀 공주님이 맏언니시고요······." (사이네스)

"그런 거였군."

다섯 자매만으로도 무진장 흥분했었는데, 미소녀 삼천 명이 모두 자매라니, 왠지 꼴리는데.

"설령 시집을 가게 되더라도 저희는 모두 한 자매예요······."

"시집이라······."

오오, 내 물건을 문지르는 손짓이 기분 좋은데.

손놀림이 어색하기는 했어도, 내 물건을 주제하지 못하는 그 느낌이 엄청 좋았다.

이런 귀여운, 처녀 무녀가 내 물건을 손으로 만져 주다니.

"무녀는······ 결혼하기 전까지는 남성과 거의 만나지 못한 경우가 대부분이라서요······. 결혼한 뒤에도 그렇고 그런 건 무서워서 못하는 애들도 많고······ 그, 그래서, 다른 방법으로, 남성의 욕구를 해소시켜 드리기 위해······ 배우거든요······."

"무녀도 여러모로 힘든가 보네."

나는 라나의 머리를 가볍게 어루만지며 은근슬쩍 그녀의 몸을 숙이게 했다.

라나는 "아……." 하고 짤막하게 소리를 냈지만, 내 물건을 향해 천천히 고개를 대더니 끝 부분에다 입을 맞추었다.

아아, 역시 구강봉사(펠라티오)도 배웠나 보군.

"으응, 춉, 실제로 하는 건…… 이, 이번이 처음이에요……. 이, 이런 걸…… 이제 막 만난 분께 해 드리게 될 줄이야……."

라나는 스스로도 당혹한 기색이었다. 마성환혹(도미네이션)이 걸린 상태니 당연했다.

그렇지만 진도를 너무 빼는 게 아닐까 싶은 생각도 들었다.

엘프 희병들이 쉽사리 자신의 몸을 허락한 것도 마의 공주인 라크시알로부터 지시를 받았기 때문이니까 말이다.

주인의 지시도 없었는데 이렇게 대담한 짓을 해 줄 줄이야.

"응, 으읍…… 웃, 이, 이렇게나 커다란 건…… 이, 입안에 다 안 들어가요……."

라나는 당혹스러워 하면서도 거듭 내 물건을 물고 빨아 주었다.

내 물건을 빨아올리고 몸통 부분을 혀로 핥으며, 목 안쪽까지 삼켜 주었다.

우와, 엄청 잘하잖아! 너무 기분 좋아서 몸이 저릿저릿 저리는 것만 같았다.

손으로 하는 건 그저 그랬지만 입으로 해 주는 봉사는 제법 잘하는 모양이었다.

"으…… 오옷, 미안, 이제 나올 것만 같아……!"

"아, 넵……! 으읍…… 으으음……! 하읍, 웃, 이게 바로 정액……!"

내 물건에서 희멀건 액체가 힘차게 분출하며 신성한 무녀의 입안을 더럽혀 나갔다.

오오, 생각했던 것보다 빨리 사정하고 말았군……. 이 무녀, 제법인데?

아니면 라나에게 구강봉사[펠라티오]를 가르쳐 준 그 언니라는 사람의 솜씨가 대단한 걸지도 모른다.

"가만, 그 결혼 상대를 무척이나 배려하는 것 같은 느낌이 드는데. 혹시 무녀는 높으신 분들에게 시집가기로 되어 있는 거야?"

"아, 네에…… 웃, 앗…… 그, 그래요… 어? 앗, 아아앙……!"

나는 라나가 입고 있는 법의의 앞섶을 벌리고 가슴을 노출시켰다.

오오, 가슴이 꽤나 크군. 음, 유두도 귀엽군 그래.

"어, 이, 이런 것까지 하시게요……? 아앙, 가, 가슴으로 이런 음란한 짓을……!"

곧바로 가슴 사이에다 내 물건을 끼우고 허리를 흔들어 문지르기로 했다.

유협봉사[파이즈리]는 역시나 기분 좋단 말이지.

피부가 무척이나 매끄러운 덕분에 내 물건이 마치 푹신푹신한

구름에 감싸인 것만 같은 기분이었다.

"저, 저어…… 무녀는 기본적으로 성기사님이나…… 그 관계
자에게 시집가기로 되어 있어요……."

"성기사라."

거들먹거리며 거리를 나아가던 그 순백의 갑옷을 찬 남자들.

대부분 20대에서 30대 정도로, 대장은 그보다 좀 더 나이를
먹은 편이었지만 대체로 젊은 남자들로 구성되어 있었다.

성기사라는 직함에 걸맞게 대단한 척하던 놈들이었는데——.

"왠지 그 녀석들 욕구 불만에 시달리는 것처럼 보였단 말이
지. 우리 공주님과 메이드를 보고는 흥분하는 놈도 있었고. 애
써 아닌 척해 봐야 내 앞에선 소용없단 말씀. 굶주린 남자는 딱
질색이란 말이지. 아, 가슴으로 좀 더 세게 문질러 줘."

"아, 네에…… 읏, 으응, 이, 이렇게요……? 하웃, 커다란 게,
움찔거리고 있어요……. 저어, 그…… 딱히 그분들이 굶주린
건, 아닐 거예요……. 성기사님도 결혼하기 전까지는 그……
늘 깨끗한 몸을 유지하는 분들이니까요……."

……그래서 굶주린 게 아닐까 싶은데.

요컨대 성기사도 무녀도 결혼하기 전까지 성교는 금지당하는
처지란 말인가.

그렇지만 무녀는 그렇다 쳐도 성기사는 그걸 언제까지 지킬지
알 수 없지 않을까 싶은데.

애초에 남자는 굶주린 짐승들밖에 없으니까 말이지.

그렇지만 금욕적인 생활을 강요당하는 거라면 리샤나 이리

야, 희병들 같은 미소녀를 보자마자 흥분하는 것도 이해는 갔다. 뭐, 내 거니까 아무한테도 양보 안 할 거지만!

"읏…… 또 사정할 것 같아!"

"으읏……! 하, 하으…… 제 가슴이, 하얗고 끈적거리는 걸로 더럽혀졌어요….."

라나는 그렇게 말하며 내가 토해 낸 정액을 손가락으로 떠 머뭇머뭇 혀로 핥았다.

어쩌면 성기사만 욕구 불만에 시달리는 건 아닐지도 모른다…….

"그래서, 넌 왜 성기사에게 시집가는 게 싫은 건데?"

"…………읏, 그, 그런 건 아니에요……. 성기사님과 결혼하는 건 저희 무녀들에게는 명예로운 일인걸요……."

"…………."

진안으로 본 바로는 성기사 얘기를 꺼내자마자 라나의 공략 난이도가 떨어졌다.

성기사 얘기를 하는 것보다는 나랑 야한 걸 하는 게 더 좋다 —— 그런 반응이었다.

"다, 다만…… 저희처럼 본전에서 일하는 무녀는 그레시아 출신이 많지만, 여러 나라에서 무녀에 적합한 아이가 모여들어서…… 아앙."

나는 라나의 가슴을 한쪽 손으로 만지작거리며 스커트 안에 나머지 손을 집어넣었다.

진지한 얘기를 하는 와중에 미안하지만, 이렇게나 훌륭한 몸이 눈앞에 있는데 손을 대지 않는 건 실례란 말이지.

"무녀는 이전 신분과는 상관없이 '무녀 공주님의 여동생' 신분이 되요……. 그, 그래서 그…… 성기사님 입장에서는 자신도 무녀 공주님의 일족이 되는 것이기에…… 실은 저도 이미 상대가 정해져 있고요……."

"아하, 이제야 알겠군."

요컨대 성기사와 무녀의 결혼은 '정략결혼'이라는 소리다.

어떤 나라에서는 왕족이나 중신의 딸을 먼저 왕의 양녀로 시집보낸다고도 한다. '무녀 공주의 여동생'에게는 커다란 의미가 있을 테지.

원래 성기사는 그레시아 내에서도 신분이 높을 테니, 본전의 지지를 얻어서 더욱 출세하는 것이 목적── 일 것이다.

성기사 입장에서 무녀는 출세를 위한 발판에 지나지 않았다.

게다가 무녀는 미인들밖에 없으니 성기사인 남자 입장에서는 꿩 먹고 알 먹기나 다름없을 테지.

"하지만 거기에 사랑은 없어. 사랑이 결여된 성교를 하다니, 나보다 더한 쓰레기는 어디에나 있는 법이군."

"흐에……?"

나는 라나를 끌어안으며 그 머리를 살며시 두드려 주었다.

라나는 겉으로 내색은 하지 않지만 성기사와의 결혼이 내키지 않는 눈치였다.

"성기사는 그 거창한 이름에 비해 영 시원찮은 녀석들밖에 없는 것 같단 말이지. 대신전의 무녀 공주를 지키는 게 자기들 사명이라며? 그런 놈들에게 보호를 받고도 괜찮나 모르겠네."

"지, 지키는 것뿐…… 이라는 게 문제시 되고는 있어요…….
대신전에서 정치의 중추에 관련된 것도 다들 여성── 무녀를
졸업한 신관이나 지방에서 불러온 우수한 여성 신관들뿐이고,
성기사님은 그……."

"성기사가 관여하는 건 어디까지나 군사 관련뿐이고 권력에
는 한계가 있단 말이로군."

이거야 원, 이야기가 점점 더 재미없는 쪽으로 흐르고 있잖아.

아마도 성기사와 본전── 무녀와의 관계는 썩 그렇게 좋지
않을 것이다.

그런 자들끼리 결혼해 봤자 그 미래는 행복과 거리가 멀 게 뻔
했다.

"저, 저어. 이만 여기서 끝내야 할 것 같아요……. 만약 제가
결혼하게 됐는데, 그…… 처, 처녀가 아니라면……."

"알고 있어. 걱정하지 마."

처녀가 아님이 밝혀졌다가는 그 성기사가 라나에게 무슨 저지
를지 알 수 없다.

그런 놈들과 결혼하게 두는 건 영 내키지 않았지만, 지금의 나
에게는 만류할 방법이 없었다.

"……으음, 이대로 잠자코 있을 수도 없는 노릇이지만, 어떻
게 해야 좋을지 모르겠네."

"뭐, 뭔가요……. 웃, 으으읍……?"

나는 라나를 더 힘차게 끌어안으며 입술을 겹쳤다.

그 자그마한 입술을 맛본 뒤, 혀를 집어넣어 그녀의 입안을 맛보았다.

이런 귀여운 무녀들을 권력밖에 모르는 놈들에게 내 주기는 싫단 말이지.

삼천 명의 처녀를 접수하는 건 아무리 나라도 무진장 힘든 일일 테지만, 라나는 내 마음에 들고 말이다.

"제, 제 첫 키스를…… 빼앗겨 버렸는데 괜찮나 모르겠네요……."

구강봉사에다 유협봉사까지 했으면서 새삼 키스를 신경 쓸 줄이야.

이렇게 살짝 맹한 부분이 마음에 든단 말이지. 입도 가슴도 기분 좋았고 말이다. 무엇보다 그 헌신적인 면모가 마음에 들었다.

신도 무녀 공주도, 물론 성기사도 아닌, 나에게 몸을 바치면 참 좋을 텐데…….

"아, 안 돼요……. 결혼하기 전까지 순결만큼은…… 웃, 아얏……!"

"야, 잠깐……?!"

아무리 나라도 무엇을 당했는지 한순간 이해하지 못했다.

라나가 내 몸을 끌어안은 채 나를 침대 위로 눕히자마자――아직 단단한 발기 상태를 유지하고 있는 내 물건을 음부로 집어삼키고 말았다.

"아, 아얏…… 웃, 이, 이렇게나 커다랄 줄이야……. 마, 말로

만 들던 것보다 훨씬 더 굉장해요……. 아앙……!"

"라, 라나…… 이래도 돼? 나야 무진장 기분 좋으니까 기쁘긴 하지만! 우왓, 이젠 막이 완전히 찢어졌는데?!"

무언가를 찢는 듯한 느낌과 함께 내 물건이 라나의 처녀막을 꿰뚫고 안쪽까지 들어갔다.

맹세컨대 난 아무 짓도 하지 않았다. 아니, 내 물건이 단단하게 발기했던 탓도 있을지 모르겠지만, 어쨌든 삽입만큼은 참았는데 말이다.

"햐앙, 햐웃, 웃, 으응…… 제, 제 안을 박아 대고 있어요!"

하지만 이미 삽입한 건 어쩔 수 없으니 그냥 맛보기로 하자.

오오, 한계까지 막 조여 대는 게, 지금 당장에라도 사정할 것만 같은 기분이었다.

질 안은 깜짝 놀랄 정도로 좁았지만, 흘러나온 애액이 윤활액이 되어 준 덕분에 찔꺽거리는 소리를 내며 매끄럽게 박아 댈 수 있었다.

"하웃, 웃, 단단한 게…… 웃, 제 안쪽 끝까지이……! 아아앙, 너무 커다래서…… 마치 제 배를 꿰뚫고 있는 것만 같아요……! 핫, 아앙, 신음 소리도 멋대로 나오고 있고요……!"

내 위에 올라탄 라나가 허리를 흔들며 찢어질 듯한 신음을 내질렀다.

다행히도 난 일행과 격리된 불쌍한 신세였기에 그녀의 목소리가 다른 사람 귀에 들어갈 우려는 없었다.

침대가 삐걱거릴 정도로 몸을 흔들며 라나의 질 안을 마음껏 맛보며—— 내 욕망을 토해 냈다.

"으읏……! 하, 하으읏…… 읏, 나, 나오고 있어요……. 저, 처음이었는데, 제 안에다 사정하고 있어요…….."

"우오오…… 이거 장난 아닌데…… 막 쥐어짜 내고 있잖아……!"

라나의 질 안이 내 정액을 탐욕스럽게 빨아들였다.

딱 달라붙을 기세로 내 물건을 집어삼키고는 정액을 한 방울도 놓치지 않을 듯한 기세로 말이다.

물론 서로 결합된 부분에서는 그간 라나가 소중히 여겨 왔던 순결을 잃은 증거인 붉은 피가 흐르고 있었다.

"안에다 사정해 놓고 이제 와서 묻는 것도 좀 그렇긴 한데…… 왜 내 위에다 올라탄 거야?"

"저, 저도 모르겠어요오……. 그, 그게, 꼭 해야 할 것만 같은…… 하고 싶다는 생각이 들었거든요…….."

라나는 내 사타구니에 얼굴을 파묻고는 혀로 내 물건 끝부분을 할짝할짝 핥으며 뒤처리를 시작했다.

뒤처리까지 교육받은 건가…… 처녀였는데도 말이다.

"전, 무녀예요……. 그, 그러니 무녀로서 살아야만 하는데……. 그, 그래도 가끔은…… 제 속마음을 토로하고 싶거든요…….."

"……그래, 내가 들어 줄 테니까 한번 해 봐."

"사실 전 성기사의 아내가 되고 싶은 마음은 요 만큼도 없어요. 그 사람들 입장에서는 저희 무녀는 한낱 도구에 지나지 않으니까요. 여기에 있으면 무녀 공주님이랑 언니들한테도 사랑받을 수 있는걸요. 게다가…… 이제 막 만났을 뿐인데, 왠지 모르게 당신한테도…….”

나는 라나의 머리를 가볍게 쥔 뒤, 다시금 내 물건을 빨도록 했다.

이미 익숙한 모양인지 라나는 쪽쪽 빠는 소리를 내며 볼이 미어터질 기세로 내 물건을 물었다. 그러고는 입안에서 혀를 음란하게 엮으며 열심히 구강봉사를 해 주었다.

마성환혹에 걸렸다 쳐도, 이렇게까지 적극적인 모습을 보이는 건 역시 성기사가 엮인 특수한 상황 때문이려나.

“있잖아, 라나. 어떻게 해야 무녀 공주랑 만날 수 있어?”

“…………어.”

라나는 어안이 벙벙한 표정을 지으며 나에게 안겼다.

“자, 잠깐만요……. 설마 무녀 공주님을 만나시게요?”

“……괜찮아. 내 곁에는 잠입의 전문가가 있거든. 그렇지? 린.”

“우와앗! 어, 어떻게 알았어?! 시드 님은 둔한 건지 예리한 건지 알다가도 모르겠다니까!”

린이 침대 밑에서 고개를 삐죽 내밀었다.

대체 어느 틈에 그 밑에 들어간 건지는 모르겠지만, 왠지 날 감시하고 있을 것 같았단 말이지.

“으으, 공주님께 시드 님이 쓸데없는 짓을 하지 못하도록 명령받았는데, 시드 님이 너무나 자연스럽게 저 무녀를 품에 안으니까 말릴 타이밍을 놓쳐 버렸어! 공주님께 린은 열심히 최선을 다했다고 전해 줘!"

"그건 됐고. 너도 거들어."

"자, 잠깐마안! 무녀 공주 예하가 있는 곳에 가겠다는 거 진심이야?! 미리 말해 두겠는데, 그리 호락호락한 상대가 아니라고?!"

"……라나, 그런 거야?"

"아, 아마 그럴 거예요……. 사실 저도 무녀 공주님을 배알한 적은 없지만요……."

"어? 만난 적이 없었어?"

그건 뜻밖인데.

무녀들은 희병과는 다른 존재처럼 보였다. 그래서 무녀 공주의 종자 내지는 메이드 정도라고 생각했는데 말이지.

"무녀 공주님을 배알하기는커녕 얼굴을 아는 자매도 거의 없다고 해요……. 아마 아는 사람은 많아 봐야 3명밖에 되지 않을까 싶어요……."

"엄청 적군. 하지만 무녀 공주가 이 본전에 있는 건 틀림없잖아?"

"그, 그건 틀림없어요……. 무녀 공주님은 본전 밖으로 일절 나가시지 않으셨기에 배알한 사람이 아무도 없었던 거거든요……."

"그렇군. 하지만—— 너도 무녀 공주가 어디쯤에 있는지는 대략 알지?"

"추, 추측 정도는 할 수 있지만…… 지, 진심이세요?"

"진심이에요······. 이 자식은 목숨 아까운 줄도 모르나 봐요."

역시 충성심이라고는 눈곱만큼도 없는 내 부하였다.

"그리고── 성기사를 싫어하는 무녀가 누구인지, 어디쯤에 있는지도 가르쳐 줘."

"그, 그걸 알아서 어쩌시게요······."

라나는 무척이나 '불길한 예감이 든다.'는 표정을 지어 보였다.

제법 예리한 구석이 있군. 그럼 내가 바라는 답변도 해 줄 수 있을 테지.

자, 조건은 갖춰졌으니 슬슬 움직여 볼까?

본전 안쪽은 더 복잡한 미로로 이루어져 있었다.

이쯤 되니 이곳에 발을 들인 사람을 골탕 먹일 작정으로 이렇게 복잡하게 만들었다는 생각밖에 들지 않았다.

라나의 말에 따르면 익숙한 무녀들도 곧잘 길을 잃고 헤맬 정도로 복잡하다고 한다.

아마 적의 공격에 대비해 이렇게 복잡한 구조로 지었을 테지.

이미 날은 저문 지 오래였지만, 본전 내부 곳곳에는 촛대가 설치되어 있었기에 앞으로 나아가는 데 별 지장은 없었다.

이곳에 삼천 명의 무녀가 있다고 해도 본전 내부는 넓고 복잡한 구조로 되어 있어서 다른 사람과 맞닥뜨릴 경우는 그리 많지 않았다.

무녀 대부분은 식사나 청소, 세탁 같은 메이드 같은 일을 하고 있고, 거의 자기 부서에 틀어박혀 있다고 한다.

게다가 이처럼 넓고 복잡한 본전 내부도 기본적으로 정해진 장소에만 이동하기에 문제는 없었다.

특히나 지금은 리샤 일행이 손님으로 머무르는 중이라 다들 바쁜 모양인지 자기 부서를 벗어날 수 없는 상황인 것 같았다.

"핫, 하아앙, 이런 건…… 안 돼요, 안 된다고요……!"

내 앞에 있는 무녀는 고개를 저으며 그렇게 말했지만 나에게서 벗어날 생각은 없어 보였다.

라나와 비슷한 나이로 보이는 그 무녀는 벽에 몸을 기댄 채 고개만 저어 댔고——.

법의의 앞섶을 벌리자 그 풍만한 가슴이 노출되었다. 나는 그 언덕을 부드럽게 만지작거리면서 입술을 겹쳤다.

좋았어. 이제 때가 무르익었군…….

"하으응……! 거, 거긴 만지면 안 돼요……! 왜 이리도 젖었담……!"

스커트 안에 손을 집어넣고 속옷 너머로 만진 음부는 명백하게 습기를 머금고 있었다.

그랬기에 나는 망설임 없이 팬티를 아래로 내려 그녀의 한쪽 다리를 들어 올린 뒤, 단단하게 발기한 내 물건을 그 부분에다 대고 단숨에 박아 넣었다.

"으으읏……! 아, 앗, 아파……! 아픈데도…… 어, 어째서 전…… 이리도 이상한 기분이 드는 걸까요……. 아앙, 앗, 너무 그렇게 움직이지 마세요……!"

무녀는 벽에 등을 기댄 채 입술을 깨물어 입 밖으로 나오려는 신음 소리를 억누르고자 했다.

물론 이 아이 또한 라나와 마찬가지로 명백한 처녀였다. 가족 말고는 외간 남자와 말조차 섞어 본 적 없는 때 묻지 않은 아이 같았다.

나는 그 처녀막을 내 물건으로 찢고 피와 애액을 흘리는 그녀의 음부에다 박아 넣었다. 이 느낌은 정말이지 최고라니깐.

"아, 안쪽 깊숙한 곳까지 들어왔어요……. 더 해 주셨으면 좋겠어요……! 아, 앗, 아아앗!"

"우오옷……!"

무녀의 질이 내 물건을 꽉 조여 댔다. 나는 더 이상 견디지 못하고 그녀의 안쪽에다 정액을 방출했다.

"으, 으아앗…… 뭐, 뭔가가 꿀렁꿀렁 나오고 있어요……. 아아아…… 이, 이럼 안 되는데, 왜 저는, 이토록이나 기쁜 건지…… 흐아아앙……흐, 흘러 떨어지고 있어요……."

내가 모든 정액을 토해 내자, 무녀는 등을 벽에 기댄 채 그대로 주저앉았다. 미처 다 들어가지 못한 희멀건 액체가 바닥에 끈적하게 흘러 떨어졌다.

"후우, 엄청 기분 좋았어……. 가슴도 크고 속궁합도 최고였고."

"그, 그런 소리 하지 마세요……. 부끄러워요……."

나는 부끄러워하는 그녀의 앞에서 몸을 숙이고는 가볍게 키스를 나눈 뒤, 그 풍만한 가슴을 부드럽게 주물렀다.

사정을 끝내 뒤에도 귀여워해 주는 걸 잊으면 안 되지. 그것이 바로 사랑일 테니까 말이다.

"웃, 으으응……. 웃, 츕…… 너무 커서, 입안에 다 안 들어가요……."

"핫, 하아앙, 저희가 왜 이런 짓을…… 흐아앙, 움찔거려……."

"어, 언니이…… 저, 잘하고 있나요…… 츕, 츄릅."

희멀건 액체를 마음껏 방출하고 나서 잠시 주춤해진 내 물건으로 세 소녀가 모여들었다. 그러고는 그 자그마한 혀로 핥고 뜨거운 입안에 넣어 빨아 주었다.

이곳은 본전의 기도실―― 중 하나였다.

열 명 정도 들어가면 꽉 찰 것 같은 좁은 방으로, 안쪽에 제단 하나만 덩그러니 놓여 있는 게 전부였다.

본전은 왕궁으로서 기능했지만, 그래도 신전이었기에 이처럼 소규모의 기도실이 내부 곳곳에 있는 모양이었다.

기도실에는 늘 두세 명의 무녀가 있다고 한다.

듣자하니, 성기사와의 결혼이 정해진 아이일수록 기도실에서 근무하기를 희망한다나 어쨌다나.

"……솔직히 말씀드리자면, 결혼이 취소되기를 필사적으로 기도하고 있거든요……. 사실 저희 무녀는 그런 개인적인 일로 기도하면 안 되지만요……."

라나로부터 들은, 무척이나 절실한 얘기였다.

그 라나는 지금도 내 물건을 입에 물고 있었다.

다른 애들에 비해 입으로 하는 솜씨가 뛰어난 아이였다. 한동안 내 구강봉사^{펠라티오} 담당으로 곁에 두고 싶을 정도였다.

"그런데…… 정말로 이런 어처구니없는 짓을 저지를 줄이야. 당신은 정말 알다가도 모르겠어."

그렇게 어이없다는 듯이 말하는 사람은 린이었다.

린은 방 문 쪽에서 밖을 감시하고 있었다.

"린, 넌 안 해도 되겠냐? 그레시아로 향하는 동안에도 줄곧 정찰하느라 바빴잖아. 한동안 못했을 텐데?"

"이 멍청아! 지금 그런 거나 할 때가 아니라고!"

역시 이 닌자는 입이 참 험하단 말이지.

"정말로! 정말로 무녀 공주^{사이네스} 예하가 있는 곳으로 가려는 거지?! 들키기라도 했다가는 곱게 넘어가지 않을 걸? 분명 목이 날아갈 거라고!"

"너랑 얘기하다 보면 꼭 죽는다, 살해당한다는 얘기가 나온단 말이지."

"당신이 목숨 아까운 줄 모르는 사람이라서 그래! 미리 말해 두겠는데, 여긴 엘프 숲보다 더 위험한 곳이라고!"

"어라? 그래?"

나는 라나를 내 품에 안은 채 정면으로 내 물건을 박아 넣으며 그렇게 대답했다.

"아앗, 또, 또 전가요……. 하웃, 웃, 아앙, 이러다 제 안이 당신의 물건으로 물들고 말 거예요……!"

으음, 라나랑 하는 건 이번이 다섯 번째였지만 하면 할수록 실력이 는단 말이지.

"사람 말 좀 들어, 이 화상아! 애초에 쟤랑 할 필요도 이유도 없잖아!"

"그렇긴 해도 기분 좋은 걸 어쩌겠냐……. 라나도 기뻐하고 있는 것 같으니 괜찮지 않을까?"

"누, 누가 기뻐한단 거예요……. 하앙, 앗, 너, 너무 격렬해요……!"

나는 라나를 바닥 위에 눕히고서 마구 박아 댔다.

기도실에 있는 다른 네 사람은 얼굴을 새빨갛게 물들이면서도 내 품에 안긴 라나를 흥미진진한 기색으로 뚫어져라 쳐다보았다.

이미 다들 나랑 한두 번 했기에 음부에서 희멀건 액체와 처녀상실로 인한 피가 흐르고 있었다. 꼴리는군.

"아아, 진짜…… 어차피 마성환혹으로 무녀를 자기 걸로 만들면 굳이 품에 안을 필요는 없을 텐데! 이런 장면이 발각되기라도 했다가는 린도 보나마나 죽을 거야! 린은 아직 이렇게나 젊고 귀여운데!"

"린, 넌 참 비관적이란 말이지. 오…… 이제 나올 것 같아."

"하으웃…… 이, 이미 제 안은 가득 찼다고요……! 너, 넘치겠어요……!"

라나는 그렇게 말하면서도 내 품에 단단히 안긴 채 내 물건을 깊숙이 집어삼키더니—— 황홀한 표정으로 내가 토해 낸 정액을 받아 주었다.

"하아아…… 또, 또 가득 차 버렸어요……. 마치, 제 몸이 당신의 정액을 바라는 것만 같아요……. 이제 전 성기사님한테 시집가기는 글렀어요……."

"그런 놈들한테 시집갈 필요는 없어."

나는 라나의 머리를 쓰다듬어 주며 몸을 일으켜 세웠다.

"그럼, 이제 슬슬 다음으로 갈까."

"……으, 역시나 계속할 작정인가 보네. 아버지, 어머니, 이 불쌍한 린은 고향에서 멀리 떨어진 타국의 땅에서 스러질 운명인가 봐요……."

린은 눈물을 글썽이면서도 직접 만든 약도를 보면서 다음 루트를 검토했다.

"그럼 좀 더 해 계속해 볼까."

"아앙, 또 전가요……. 저, 저야 좋지만요……."

내가 라나를 끌어안자, 약도를 살피던 린이 고개를 들어 나를 찌릿 노려보았다.

뭐, 루트 검토는 전문가인 린에게 맡기면 된다.

그렇게—— 우리는 조금 특수한 방법을 통해 무녀 공주가 있는 곳으로 향하는 중이었다.

본전 내부 곳곳에는 기도실이 있었는데, 우리는 거길 거치는 방식으로 나아갔다.

나는 린과 라나의 안내를 받으며 잇따라 다음 기도실로 나아갔다.

둘 중 한 사람이 기도실 안에 있는 무녀들의 주의를 끄는 동안 나도 들어가 재빨리 마성환혹^{도 미 네 이 션}을 걸어 공략하는—— 아주 간단한 방법이었다.

무녀들로부터 본전 안쪽 방향에 있는 가장 가까운 기도실을 알아냈고, 겸사겸사 다음 진로에서 순찰을 도는 인원들도 파악했다.

물론 그녀들에게는 내가 행동에 나서고 있는 건 비밀로 해 달라고 했다.

그리고 그녀들에게는 단순히 부탁만 하는 게 아니었다. 확실하게 사랑을 전하겠다는 내 최대의 목적도 달성하는 중이었다.

린은 아까부터 '굳이 공략한 아이랑 성교할 필요는 없다.'고 난리법석을 피웠지만, 단순히 길 안내만 받아서는 그냥 무녀들을 도구처럼 이용한 거나 다름없단 말이지.

나는 성기사가 아니다. 사랑을 확실하게 전해야 한다.

"나 참…… 잠입 임무에서 파수병을 조금씩 정리하면서 앞으로 나아간 적은 있어도, 죽여서 제압하는 게 아니라 성교를 해서 제압하는 말도 안 되는 방식은 듣도 보도 못했어……."

"나는 언제나 남들보다 앞서 나가고 있으니까 말이지."

"그 뒤를 따를 사람은 아마 아무도 없을걸?! 앞으로 아무리 오랜 역사가 지나도 그런 식으로 잠입하는 사람은 두 번 다시 나오지 않을 거야!"

사소한 거지만, 닌자가 그렇게 큰 소리를 내도 되나 모르겠다.

"아무리 마성환혹^{도 미 네 이 션}이 있다고 해도 그렇지 너무 무모해……."

"이참에 확실하게 못 박아 두겠는데, 난 마성환혹^{도 미 네 이 션}에만 의지하는 게 아니라고.”

지금까지 거쳐 왔던 기도실에서 마성환혹(도미네이션)은 기도실 하나당 한 사람밖에 걸지 않았다.

그 아이랑 하는 동안에 다른 무녀들도 나에게 안긴 거란 말이지.

“웃, 하웃, 하응, 앙, 으웃……”

지금도 무녀들은 나에게 정상위 체위로 안겨 있는 라나를 부럽다는 듯이 바라보면서, 자신의 몸을 스스로 위로했다.

무녀들의 몸은 언니의 ‘가르침’ 덕분에 이미 개발이 완료된 상태였다.

게다가 성기사와의 결혼이 정해진 바람에—— 비유하자면 자포자기 상태에 빠졌다.

동료 무녀가 쾌감에 허덕이며 나에게 안긴 모습을 보고는 자기도 하고 싶다—— 그런 생각이 든 모양이었다.

리샤를 비롯한 마의공주들과 비교해도 절대로 뒤지지 않을 만큼 공략하기 쉬운 애들밖에 없었다.

이참에 말해 두자면 나는 마성환혹(도미네이션)을 쓰지 않고도 여자애를 공략할 수 있다.

마성환혹(도미네이션)을 쓴 것도 딱히 공략할 생각도 없었는데 끝나고 보니 이미 공략이 끝나 있었다, 그런 경우도 있었지…….

“아아, 아앙……. 제 안에서 움찔거리고 있어요……! 아, 아앙, 이대로 안에다, 안에다 사정해 주세요……! 앗, 아아아앙, 뜨거운 게 들어오고 있어요……!”

나는 다시금 라나의 안에다 사정한 뒤에야 그녀의 몸을 놓아주었다. 아, 기분 좋군…….

　"하아…… 시드 님, 이런 말도 안 되는 방법으로 나아가는 건 린도 두 손 두 발 다 들었으니까 더 이상 아무 말도 안 할게. 그런데 그렇다 쳐도 무녀 공주(사이네스) 예하가 있는 곳에 가서 뭘 할 건데?"

　"역시나 무녀 공주의 처녀를 접수하는 건 좀 위험하려나?"

　"그야 당연히 위험하지, 이 멍청아! 왠지 이럴 것 같아서 안 물어보려고 했던 건데! 라나 씨, 무녀 공주(사이네스) 예하에 관해 설명 좀 해 줘! 무녀 공주 예하의 별명이라든가 말이야!"

　린은 눈물을 글썽이며 라나를 손가락으로 척 가리켰다.

　"어, 무녀 공주님의 별명…… 말인가요? 아하…… '천년 처녀' 말이군요."

　"바로 그거야! 그 중요한 사실을 이 멍청한 내 상사에게 설명 좀 해 줘!"

　"저어, 초대 무녀 공주께서 즉위하고 나서 대략 천 년 정도가 지났는데요. 선대까지 총 98명의 무녀 공주님은 모두 즉위하고 나서 퇴위할 때까지는 물론이거니와 퇴위한 뒤에도 평생 깨끗한 몸을 지켜왔다고 해요…….'"

　"천 년? 당연히 헛소리겠지."

　역대 무녀 공주가 퇴위할 때까지 처녀를 유지해 왔다는 점부터 완전히 거짓말 같았다.

　천 년 동안이나 단 한 명도 예외가 없다는 건 말도 안 되는 소리였다.

"아무리 그래도 남녀의 일인데, 무녀 공주가 제아무리 철벽이라 할지라도 천 년 동안 한 사람의 예외도 없이 순결을 지켜 왔다는 건 믿기지가 않는데."

"그건 당신이 성욕의 화신이니까 믿을 수 없는 거겠지……."

"내가 성욕이 살짝 강한 편인 건 맞지만 그뿐만이 아니야. 애초에 여자애한테도 성욕은 있다고."

라나는 물론이거니와 주위에 있는 네 무녀들도 나랑 더 하고 싶은 기색이었다.

불과 조금 전까지만 해도 다들 처녀였는데 이제는 완전히 성욕에 눈을 뜬 모습이었다.

"아, 아뇨……. 역대 무녀 공주^{사 이 네 스} 님이 순결을 지켜 온 건 틀림없는 사실이에요……. 시, 실은…… 무, 무녀 공주님의 계승 의식은 본전에서 무녀들만 참가해서 진행되는데, 그때 즉위하신 무녀 공주님뿐만 아니라 퇴위하신 무녀 공주님의 순결도 확인하도록 되어 있거든요……. 성기사단에서도 모르는 비밀 의식이지만요……."

"여기 신전도 참 몹쓸 짓을 하는구만."

그레시아 성교회에서 아무리 처녀성을 중요하게 여긴다고 해도 그렇지 굳이 구태여 실제로 보고 확인까지 하다니, 좀 너무 처녀에 집착하는 거 아닌가 싶은데…….

"으음, 그건 또 그거대로 좀 이상한데……."

만약 그 의식에 아무런 조작도 없고, 처녀인지 아닌지 확인하고 나서 98명의 무녀 공주가 모두 순결을 유지하고 있다고

치자.

그러면 또 새로운 의문이 생긴다. 무녀 공주의 처녀를 유지하는 데 본인의 의사뿐만 아니라 어쩌면 다른 무언가가 또 있는 게 아닐까?

무슨 일이 발생하든, 어떤 상황이든 간에 무녀 공주가 처녀를 지킬 수 있도록 해 주는 무언가가 말이다.

무녀 공주라…… 굳이 나를 지명해서 초대한 것도 그렇고, 미인인지 가슴이 큰지 궁금한 게 한둘이 아니었지만.

이쯤 되면 무슨 일이 있어도 무녀 공주의 얼굴을 꼭 확인해 봐야겠군.

우리는 차례로 몇 개의 기도실을 돌파해 나갔다――.

우리는 날이 밝기 전에 가까스로 마지막 기도실에 도달하는 데 성공했다.

"하, 하으…… 이젠 더 이상 서 있지도 못하겠어요……. 전, 더는 안 돼요……."

내 옆에서 바닥에 드러누운 채 축 늘어진 사람은 라나였다.

굳이 그녀가 여기까지 함께 올 필요는 없었지만, 결국 마지막까지 함께 해 주었다.

다른 기도실에 도달할 때마다 서너 명의 무녀들과 성교하는 동안 겸사겸사 라나의 몸도 몇 번이나 맛보았다.

이제 막 처녀를 잃었을 뿐인데, 구강봉사도 능숙했고 속궁합도 내 물건에 완전히 익숙해졌다.

"아아, 라나랑 한 번 더 할까?"

"지금 그럴 때가 아니잖아! 아아, 설마 여기까지 다다를 줄이야……. 딱 봐도 신전의 가장 안쪽 부분이라는 느낌이 확 들어……. 이젠 린 혼자서 탈출할 수조차 없어……."

"너 혼자서 도망칠 생각이었냐?"

늘 그렇지만 충성심이라고는 눈곱만큼도 없는 녀석이란 말이지.

"응, 으읍…… 입안에서 또 커다래졌어요……. 으응…… 츕, 츄르릅."

이곳 기도실에 있던 무녀 중 하나가 나에게 매달려 내 물건을 핥았다.

살결이 눈처럼 새하얀 게, 라나에 뒤지지 않을 만큼 내 마음에 쏙 들었기에 신경 써서 귀여워해 주던 아이였다.

"그래서…… 무녀 공주^{사이네스}의 방은 바로 근처에 있겠지?"

"아, 네. 하지만…… 저희도 방 안에 들어가 보지는 못했어요……."

그리고 이곳에는 그 외에도 두 명이 더 있었다. 아쉽게도 나랑 아직 한 번씩밖에 성교하지 않은 무녀 두 명이었는데 그녀들도 고개를 저었다. 애들도 자세한 건 모르는 모양이었다.

"흐음……."

나는 아직 내 물건을 입에 물고 있는 무녀의 머리를 부드럽게 어루만지며 생각에 잠겼다.

무녀 공주의 방은 여기서 엎어지면 코 닿을 데에 있는 거리에 있었다.

하지만 방 앞에는 기나긴 복도가 있었고, 그곳에는 몸을 숨길 만한 장소도 없는 모양이었다.

"시드 님, 이제 어쩌지? 그 복도에는 상시 순찰 도는 사람도 있는 데다, 그 방을 지키는 무녀들은 무장한 상태야……. 그렇지?"

린의 질문에 세 무녀가 고개를 끄덕였다.

무녀 공주의 방 앞에 있는 복도를 지키는 무녀는 모두 일곱 명이었다.

모두 창이나 활로 무장했고, 조금이라도 수상쩍은 낌새가 있으면 즉각 지원군을 요청한다고 한다.

예전에 이 기도실에 있는 한 무녀가 실수로 복도에 있는 꽃병을 깼는데 그것만으로도 큰 소동이 일어났다고 한다.

"흐음…… 일곱 명이라……."

"희병은 아닌 것 같아. ……그건 그렇고, 우리 공주님과 마찬가지로 무녀 공주 예하도 희병을 보유하고 있지 않은 것 같아. 하지만 무녀 공주의 방을 호위할 정도니까 분명 강할 거야. 앗, 아무리 린이라 할지라도 일곱 명을 한꺼번에 상대하는 건 무리거든!"

"이거, 복도에서 시끌벅적하게 성교를 하는 상상만 해도 막 꼴리는데? 거기에다 일곱 명의 미소녀랑 같이 한다고 생각하니 흥분되는군. 이를 어쩐다."

"별 걸 다 걱정하네! 설마 복도에 있는 애들하고도 성교할 작정이야?!"

린이 내 멱살을 붙잡고 마구 흔들었다.

이봐 이봐, 아직 무녀가 내 물건을 입으로 해 주고 있는 참이라고.

"앗…… 아아… 아직 제 입안에다 사정하지 않으셨는데……."

무녀의 입에서 내 물건을 슥 빼자, 그녀가 아쉽다는 듯한 표정을 지었다.

나도 중간에 그만두는 건 아쉽지만, 이제 날도 밝았으니 아무래도 서두르는 게 좋겠지.

"그나저나 방 앞에 있는 일곱 명도 신경 쓰이지만, 여기까지 오는 게 생각보다 쉬웠던 것 같지 않아?"

"쉬웠다고?! 린이 얼마나, 얼마나 고생했는데! 다음 기도실로 이동할 때까지 순찰 도는 사람과 맞닥뜨리지 않도록 루트를 엄선하는 게 얼마나 힘들었는데!"

"그래, 알았어. 상으로 나중에 실컷 성교해 줄게. 그건 그렇고 이상하다는 생각 안 들어?"

"그게 무슨 상이야……. 만약 무사히 귀국하면 보수를 더 올려서 받아야겠어……."

아아, 린의 눈빛이 죽었잖아. 역시 나랑 성교해서 기쁘게 만들어 줄 수밖에 없겠군.

"……그리고 보니, 예전에 이런 얘기를 들은 적이 있어요. 본전—— 아니, 대신전에는 위대한 수호자가 있는데 무녀 공주님을 천 년 동안이나 지켜 왔다고 해요…….”

내 물건을 입에다 물고 있던, 눈처럼 새하얀 피부를 가진 아이가 나직이 말했다.

“수호자라고? 지켜 왔다는 게, 무녀 공주의 정조를 지켜 왔다는 거야? 아니면 대신전을 무력으로 지켜 왔다는 거야?”

내 질문에 눈처럼 새하얀 피부를 가진 무녀가 살며시 고개를 저었다.

그것이 무녀 공주가 천 년이나 처녀를 지킬 수 있었던 비결인가……?

역시나 이 대신전은 수상쩍은 부분이 한둘이 아니란 말이지.

성기사와 무녀의 관계, 모습을 보이지 않는 무녀 공주, 게다가 수호자라는 존재까지.

“하와왓……?!”

“오?”

갑자기 문이 열리더니 한 여자애가 모습을 드러냈다.

붉은 머리를 투 사이드 업으로 묶은―― 아까 그 줄무늬 팬티를 입었던 여자애였다!

“이, 이건 대체……? 너, 너희 지금 뭐 하니……?”

붉은 머리 여자애는, 반쯤 벗은 몸으로 음부에서 희멀건 액체를 뚝뚝 흘리고 있는 무녀들을 보고는 깜짝 놀란 기색이었다.

“뭐야, 너 이쪽 담당이었어? 그러고 보니 아직 이름도 못 들었군.”

“당신, 아까 그…… 왜, 왜 여기에……?”

붉은 머리 여자애는 자못 겁먹은 기색이었다.

이거 곤란한데, 여자애에게 겁주는 건 내 취향이 아닌데.

"……어, 쟤는 누구죠?"

눈처럼 새하얀 피부를 가진 무녀가 붉은 머리 여자애를 의아하다는 눈길로 쳐다보았다.

"무녀 공주님의 경비를 담당하는 무녀는 아닌 것 같은데요……? 이 근처에서 처음 보는데, 그러는 당신이야말로 대체 누구죠?"

"나는…… 그, 본전 쪽이 시끄러운 것 같아서 한번 둘러보러 온 건데……."

이게 어떻게 된 거지? 이 기도실에 있던 애들이 붉은 머리 애를 의심의 눈초리로 쳐다보고 있잖아?

"……아, 더는 무리일 것 같아. 여기까지 이렇게나 빨리 올 줄은 몰랐어. 오——아니, 시드 네키스 님."

"음? 내 이름을 알고 있는 거야?"

다른 무녀들은 리샤의 일행으로 한 남자가 왔음은 알고 있었지만 이름까지는 몰랐다.

이 붉은 머리 여자애는 대체——.

"아니, 그런 건 아무래도 좋아. 역시 넌 다시 봐도 엄청 귀여워!"

나는 진안을 발동했다. ——역시 저번에 봤던 대로 난이도는 0이었다.

진행도가 표시된 곳도 확인해 보았다. 마성환혹은 통하지 않았지만—— 아무것도 하지 않았는데도 진행도는 완료된^컴플리트 상태였다.

다시 말해, 이미 나에게 공략이 된 상태라는 건데——.

"귀, 귀여워……? 이런 상황에서도 그런 말이 나와?"

"그렇고말고! 좋아, 이제 사소한 건 아무래도 상관없어!"

물론 기도실에 있는 무녀들도 귀여웠지만, 솔직히 말해서 이 붉은 머리 여자애는 더 각별했다.

찰랑이는 붉은 머리, 가지런한 얼굴, 아름다운 가슴, 줄무늬 팬티—— 이만큼 훌륭한 요소들이 하나로 집약된 미소녀가 버젓이 눈앞에 있는데 나 시드 네키스가 가만히 있을 쏘냐!

생각지도 못하게 다시금 만났으니, 이 기회를 놓칠 수는 없는 노릇이었다.

"일단은 네 이름을——."

"자, 거기까지. 오늘 밤 있었던 이 말도 안 되는 소동은 이만 여기서 끝내자고. 그럼 같이 따라가 주실까, 시드 네키스? 이름 없는 영웅의 피를 이어받은 어리석은 자여."

"…………읏?!"

느닷없이—— 누군가가 내 발목을 붙잡았다.

기도실에 있던 불빛을 받고 바닥에 드리워져 있던 내 그림자에서—— 팔 하나가 소리 없이 뻗어 나왔다.

그 가느다란 흰 팔이 내 발목을 붙잡더니——.

"우와아아아앗?!"

내 다리 또한 그 그림자 속으로 가라앉았다. 마치 온천물에 빠진 듯한 느낌이었다.

질척거리는 묘한 소리와 함께 나는 곧장 그 그림자 속으로 빨려들어 갔다.

"시드 님, 위험해~. 이를 어쩐다~."

구해 줄 마음은 눈곱만큼도 없다는 투로 소리치는 사람은 아마도 린이겠지.

이 자식, 나중에 두고 보자.. 어쩌면 저번에 엘프 요새에서 방치해 두었던 것에 아직도 앙심을 품고 있는 걸지도 모른다.

"…………! …………웃!"

내 머리가 그림자 속으로 빨려 들어가기 직전에 다시 누군가의 목소리가 들려왔다.

그 목소리는 대체 무슨 말을 하는지 알 수 없었지만——.

어째선지 이상할 정도로 그리운 느낌이 드는 목소리였는데—— 어떻게 된 영문인지 나는 그 목소리의 주인에게 '미안해.'라고 사과하는 게 아닌가.

아아, 붉은 머리 여자애의 목소리인가.

제길, 그만한 미소녀를 이번에도 내 품에 안는 데 실패하다니——.

왠지 그리운 느낌이 드는 것도 찰나였다. 내 머릿속은 이미 온통 붉은 머리 여자애랑 하고 싶다는 생각밖에 없었다.

3 사랑은 어둠 속으로

뚝, 뚝, 천장에서 물방울이 떨어졌다.

"으으…………."

나는 신음하면서 몸을 일으켜 세웠다. 석재로 만들어진 천장이 눈에 들어왔다.

천장에서 뚝뚝 흘러 떨어지는 물방울이 끊임없이 내 옆에 떨어졌다.

"……여긴 어디지? 지하인가?"

천장뿐만 아니라 벽도 바닥도 모두 석재로 만들어진 좁은 복도—— 처럼 보이는 곳이었다.

엘프 요새에서도 본 적 있었던 신기한 빛을 발산하는 꽃—— '반딧불 꽃'이 꽂혀 있는 꽃병이 곳곳에 있었기에 복도는 어슴푸레하게나마 밝았다. 다만 그 어디에도 창문은 보이지 않았다.

게다가 바로 알아차릴 수 있을 정도로 공기가 확연하게 정체되어 있었다.

"대신전의—— 본전 지하인가? 지하 정도야 있을 테지만, 내가 왜 여기에 있는 거지?"

불과 조금 전까지 내가 있던 곳은 본전 3층이었다.

본전은 그다지 높은 건물이 아니다. 3층짜리 건물이었는데 지하로 이어지는 계단은 보이지 않았었다.

왠지 모종의 마법으로 지하에 끌려 들어온 것 같은 느낌인데──.

그 그림자에 삼켜지자마자 곧바로 의식을 잃었던 모양이다. 내가 얼마 동안 의식을 잃었던 걸까.

딱딱한 바닥 위에 누워 있었던 탓인지 몸이 비명을 질렀다. 어쩌면 꽤 오랜 시간 누워 있었던 걸지도 모른다.

"이거 분위기 안 좋아지는데."

나는 횃불 대용으로 반딧불 꽃을 하나 손에 쥐었다.

석재로 이루어진 복도는 제법 길게 이어져 있는 모양이었다.

"으음, 아무도 없나 보군. 다른 애들은 괜찮나 모르겠네……."

그곳에는 린과 라나, 무녀들이 있었지만 아마도 그 그림자에 삼켜진 건 나밖에 없었을 테지.

그녀들이 무사하다면 상관없지만…….

"쳇, 무녀 공주가 있는 곳까지 거의 다 왔는데. 아니, 무녀 공주는 나중에 생각하기로 하자. 어쨌거나 그 붉은 머리 여자애랑 하고 싶었는데……!"

그림자에 삼켜진 건 그렇다 쳐도, 방해를 받은 게 짜증이 났다.

내가 그림자 속으로 빨려 들어가기 전에 들었던 목소리는, 말투는 남자 같았지만 분명 여자의 목소리였다.

자, 이제 어쩐다. 물론 아무리 험한 꼴을 당했다 하더라도 여자애를 힘으로 제압하는 건 내 취향이 아니었다.

만약 범인이 미인이라면—— 옛날 일은 싹 잊어버리고 사랑을 가르쳐 주기로 하자.

솔직히 말해서 붉은 머리 여자애가 너무나도 귀여웠기에 아직도 내 물건은 잔뜩 흥분한 상태였다.

그림자에 빨려 들어갈 적에 린을 붙잡았다면 여기서 같이 즐길 수 있었을 텐데 말이다. 나란 놈이 그런 실수를 하다니!

"아니, 지금은 이런 생각이나 하고 있을 때가 아니지. 얼른 여기서 탈출해서 붉은 머리 여자애랑 성교하고 말 거라고……."

무녀 공주를 만나겠다는 취지는 벌써 잊어버린 것 같은 기분도 들었지만, 어쨌거나 그 붉은 머리 여자애랑 하지 않으면 앞으로 나아갈 수가 없었다.

정말로 마의공주와 동급 내지는 그 이상의 엄청난 미소였으니까 말이다.

그 아름다운 가슴과 줄무늬 팬티 아래에 감춰져 있을 처녀는 무슨 수를 써서라도 접수하고 싶단 말이지……!

"응?"

나는 내 욕망이 가득 담긴 생각을 하면서 복도를 나아갔다.

"으아…… 지하 감옥인가. 왠지 그럴 것 같았는데 최악이네."

복도 끝에는 두터운 철문이 있었다. 그 문은 열려져 있었지만
——.

방 안쪽에는 쇠창살 문이 몇 개나 늘어서 있는 방이 있었다.

"지하 감옥이라…… 내가 대체 무슨 잘못을 했다고 여기에 갇힌 신세가 된 건지 원……."

쇠창살 너머에 있는 작은 방은 아무리 봐도 감옥이었다.

죄수의 원념이라도 남아 있는 건지 이곳 공기는 더욱 갑갑했고 불길하고 꺼림칙한 기분이 들었다.

이곳은 창문 하나 없었고, 침대 대신에 짚더미가 깔려 있을 뿐이었다.

감옥은 아무도 없는 모양인지 죄수도 간수도 없었다.

"지금은 안 쓰는 감옥인 걸까? 뭐, 무녀 공주가 있는 본전에 구태여 죄수를 가둬 두지는 않겠지. 그렇다면……."

어쩌면 이 지하 감옥은 본전이 지어지기 전부터 있었던 걸지도 모른다.

"최악의 경우, 지하에 난 출입구가 처음부터 없었을 가능성도 고려해 봐야겠군……."

원래 이 지하 감옥 위에는 어떤 건물이 있었는데 그 건물을 없애고 본전을 지었다.

그리고 그때 지하로 향하는 출입구도 같이 없애 버렸다―― 어쩌면 그럴 가능성도 있다.

나 같은 경우에는 모종의 마법으로 그림자를 통해 이곳에 오게 되었으니까 말이다.

물론 나에게 그림자를 통해 다시 지상으로 돌아갈 수 있는 재주는 없었다.

"설마 죽을 때까지 이 지하에 갇혀 있어야 하는 건 아니겠지……. 그럼 하다못해 미소녀를! 미소녀를 천 명 정도 같이 넣어 줘!"

같은 소릴 해 봤자 들어줄 사람은 아무도 없을 테지만, 하하하.

"린의 충성심을 기대할 수는 없는 노릇이고. 리샤도 대신전에 있는 한은 내가 없어졌다고 해서 자유롭게 행동할 수 없겠지."

어쩌면 오늘 밤 내가 저질렀던 사소한 난행이 발각되었을 가능성도 있다. 그러면 날 수색할 겨를이 없을지도 모르겠군.

그렇다면 스스로의 힘으로 본전으로 얼른 돌아갈 수밖에 없겠군.

"아아, 리샤 생각을 했더니 리샤하고도 하고 싶잖아! 얼른 돌아가서 리샤랑 이리야랑 융커랑 큐오, 다섯 자매에다 무녀들도 죄다 불러 모아서 실컷 즐겨야겠어!"

"……무녀들에게 실컷 괘씸한 짓을 저질러 놓은 주제에 너란 놈은 쓸데없이 절륜하구나."

"응……?"

뭐지? 이 목소리는 어디에서 들려오는 거지? 가만, 이 목소리는 아까 그?

"우왓?!"

이번에는 수십, 수백 마리나 되는 박쥐 떼가 요란한 날갯짓 소리를 내면서 내 머리 위를 날아다녔다.

그리고 그 박쥐 떼가 쇠창살 사이사이를 지나 방 안쪽에 있는 감옥에 모여들더니——.

"이 지하 감옥에 떨어졌으면서도 가장 먼저 여자 생각부터 하는 머저리는 아마 이 세상에 너밖에 없을 것이다, 시드 네키스."

"…………이봐 이봐."

그리고 박쥐 떼가 감옥 안에서 사람의 형태를 이루더니——.

그 새까만 덩어리를 가르는 모양새로 한 사람이 모습을 드러냈다.

"만나서 반갑군, 시드 네키스. 흥, 과연…… 그 낯짝을 보고 있으니 분명 네놈은 그 이름 없는 영웅의 피를 이어받은 자가 맞나 보군."

반딧불 꽃의 어슴푸레한 빛에 비쳐 하얀색 머리가 찰랑거렸다.

바람도 불지 않는데 검은 망토가 제멋대로 나부꼈다——.

얼음처럼 싸늘한 미모, 온몸을 감싸는 망토 너머로도 알 수 있을 만큼 풍만한 두 가슴.

흔들리는 망토 틈새로 보이는, 늘씬하게 뻗은 다리——.

"당신은……."

겉모습은 스무 살 정도일까.

요사스러울 정도로 아름다운 미모였다. 망토로 몸을 감싸고 있어도 그 농익은 육체는 숨길 수 없었다.

요정처럼 아름다운 이리야와는 또 다른 느낌이었다.

고혹적이라고 해야 할까. 색기를 진하게 풍기는 사람이었다.

"내 이름은 샤미 베이트리. 크크큭, 잔뜩 겁에 질린 네놈의 얼굴을 감상할 생각이었는데, 설마 이리도 상상을 초월하는 머저리일 줄은 몰랐군."

"…………."

뻔하겠지만, 아무래도 나를 이 지하에 처넣은 건 눈앞에 있는 미녀인 모양이었다.

그림자 속에서 모습을 드러낸 것도 그렇고, 박쥐로 둔갑한 것도 그렇고, 설마——.

"크크큭, 신물이 날 정도로 기나긴 세월을 살아 왔건만, 이처럼 상상을 초월하는 머저리는 또 처음 보는군. 하지만——."

자신을 샤미라고 소개한 미녀가 손을 앞으로 내밀자, 튼튼해 보이는 쇠창살이 한꺼번에 종잇장처럼 구겨져 날아가 버렸다.

샤미는 아무런 발소리도 내지 않은 채 내 쪽으로 천천히 다가왔다.

피처럼 새빨간 그녀의 눈이 꺼림칙하게 빛나는 것처럼 보였다 ——.

"흥, 맛은 없어 보이는군. 하지만 어차피 마의공주도 마법사도 아닌 평범한 남자에 지나지 않지. 내 눈을 잘 봐라——."

그리고 그 가련한 입술을 살짝 벌리더니, 그 안에서 이상하리만큼 기나긴 엄니가 빛을 번뜩이며——.

"응?! 네 이놈, 대체 무슨 짓을—— 으읍?! 으응, 웃, 으으응?!"

나는 잽싸게 샤미에게 다가가 그 어깨를 끌어안고 입술을 겹쳤다.

이런, 살짝 놀라울 정도로 입술이 싸늘했지만, 이건 이거대로 또 나쁘지 않군!

나는 샤미의 싸늘한 입술 감촉을 찬찬히 맛보며 혀를 내밀어 예리하고 뾰족하게 솟은 엄니를 핥아 보았다.

오오오, 오싹오싹한데? 엄니―― 아니 송곳니를 혀로 건드렸을 뿐인데도 등골이 얼어붙는 듯한 신선한 쾌감이 느껴지는군!

"웃, 응, 으으읍…… 푸하! 가, 갑자기 이게 무슨 짓이냐?!"

"……앗. 이, 이런, 내가 마성환혹^{도미네이션}도 걸지 않고 구애도 하지 않은 여자애한테 키스를 하다니! 미안해, 나도 모르게 그만 이성을 잃었지 뭐야!"

"이런 상황에서 이성을 잃을 정도면 달아나는 게 정상 아니냐? ……네놈은 정신에 문제라도 있는 건가?"

뜻밖에도 시원시원한 욕을 한 사발 얻어먹고 말았다.

"하지만 믿을 수 없구나. 내 눈을 보았는데도 '매료^참'에 걸리지 않다니. 아니, 이미 걸린 건가? 하지만 걸렸다면 그런 터무니없는 짓은 저지르지 않았을 텐데……."

"무슨 말을 하는 건지 모르겠는데, 혹시 나한테 뭐 걸기라도 했어?"

그렇다면 키스를 해도 딱히 상관은 없지 않을까 싶은데. 당했으니까 반격했다는 셈 치지 뭐.

어쨌든 키스는 기분 좋았으니 문제없었다. 말도 안 되는 소리일지도 모르겠지만.

"네놈은 좋은 뜻으로든 나쁜 뜻으로든 범상치 않은 존재 같구나. 아무래도 이 지하로 끌고 들어온 게 정답이었던 것 같군. 이 이상 무녀들을 더럽히는 것도 곤란하니까 말이다."

"……응? 당신은 대체 정체가 뭐지? 여기에 갇힌 죄수 아니었어?"

"크크큭, 분명 네 말대로 붙잡힌 몸이라고도 할 수 있겠구나. 이곳은 과거에 있었던 옛 성의 지하에 만들어진 감옥이다. 옛 성의 주인은 이미 천 년도 더 전에 죽고, 그 뒤에 대신전이 세워졌지. 뭐, 그 과정에서 지하 대부분은 무너져 내렸지만, 이곳 가장 안쪽에 있는 감옥만큼은 남아 있었지."

"역시나 출입구는 이제 없나 보네. 하아, 돌아가라면 고생 깨나 하겠어……."

"네놈은 또 무슨 말도 안 되는 소릴 하는 거냐. 네놈을 여기로 데리고 온 건 탈출하지 못하게 하기 위함이다. 미리 말해 두겠는데, 지하 출입구는 완전히 막혀 있다. 뭐, 땅을 파다 보면 탈출할 수 있을지도 모르겠지만."

"그렇게 하면 얼마쯤 걸려?"

"어디 보자, 먹지도 자지도 않고 3개월 내내 파다 보면 어쩌면 지상으로 나갈 수 있을지도 모르지."

"아니 이럴 수가! 3개월씩이나 당신 외에 다른 여자애들과 성교할 수 없다니! 지금 나더러 죽으라는 거냐?!"

"누가 네놈이랑 성교할 것 같으냐?! 여기서 죽게 될 거라는 말을 이해하지 못하나 보군!"

샤미는 그 새빨간 눈을 반쯤 뜨며 나를 노려보았다.

"이제 됐다. 내 매료(魅)가 먹히지 않는다면 역시 이 방법밖에 없겠군. 맛은 없을 것 같지만, 너처럼 머저리 같은 놈을 맛보는 것도 색다른 즐거움이겠지. 그래, 어디 한번 실컷 날뛰어 보거라. 실컷 추하게 발버둥 쳐 보거라──."

"오오?"

눈앞에 있던 샤미가 바닥에 가라앉듯 사라져 버렸다.

그리고 그 직후──.

"크크큭, 마치 꼭두각시 인형 같구나. 그 몸으로 용케 마의공주를 노리려 했다니."

"…………!"

내 뒤에서, 그것도 숨소리가 들릴 만큼 가까운 거리에서 얼어붙을 것만 같은 싸늘한 목소리가 들려왔다.

사라졌나 싶었더니 순식간에 내 뒤로 이동한 모양이었다.

"설마 원망하진 않겠지. 하려거든 그레시아의 무녀 공주(사이네스)에게 감히 손을 대려 한 그 어리석음을 탓하거라──."

"오오……?!"

푸욱, 하는 소리와 함께 무언가가 목덜미에 박혀 들어갔다. 예리한 아픔이 느껴졌다.

이건, 설마──.

"흥, 역시 맛없── 으으으으으으으으으으으으으으으으으으으으으으으으으옷?!"

갑자기 뒤에서 시끄러운 비명 소리가 울려 퍼졌다. 아, 귀 아파!

뒤돌아보니, 도저히 이 세상 사람으로는 보이지 않는 요염한 미녀가 바닥 위를 데굴데굴 구르고 있었다.

몸에다 망토만 걸쳤는지 그 안에는 아무것도 안 입은 모양이었다. 중간 중간에 그 커다란 가슴과 매끄러운 복부, 가느다란 다리가 엿보였다.

뭐지, 이건. 흥분해야 할지 웃어야 할지 모르겠네.

"윽, 으으으……. 안 그래도 남자의 피는 맛이 없거늘, 이 녀석의 피는 마치 독을 바짝 졸이고 농축시킨 듯한 맛이로구나! 이것도 그 이름 없는 영웅의 힘인가── 아니, 이쯤 되면 저주가 아니냐!"

"괜찮다면 피가 아닌 다른 걸 맛보았으면 좋겠는데 말이지."

"피가 빨렸는데 동요하는 모습 좀 보여 주면 어디가 덧나느냐!"

남의 피를 멋대로 빨아 놓고는 뭔 요구 사항이 이리도 많은 건지 원. 하지만 피를 빨았다는 건 역시나──.

흡혈귀── 사람의 피를 양식으로 삼는 괴물.

자신의 몸을 박쥐나 안개로 변화시켜 은으로 만든 무기 외에는 결코 상처 입지 않으며, 햇빛을 받으면 재로 변하는 존재.

"그동안 말로만 들었지, 흡혈귀를 진짜로 보는 건 이번이 처음이야. 희귀한 걸로 따지자면 하프 엘프보다 더 희귀할 것 같은데."

"흥, 하프 엘프 따위랑 비교하지 말거라. 난 이 땅에서 유일무이한 밤을 거니는 자, 달을 벗 삼아 피를 대가로 영원한 삶을 사는 존재이니라──."

"그래서, 섹스는 언제 해 줄 건데?"

"사람 말 좀 듣거라! 이제 막 멋지게 자기소개를 한 참이 아니더냐!"

흡혈귀는 냉정한 괴물이 아닐까 싶었는데, 생각했던 것보다 쉽게 흥분하는 존재인가 보군.

난 그런 거창한 미사여구에는 관심이 없었기에 한 귀로 듣고 한 귀로 흘렸다.

"말을 듣는 건 그렇다 쳐도, 목을 좀 축이면 조금은 말이 더 잘 나오지 않을까 싶은데."

"……흡혈귀와 맞닥뜨린 상황에서 마실 걸 요구하는 머저리가 아직도 이 땅에 있었을 줄이야."

샤미는 그렇게 말하며 한숨을 내쉬면서도 등을 돌렸다.

"따라오너라. 내 방으로 안내해 주마."

한동안 석재로 만든 살풍경한 복도를 나아가자, 샤미가 감옥 중 하나의 쇠창살을 열더니 그 안으로 들어갔다.

그 쇠창살 너머도 허름한 감옥이 이어져 있었지만──.

"흐음. 그래서 언제쯤 환술을 풀어 줄 건데?"

"……호오, 단순한 꼭두각시 인형은 아니었나 보구나. 용케 알아차렸군."

샤미는 쌀쌀맞게 말하더니 손가락을 딱 울렸다.

그리고 그와 동시에 주변 풍경이 순식간에── 어두침침하고 허름했던 감옥 풍경이 새하얀 벽과 두꺼운 융단이 깔린, 흡사 왕성에 온 듯한 방 풍경으로 변했다.

중앙에는 떡갈나무로 만든 탁자와 부드러워 보이는 소파가 놓여 있었고, 벽면에 놓인 선반에는 술병이 늘어서 있었다.

"호오, 방 좋은데? 곰팡이 냄새가 살짝 나는 게 흠이지만."

"어쨌거나 여긴 지하니까 말이다. 그건 그렇고, 환술을 썼다는 걸 대체 무슨 수로 알아차린 거지?"

"여기에 오기 전 지났던 복도도 그렇고 이 방도 그렇고, 발에서 느껴지는 감촉이 돌바닥치고는 부드러웠거든. 그리고 걸을 때 나도 모르게 무의식적으로 무언가를 피하듯이 걸었는데, 아마도 가구나 세간을 피하게끔 결계가 쳐져 있는 게 아닐까 싶었지."

"마법사도 아닌 주제에 묘하게 예리한 구석이 있는 남자로구나."

샤미는 그렇게 말하더니 소파에 걸터앉아 몸을 거만하게 뒤로 젖혔다.

나도 옆에 따라 앉으면 왠지 화를 낼 것 같았기에 근처에 있던 의자를 끌어다 앉았다.

"뭐, 환술을 건 건 지하 중에서도 이 방과 그 주위뿐이지만 말이다. 나머지는 진짜로 감옥이지. 과거 지하로 끌려왔던 자들은 겁먹은 나머지 환술이 걸려 있음은 알아차리지도 못했었지. 알아차린 자가 아예 없는 건 아니었지만. 설마 둔해 보이는 네 놈이 알아차릴 줄은 몰랐구나."

"감각 하나는 의외로 예민한 편이거든. 애초에 예민해야 여자애의 살결이랑 가슴의 부드러운 감촉을 즐길 수 있으니까 말이지!"

"…………그냥 죽여 버릴까."

우왓, 가볍게 농담했을 뿐인데 생명의 위협을 느끼게 될 줄이야.

"그건 그렇고…… 굳이 환술을 걸었던 건 날 위협하기 위해서야?"

"네놈뿐만이 아니다. 네놈처럼 주제도 모르는 불경한 자를 주살하기 위함이지. 본전에 들어오는 남자 자체는 적지만, 그럼에도 가끔 무녀 공주에게 접근하려고 하는 어리석은 자가 있거든."

"혹시 네가 무녀 공주를 지키고 있는 거야? 무녀 공주가 천 년씩이나 처녀를 지켜 왔던 건……."

"크크큭, 지켜 왔다고? 내가 그리도 좋은 사람처럼 보이는가? 무녀 공주를 수호하고 있는 건 맞지만, 그건 그냥 대신전으로부터 의뢰를 받았을 뿐이다. 물론 대가는 확실하게 받고 있지."

"대가……?"

"너처럼 머저리 같은 자도 흡혈귀가 뭘 좋아하는지 정도는 알고 있겠지?"

"……처녀의 피인가!"

흡혈귀는 그 이름대로 사람의 피를 빨며 살아간다.

떼 묻지 않은 처녀의 피가 흡혈귀에게는 최고의 만찬이라고 한다.

"그래, 그랬단 말이지. 너도 처녀가 취향이었구나. 왠지 나랑 죽이 잘 맞을 것 같은데?"

"네놈과 똑같이 취급하지 마라! 그런 뜻으로 처녀를 좋아하는 게 아니니까!"

쳇, 혼나고 말았네. 동지가 생겼나 싶었는데.

"오히려 네놈 같은 남자는 적이라고 할 수 있지. 적 말이다. 무분별하게 처녀를 짓밟는 짐승이 아니더냐!"

"뭐야. 나에 대해 잘 알고 있나 본데?"

요즘은 처음 보는 사람들이 나에 대해 잘 알고 있는 경우가 많아서 이상한 기분인 든단 말이지.

출생이 약간 특수할지도 모르고 여자를 밝히는 경향은 있지만, 그렇다고 신분이 높은 것도 아닌 평범한 남자인데 말이다.

"나에게는 처녀의—— 역대 무녀 공주의 피는 극상의 와인이나 다름없으니까 말이다. 뭐, 와인은 와인대로 나쁘지 않지만."

그 순간, 샤미의 앞에 놓인 탁자에 유리잔과 와인 병이 나타났다.

모종의 마법을 쓴 걸까. 그러고 보니 대부분의 흡혈귀는 강력한 마법사이기도 하다는 얘기를 들은 적이 있다.

샤미가 피처럼 붉은 와인을 유리잔에 따랐다.

"한꺼번에 너무 많이 빨았다간 자칫 극상의 피를 가진 자가 죽을 수도 있으니까 말이다. 인간이란 참으로 덧없는 존재지. 그러니 부족한 건 와인으로 달랠 수밖에."

"무녀 공주의 피를 빨고 있나 보군……. 그거 정말 터무니없는 일 아니야?"

아무래도 상관없지만, 나에게는 와인을 안 줄 생각인가?

뭔가 마실 걸 주겠거니 싶었는데. 참 쩨쩨한 흡혈귀로세.

"그레시아의 무녀 공주에게 중요한 건 순결이다. 피를 약간 빨리는 대가로 흡혈귀의 보호를 받을 수 있다면 저들에게도 손해 볼 것 없는 거래겠지. 물론 흡혈했다고 해서 흡혈귀나 시귀가 되는 경우는 없다."

"난 지켜 줄 필요 없으니 뭐라도 마실 걸 좀 줬으면 싶은데……."

"그런 식으로 나는 초대 무녀 공주가 즉위할 때부터 이곳에서 천 년 가까이 지내는 동안 극상의 처녀의 피를 맛보며 가끔씩 나오는 불경한 자들을 제거해 왔지."

아, 내 부탁을 무시하다니.

그나저나 천 년…… 천 년이라. 흡혈귀는 불로불사의 존재라고 하는데 천 년씩이나 이 지하에서 살았단 말인가?

장수한다고 알려진 엘프조차 수명은 400년 정도에 불과하다. 그보다 갑절 이상의 세월을 살아왔을 줄이야.

"뭐, 나에게는 손쉬운 일이다. 100년 전쯤에 어느 나라에서 온 최강 기사라고 하는 남자가 있었는데, 대체 뭘 착각했는지 무녀 공주의 침소에 숨어들려고 했었지. 네놈과 마찬가지로 이곳 지하로 끌고 왔더니 반쯤 미쳐서 도망치려고 발악을 하더군. 하룻밤 정도 가만히 놔두었더니 머리도 수염도 새하얗게 물들어 버렸지 뭐냐. 그런 다음 풀어 주었는데, 공포에 질린 나머지 아무 말도 못하고 자기 나라로 돌아가지도 못한 채 자취를 감췄다고 하더군. 크크큭, 제아무리 기사라 한들 한 꺼풀만 벗겨 내면 그 모양 그 꼴인 법이지."

"……그 말은, 당신은 여기로 끌고 온 자들을 죽이지는 않았다는 거야?"

"호오, 곧바로 그 점을 알아차릴 줄이야."

샤미가 와인을 한 모금 홀짝였다.

"무녀 공주와 맺은 계약은 그 녀석의 순결을 지키는 것인데, 거기에 '쓸데없는 살생은 바라지 않는다.'는 조건이 붙어 있거든. 물론 최후의 수단이라면 죽여도 상관없지만 말이다."

"…………."

조금만 봤을 뿐이지만 이 흡혈귀는 신출귀몰하며 마법을 능숙하게 구사한다.

최강의 검사는 물론이거니와 심지어 엘프조차 이길 수 없을지도 모른다.

그만큼 강력한 힘을 가지고 있다면 그냥 죽여 버리면 그만일 텐데, 계약에 얽매여 있는 건가.

"하지만 애당초 겁도 없이 무녀 공주에게 다가가는 남자는 천년을 통틀어도 몇 명 없었지. 이렇게 내 방까지 초대한 남자는 네놈이 처음이지만 말이다. 그리고 이렇게까지 태연한 태도를 유지한 것도 네놈이 처음이로군."

"사실 난 너한테 무진장 흥분하고 있지만 말이지."

"좀 더 두려워하란 말이다! 자신감이 뚝 떨어질 것만 같지 않느냐!"

이 사람도 가끔 가다가 흥분한단 말이지. 흥분으로 일그러진 얼굴도 미인이군. 좋은데?

"나 참…… 왜 하필이면 이런 시기에 이름 없는 영웅의 자손이 그레시아에 나타났는지 원."

샤미는 이번에는 와인을 단숨에 들이키더니 다시금 잔에다 와인을 따랐다.

"아니, 오히려 이런 시기라서 그런가. 혹시 네놈은 알고 있나? 네놈 때문에 마의공주를 거느린 나라들 사이에서 파란이 일고 있다는 사실을 말이다. 남방 지역에서는 마스디니아 제국이 갑자기 엘프 연합과 아티나와 동맹을 맺는 바람에 그레시아를 비롯한 여러 나라들 사이에서 동요가 퍼지고 있지. 명심해라. 혼란은 간악한 흉계를 꾸미는 자들에게는 절호의 기회라는 사실을. 혼란을 잠재운다는 명분을 내세우면 그 어떠한 횡포도 합리화할 수 있다는 사실을."

"와인, 나도 좀 마셔도 될까?"

"마음대로 하거라!"

요즘 들어 국가 얘기나 전쟁 얘기만 나오면 머리가 아프단 말이지.

그런 복잡한 얘기는 높으신 분들이 알아서 했으면 싶었다.

어쨌거나, 유리잔을 따로 내어 줄 것 같지는 않았기에 술병에 직접 입을 대고 마시기로 했다.

"네놈 얼굴에는 성가신 얘기는 사절이라고 쓰여 있는 것 같구나. 그럼 네놈도 알아들을 수 있도록 얘기해 주마. 성기사 놈들은—— 이 나라를 탈취할 생각이다."

"…………."

어쨌든 와인은 맛있었다.

이왕이면 좀 더 화기애애한 얘기를 들으며 마시고 싶었는데 말이지.

나는 두 모금 정도 와인을 더 마시고 나서——.

"음, 좋은 와인이군. 그럼, 성기사들이 무녀 공주에게 무슨 짓을 저지르려고 한다는 거야?"

"무녀들한테서 들었나 보구나. 그래, 맞다. 이곳 메가레이시아는 전란의 대륙이다. 종교적 권위를 짊어진 그레시아조차 싸움에서 벗어날 수는 없는 노릇이지."

샤미는 그렇게 말하고는 와인을 탁자 위에다 천천히 흘렸다.

아니, 저 아까운 와인을…….

"……응? 뭐야 이거. 지도?"

탁자 위에 흘린 와인이 확 퍼져 나가더니 복잡한 형태를 구성하기 시작했다.

남방 지역부터 시작해서 북방 지역, 그레시아 일대까지 나타낸 지도임을 곧바로 알 수 있었다.

심지어 와인 일부의 색이 변하며 국경선까지 긋는 섬세한 묘기까지 선보였다.

"마스디니아, 엘프 연합, 아티나 모두 그레시아와 그렇게 가까이 있는 나라는 아니지만 그렇다고 너무 멀리 떨어진 나라도 아니지. 이곳 남방 지역에서 발생한 혼란은 성기사 놈들에게는 절호의 기회였다."

"하지만 지금은 혼란스럽지 않은데?"

오히려 최근 수십 년 동안 가장 평화로운 시기라고 할 수 있을 테지.

"바로 그게 문제란 거다. 잘 들어라. 네놈도 알아들을 수 있도록 얘기해 주마. 성기사 놈들은 여기에 큰 기대를 걸고 있었다."

샤미가 손가락으로 가리킨 건—— 마스디니아의 수도 부근이었다.

"정확하게 말하자면 이곳에 있는 천희에 기대를 걸고 있었지. 마신이 사라진 지도 어언 200년, 녀석은 간만에 나타난 영웅의 재목이다. 그 녀석이 남방 지역을 완전히 평정한 뒤에는 북쪽으로 진격할 것이다, 모두가 다 그렇게 예상하고 있었지."

샤미의 손가락이 그보다 위쪽—— 북쪽으로 이동했다.

"뭐…… 그렇게 됐을 가능성은 높았겠지."

루피아는 나에게 집착하기도 했지만, 그것과는 별개로 전쟁을 벌일 의욕도 가득했으니까 말이다

"하지만, 아무리 루—— 천희라 해도 그레시아를 공격해서 멸망시킬 만큼 막 나가지는 않을 텐데?"

"대놓고 공격하지는 않더라도 방법은 얼마든지 있다. '전란으로부터 그레시아를 구한다.'는 명분으로 군대를 성도로 보낸 뒤, 무녀 공주로부터 종교적 권위만 남겨 둔 채 권력과 군사력을 모조리 빼앗아 장식으로 만드는 것도 간단할 테고."

"그렇군. 듣고 보니 간단하겠어."

힘을 기른 속국이 종주국의 왕을 죽이고 싶어 해도 오명을 짊어지기 싫어서 비슷한 짓을 저지르곤 한단 말이지.

"그레시아에게 천희의 출현은 최대의 위기였다. 하지만 오귀스트를 비롯한 성기사단에게는 오히려 절회의 기회이기도 했지. 혼란이 없으면 변화도 없는 법이니, 성기사단 입장에서는 그레시아의 평온이 지속되는 건 썩 달가운 일이 아니었을 테니까 말이다. 이대로 있으면 성기사는 무녀의 명령에 휘둘리는 검신세에서 영영 벗어날 수 없으니, 천희의 출현은 성기사단에게는 일종의 복음이고도 할 수 있지."

"천희가 진격해 들어오면 맨 앞에서 막아야 하는 건 오히려 성기사단일 텐데?"

오귀스트 같은 놈들이 그 루피아를 상대로 이길 리는 없겠지.

"성기사단만으로는 천희에게 이길 수 없겠지. 하지만 그레시아라면 주변 국가들에게 명령을 내릴 수도 있다. 반대로 '천희 포위망'을 구축할 수도 있고."

"……그리고 그 중심에 있는 게 성기사단이란 말이군. 무녀 공주가 아닌 성기사들이 말이지."

아하, 그렇군. 이제야 좀 알겠어.

그 오귀스트 아저씨는 리샤 앞에서 꽤나 도발적인 태도를 취하고 있었다.

마스디니아가 아티나 및 엘프 연합과 동맹을 체결하게 되면서 천희의 왕성한 정복 활동이 중단되었기 때문인가.

"군사 독재, 라고나 할까. 성기사단이 전쟁의 주도권을 쥐고 전쟁을 명분으로 내세워 무녀 공주의 권한을 빼앗는 거지. 물론 전쟁이 끝나도 무녀 공주에게 다시 권력이 돌아오지는 않을 테고."

"성기사단이 쓴 대본이야 그럴지 몰라도, 실제로 천희는 현재 남방 지역에서 얌전히 있잖아. 이제 성기사에게도 명분은 없을 텐데?"

"그레시아에게 싸움을 걸 만한 어리석은 자는 거의 없지. 성기사 놈들은 천희를 대비하여 주도면밀하게 준비를 갖추고 있었다. 더 이상―― 멈출 수 없을 정도로 말이지."

"…………"

한번 치켜든 주먹은 반드시 내려야 한다.

전쟁을 잘 모르는 나라도 그 정도는 알겠지만…….

"그건 좀 지나친 생각 아닐까? 성기사단도 바보는 아닐 테고, 천희를 구실로 삼을 수 없게 되면 억지로라도 물러설 수밖에 없는 거 아니야?"

"그럴지도 모르고, 그렇지 않을지도 모르지. 잘 들어라. 나는 천 년 넘게 인간을 보아왔다. 그런 나조차도 인간 놈들의 행동을 완전하게 예측하기란 불가능하다. 전혀 생각지도 못했던 엉뚱한 일을 벌이는 게 바로 인간이니까 말이지."

"……흡혈귀면서 꽤나 신중하네?"

"이런 지하에 있으면서도 성기사 놈들의 동향은 주시하고 있었다. 무녀 공주(사이네스)의 진짜 직은 다른 나라들도 아니고 마신도 아니며 마의공주도 아니다. 예나 지금이나 성기사단이었지. 무녀 공주와 성기사의 불화는 이미 천 년도 넘게 이어져 내려오고 있다. 지금까지 본격적으로 충돌한 적이 없다는 게 오히려 신기할 따름이지. 하지만 대신전의 평화가 천 년이나 지속되었다고 해서—— 내일도 그게 이어질 거란 보장은 없다."

"하지만 아무런 계기도 없는 상황에서 그런 사태까지 일어나지는 않을 것 같은데?"

"내가 걱정이 많은 걸지도 모르겠지만, 네놈은 지나치게 낙천적이로구나. 계기라면 있다. ——바로 네놈이다."

"어? 난 아무 짓도 안 했는데?"

"웃기고 있군! 무녀 공주를 노리고 무녀 여러 명을 네 걸로 만들었잖느냐! 이건 대신전이 뒤집어지고도 남을 만한 대소동이란 말이다!"

"아."

듣고 보니 그렇군. 그레시아를 뒤흔들 의도는 눈곱만큼도 없었지만 말이다.

"대신전의 무녀들은 한결같이 무녀 공주(사이네스)에게 충실하지. 하지만 성기사단이 단순히 검만 휘두를 줄 아는 우둔한 집단인 건 결코 아니다. 계집 한둘의 약점을 쥐고 조종하는 것쯤은 능히 할 수 있지. 무녀 공주에게 남자가 접근했다는 정보는 지금쯤 성기사의 귀에도 들어갔을 것이다."

"윽……."

역시 그러면 안 됐던 걸까…….

무녀 공주에게 남자가 접근했고, 무녀 공주가 순결을 잃었다는 의혹이 퍼지면—— 그 의혹을 추문^{스캔들}으로 확대시키기에도 충분하고 무녀 공주를 실추시키기에도 충분하단 말인가.

"이 나라를 탈취할 명분이 약하다는 건 성기사단도 잘 알고 있겠지. 하지만 무녀 공주에게는 순결이 중요한 것 또한 엄연한 사실. 나라를 탈취하면 성기사단의 발표는 진실이 된다. 적어도 성기사단 놈들은 그렇게 생각하고 있겠지."

"……계약을 중요시하는 당신에게는 가만히 두고 볼 수도 없는 노릇이었겠군."

"무녀 공주가 왜 굳이 네놈 같은 재앙의 씨앗을 여기로 불렀는지 모르겠군. 네놈이 원래 그렇고 그런 놈이란 건 잘 알고 있으니 이런 일이 일어나게 될 것도 충분히 예상은 했을 텐데. 무녀 공주도 무슨 생각인지 도통 알 수가 없군."

"그러게…… 그건 나도 알고 싶은데 말이지."

여자애밖에 없는 곳으로 날 불러 준 건 무진장 고맙긴 하지만.

"하지만 나에게 중요한 건 계약과 무녀 공주의 피지. 이미 조금 늦었을지도 모르지만, 네놈이 이 이상 자유롭게 활개치고 다니게 내버려 둘 수도 없는 노릇이다."

"뭐, 무슨 말인지는 알겠어……."

요컨대, 성기사단은 루피아를 구실로 내세워 나라를 탈취하려고 획책했었다.

비록 그 시도는 실패했지만 이미 준비는 다 마친 상태였기에 다른 구실을 찾고 있었는데, 그러던 와중에 내가 나타난 게 지금 상황이라 할 수 있다.

"네놈이 겁을 집어먹고 도망친다면 그건 그거대로 상관없지. 하지만 내가 보기에 네놈은 도망칠 마음은 추호도 없는 것 같군."

"오히려 더 여기에 있고 싶을 정도인데?"

햇빛이 없다는 것만 제외하면 의외로 쾌적하고 말이다.

게다가 듣도 보도 못한 미녀가 눈앞에 있는 것이다. 그 망토 아래쪽에도 관심이 있고.

"호오, 대충 얘기는 정리된 것 같군. 네놈이 가만히 있기만 하면 상관없지. 네놈이 정치나 국가의 일에 관심이 없다는 건 알고 있다. 실은 나도 그러하지. 이번엔 무녀 공주에게 해악을 끼치려는 자가 우연히 정치적인 야심을 가진 놈들이었을 뿐이고. 크크큭, 설령 성기사단 단장이 세계의 왕이 된다고 한들 그래 봤자 어차피 100년도 못 살 텐데 쓸데없이 바라는 건 참 많군."

"의외로 얘기가 좀 통하네. 맞아. 나도 많은 걸 바라지는 않거든."

52명의 마의공주, 하프 엘프, 엘프, 기사 등등, 수많은 미소녀들과 매일같이 야한 짓을 하며 지낼 수 있으면 만족한다.

만약 거기에 흡혈귀 한 명이 추가되면 더 좋고.

별궁 안에 햇빛이 닿지 않는 지하실을 만들면 되겠지.

"그럼 내가 바라는 걸 들어주실까, 시드 네키스. 네놈은——
내 부하가 되어 줘야겠다.

"뭐……?"

부하……? 내가, 흡혈귀의 부하?

"그래, 부하가 되어서—— 내 시중을 들어라."

"…………시중?"

여자애를 노예로 부리는 고약한 취미는 없지만, 반대로 누군
가의 부하가 되는 것도 사절이다.

이 전개는 과연 올바른 걸까, 아니면 잘못된 걸까.

다만—— 진안 발동.

으음, 난이도는 수치가 이상하게 되어 있어서 무엇을 표시하
는지 전혀 보이지 않았다.

루트 진행도도 마찬가지였다.

흡혈귀는 무시무시할 만큼 높은 마법 내성을 가지고 있다고
하니, 외법도 통하기 어려운 걸지도 모른다.

하지만 마의공주에게도 통하는 외법을 이렇게까지 교란할 줄
이야——.

뭐, 그런 것보다는 아까부터 소파 위에서 다리를 꼬고 있는 샤
미의 허벅지가 무진장 꼴린단 말이지.

본전 밑에 있는 지하, 천 년도 더 된 지하 감옥에서 보내는 생
활은 정말로 쾌적한 모양이었다.

내가 안내를 받은 거실 옆에는 침실도 있었고, 심지어 욕실마저 갖추어져 있었다.

흡혈귀는 식사나 물을 섭취할 필요는 없지만, 샤미는 가끔 본전으로 올라가 술과 식량을 얻어 온다고 한다.

공물이라는 명목으로 무녀가 술과 식량을 정기적으로 바치는 제단이 있다나 뭐라나.

──샤미는 나에게 그런 얘기를 들려주더니 소파에 드러누운 채 와인을 마시기 시작했다.

시중이란 건, 말할 것도 없이 그렇고 그런 시중을 말하는 거겠지. 밤 시중 같은 그런 거 말이다…….

"……………………."

나는 침을 꼴깍 삼켰다.

망토 틈새로 보이는 허벅지가 너무나도 먹음직스러워 보였기 때문이다.

의기양양한(하지만 순진한) 리샤의 얼굴, 어리숙한 면이 있지만 엘프답게 무척이나 가지런한 라크시알의 얼굴, 한쪽 눈이 가려진 채 색기가 철철 넘치는 루피아의 얼굴.

무표정하지만 때때로 살짝 불그스름하게 달아오르는 이리야의 얼굴──모두 다 내 마음에 들었다. 하지만 이 샤미의 싸늘한 미모도 그 네 사람에 비하면 결코 뒤지지 않았다.

초대 무녀 공주와 계약을 맺었다는 얘기가 사실이라면 적어도 천 년은 살아왔다는 얘기가 되지만, 그 외모는 아무리 높게 잡아도 스무 살 언저리로 보였다.

만약 분노 때문에 표정이 일그러질 때면 그보다 더 젊어 보일 정도였다.

"나에게 푹 빠진 남자는 과거에도 많이 있었지만, 흡혈귀임을 알고서도 그런 욕망 그득한 눈빛으로 쳐다보는 남자는 네놈이 처음이로구나."

"솔직한 게 내 장점이거든."

"네놈은 그저 욕망에 솔직할 뿐이잖느냐. 하지만, 그래——."

샤미는 유리잔을 탁자 위에 놓더니, 곧바로 탁자 위를 손으로 뒤적였다. 그러고는 어째선지 탁자 위에 몇 개 놓여 있던 동전 중 하나를 쥐었다.

"네키스, 오래 살 때의 최대의 적이 뭔지 알고 있나?"

"응? 그게 뭔데?"

"크크큭…… 그야 물론, '지루함'이지. 엘프 놈들은 젊은 시절을 보내고 나면 식물처럼 감정을 상실하게 되지만, 흡혈귀는 그렇지 않다. 다만 오랜 삶에 싫증이 날 뿐이지."

"…………."

내가 가장 잘 알고 있는 엘프는 식물은커녕 발정 난 고양이처럼 시끄러운데 말이지.

뭐, 그런 모습이 귀엽긴 하지만. 아아, 라크시알의 그 커다란 가슴을 마음껏 주무르고 싶군.

"지루함을 달래는 덴 처녀의 피나 와인도 좋지만, 이것도 나쁘지 않지—— 바로 '내기' 다."

샤미가 손가락으로 동전을 탁 튕겼다.

"곧바로 내 시중을 들라고 하는 건 재미없지. 이 동전으로 나랑 내기를 하자꾸나, 네키스. 내기는 좋지. 이토록이나 오래 살아왔건만 내기할 때 느껴지는 그 긴장감은 참을 수 없는 쾌감을 선사해 주지. 네놈이 이기면 날 마음대로 해도 좋다. 하지만 만약 진다면—— 내가 네놈을 마음대로 하겠다."

"어어……."

제길, 역시나 만사가 순조롭게 굴러가지는 않나 보군…….

시중을 들라고 해서 내심 기대하고 있었는데!

남자의 순정을 짓밟다니, 역시 천 년을 산 흡혈귀답군. 이 얼마나 잔혹한 짓이란 말인가!

"좋아, 받아들일게! 앞면 뒷면으로 결정하면 되지?!"

"기꺼이 받아들일 줄이야! 성욕이 공포를 너무 압도한 거 아니냐!"

샤미는 몸을 일으켜 세워 소파 위에 고쳐 앉았다.

내기에서 지면 무슨 짓을 당할지 알 수 없었지만, 성욕이 최고로 고조된 지금은 그런 건 아무래도 좋았다.

안 그래도 무녀 공주나 붉은 머리 여자애랑 하고 싶어서 안달이 났던 차에 전혀 생각지도 못했던 곳에서 듣도 보도 못한 미녀와 맞닥뜨리게 된 것이다.

이런 상황에서 사랑을 전하기를 주저한다면 나는 나 자신을 용서할 수 없다……!

"세 마의공주뿐만 아니라 그 시종들까지 네놈 걸로 만들었다는 소문은 들었지만 이토록이나 여자를 밝히는 놈일 줄은 몰랐구나……. 네놈이 먼저 해도 좋다.”

샤미는 동전을 드높이 튕겨 올리더니── 다시 아래로 떨어진 동전을 양손으로 잽싸게 감추었다.

“뒷면!”

“……앞면이구나.”

샤미가 어이없다는 표정으로 말하며 동전을 가리고 있던 손을 치웠다.

동전은── 앞면이었다.

“제기랄! 그 꼴리는 허벅지도! 망토 위로도 확연히 알 수 있는 그 가슴도! 흡혈귀의 질 안쪽도! 어떤 맛이 날지 확인해 보고 싶어! 확인해 보고 싶었는데!”

“그런 걸 일일이 입에 담지 말거라! 마의공주들도 그렇고 그 시종들도 그렇고 대체 어떤 취향을 가지고 있기에 네놈 따위에게 몸을 허락한 건지 모르겠군!”

쓰레기 같은 놈이 취향인 공주님에, 훔쳐보기 좋아하는 엘프에, 순진한 천희.

그리고 다 같이 난교하는 걸 좋아하는 하프 엘프 등등.

어쨌거나 2분의 1의 확률로 샤미랑 성교할 수 있었는데 하필 빗맞힐 줄이야.

진안이 제대로만 발동했었더라도 수치를 분석해서 앞면 뒷면을 맞힐 수도 있었을 텐데!

“흥, 뭐 어찌 됐든 내기는 내가 이겼군. 그럼, 이제 내 마음대로 하도록 해 볼까?”

"…………."

설마, 이제 와서 죽이지—— 않는다는 보장도 없군.

어째선지 본의 아니게 이 흡혈귀를 화나게 만든 것 같기도 하고 말이다.

아니면, 역시 내 피를 빨려는 걸까? 하지만 내 피는 맛이 없다고 하니 그건 아니려나?

"크크큭, 그럼 시작해 보자꾸나. 부하 주제에 언제까지 의자에 앉아 있을 셈이지?"

"우옷?"

갑자기 무언가와 부딪친 것 같은 충격이 느껴지는 바람에 나는 의자 째로 넘어지고 말았다. 샤미는 계속 소파에 앉아 있었는데 말이다.

"흥, 이런 것에게 남방 지역의 마의공주 놈들이 굴복했단 말이지. 마신장의 힘을 물려받은 자들이라는 게 믿기지 않을 정도로 한심하기 짝이 없구나."

"…………?!"

바닥에 넘어진 나는 몸을 다시 일으켜 세우려고 했지만——.

소파에 앉아 있던 샤미가 그 긴 다리를 쭉 뻗어 내 물건을 발로 밟았다.

어느새 샤미는 신고 있던 구두를 벗은 채 맨발로 내 물건을 잘근잘근 짓밟았다.

"자, 잠깐…… 뭐 하려고……?"

"크크큭…… 이 변태 같은 놈. 발로 밟아 주니 딱딱하게 서는

구나.”

“아니, 난 그런 취향은 없는데…… 그냥 그 다리에서 느껴지는 자극과 먹음직스러워 보이는 허벅지에 흥분해서 그렇게 된 거라고나 할까.”

정말로 난 괴롭힘 당하는 걸 즐기는 취향은 없다.

다만 샤미가 내 물건을 발로 밟을 때 힘 조절을 절묘하게 한다고나 할까.

“주인의 다리에 흥분하다니, 참으로 불경한 부하로구나. 크크큭, 이런 게 좋으렷다?”

“읏, 으오오…….”

이미 딱딱해진 내 물건을 바지 위에서 발로 문지르고 있잖아!

이런 건 마의공주나 희병들하고도 못 해 봤던 건데.

샤미는 두 발바닥 사이에 내 물건을 끼운 모양새로 문질문질 문질러 댔다.

“으음, 더 커다래질 줄이야……. 흥, 정말에 제 욕망에 충실한 놈이로구나. 그럼 이건 어떠냐?”

그러고는 능숙한 솜씨로 다리를 움직이며 절묘한 힘 조절로 내 물건을 만지작댔다.

오오, 입이나 손으로 해 주는 것과는 완전히 다르잖아…….

게다가 바닥에서 올려다보는 샤미의 허벅지는 역시나 먹음직스러워 보였기에 그쪽으로도 흥분해 버렸다.

“이게 바로 남자란 말인가. 다른 남자들은 지하에 끌고 오면 다들 날 두려워하며 도망치기 바빴는데 말이다. 크크큭, 그럼 어디 간만에 접하는 남자를 더 진득하게 맛보도록 해 볼까."

"어엇……."

샤미가 내 물건에서 발을 떼는가 싶더니 내 앞에서 몸을 웅크렸다.

"자, 잠깐만. 내기에서 진 건 나니까 시중은 네가 받아야 하는 거 아니야?"

"대체 누가 그런 소릴 했지? 분명 이긴 쪽이 상대방을 마음대로 할 수 있다고 했을 텐데? 그러니 난 네놈을 내 마음대로 할 뿐이다."

샤미가 히죽 웃으며 망토 앞섶을 벌리자──.

마치 출렁거리는 듯한 소리가 들릴 정도의 기세로 그 커다란 가슴이 튀어 나왔다.

"오오오……."

나도 모르게 감탄사를 내지르고 말았다.

라크시알과 비교해도 결코 뒤지지 않을 정도의 무척이나 커다란 가슴이었다.

게다가 그 정점에서 반짝이는, 마치 소녀의 그것과 같은 분홍색 유두──.

"이런, 건드리면 안 되지. 마음대로 할 수 있는 건 내 쪽이니까 말이다. 후훗, 이번엔 이건 어떠냐?"

"…………읏."

샤미는 의외로 조심스러운 손길로 바지에서 내 물건을 꺼내더니── 그 두 가슴 사이에다 끼워 버렸다.

유협봉사^{파 이 즈 리}—— 가슴 전체를 이용해 내 물건을 감싸듯 가슴 사이에다 끼우고 문지르기 시작했다.

"오오, 움찔거리고 있구나……. 크크큭, 이런 게 그리도 좋으냐? 웃, 야, 가만히 좀 있어."

샤미는 즐거운 기색으로 그 두 거대한 가슴 사이에다 내 물건을 끼우고 문질러대기 시작했다.

내 물건이 완전히 파묻힐 만큼 압도적인 질량이었다……!

샤미는 가슴을 상하좌우로 격렬하게 움직이며 내 물건을 자극했다.

"뜨거워…… 보기 흉할 정도로 흥분했구나……. 웃, 이 상태에서 더 커다래질 줄이야…… 큭."

샤미의 살결은 찹찹했고 그건 가슴도 마찬가지였다. 내 물건과의 온도 차 때문인지 믿을 수 없을 정도로 서늘한 느낌이 들었다.

"웃, 으읏…… 아, 안 돼, 샤미…… 이제 더는……!"

"아앗……!"

나는 압도적인 가슴의 압력에 패했고—— 한층 더 강렬한 자극을 받은 순간, 단숨에 정액을 토해 내고 말았다.

뷰릇, 뷰릇, 힘차게 뿜어져 나오는 희멀건 액체가 샤미의 하얀 살결을 마구 더럽혀 나갔다.

"큭, 크크큭…… 많이도 사정했구나……. 참 한심한 사내로고. 웃, 아직도 나오다니…… 설마 이 정도로 나올 줄이야…… 오늘 하룻밤만 해도 벌써 수도 없이 많은 무녀를 범했거늘……."

내가 마지막 한 방울까지 정액을 쥐어짜 내자——.

"웃, 으으읍……."

샤미가 가슴에다 내 물건을 끼운 채 그 끝에다 입을 맞추더니 남은 정액을 빨아들여 주었다. 쪽쪽거리는 소리를 내며 한 방울도 남김없이 빨아들였다.

"흥, 이상한 맛이 나는구나……. 남자의 피보다 훨씬 맛도 없는데…… 이런 걸 내 안에다 사정하고 싶다고?"

"그, 그래……."

샤미가 히죽 웃어 보이자, 어째선지 나는 흥분되었다.

그 싸늘한 미모에 걸린 얼어붙을 것만 같은 미소—— 아름답고 커다란 가슴이 선사해 주는 파이즈리보다 훨씬 더 매력적이었다.

"크크큭, 부끄러운 줄도 모르고 또다시 커다래지는구나……. 자, 좀 더 날 즐겁게 해 다오."

샤미는 그 커다란 가슴을 출렁이며 내 위에 올라탔다.

"그러고 보니 아깐 감히 허락도 없이 내 입술을 훔쳤겠다? 흥…… 웃, 으읍."

흰 머리 흡혈귀가 내 위에 올라탄 채 몸을 숙이더니 입술을 겹쳤다.

입술 또한 차가웠지만, 그래도 부드러웠다.

살짝 열기를 머금은 혀가 내 입안으로 들어왔다.

"웃, 으읍…… 웃, 츕, 으읍…… 웃, 으응……."

나는 내 입아느로 침입해 들어온 혀를 열심히 빨았고, 혀를 얽었다.

우오오, 최근에 했던 키스 중에서 이게 제일 진한 걸지도 모르겠군……!

"……후우, 뭐, 이 정도면 되겠지. 그럼, 맛보도록 해 볼까."

샤미는 입술을 떼고 몸을 일으켜 세우더니 망토를 뒤로 젖힌 채── 허리를 살짝 들어 올렸다.

그러고는 이미 다시금 단단해지고 커다래진 내 물건을 손으로 쥐고서 자신의 음부 쪽으로 이끌었다.

"읏…… 아무것도 못하는 주제에, 이거 하나만큼은 쓸데없이 크구나…… 그으읏……."

내 물건이 샤미의 질 안으로 삼켜져 들어갔다──.

그러자 곧바로 내 물건 끝에서 무언가가 찢기는 듯한 감촉이 전해져 왔다.

"윽, 으읏…… 이건……윽, 으읏…… 아앗……!"

샤미는 명백히 고통 섞인 신음 소리를 내질렀다── 내 물건을 끝까지 집어삼키더니 그 하얀 머리를 한 움큼 쥐고서 입으로 물었다.

아무리 봐도 아픔을 견디고 있는 걸로 밖에 보이지 않는데── 아니, 잠깐. 나와 샤미의 결합부에서 피가 줄줄 흐르고 있잖아.

"자, 잠깐…… 샤미, 너 설마, 이번이 처음이었어……?"

"크, 크큭, 인간 따위가 시건방질 소릴 다 하는구나. 큭…… 네놈이 내가 얼마나 오래 살았는지 알기나 하느냐……."

말은 그렇게 하지만, 아까 그 무언가가 찢기는 감촉은 처녀막이었을 테고 피도 흐르고 있는데 말이지.

처녀막은 여러 가지 형태로 존재하는데, 샤미의 경우에는 아마도 막이 입구를 단단히 막고 있는 형태였지 않을까 싶었다.

"우리 흡혈귀는, 열락에 빠지는 것을 마다하지 않지. 오래 살려면 하나라도 더 많은 즐거움이 필요하니까 말이다. 큭, 웃, 좀 더 나를 즐겁게 해 보거라……!"

샤미는 여전히 고통에 표정을 일그러뜨리면서도 기승위 체위를 유지한 채 격렬하게 허리를 흔들며 내 물건을 몇 번이고 안쪽 끝까지 집어삼켰다.

그녀의 질 안은 역시 처녀처럼 좁고 빡빡했다. 만약 내부가 젖어 있지 않았다면 조금도 움직이지 못했을 것이다.

큭, 이거…… 장난 아닌데. 마치 질 안쪽이 의지를 지닌 것처럼 내 물건을 막 휘감고 조여 대고 있잖아.

"훗, 하웃, 으응…… 시시한 남자지만, 이거 하나만큼은 나쁘지 않구나…… 웃, 큭, 으웃, 속이 미어터질 만큼 이리도 커다랗다니…… 아아앙!"

샤미는 허리를 위아래로 움직일 뿐만 아니라 엉덩이마저 흔들며 내 물건을 집요하게 탐했다.

"하앙, 아웃, 웃, 아앙, 더, 더더욱…… 나에게 봉사해 보거라. 겨, 겨우 이런 걸로는 아직 간에 기별도…… 앗, 아앙, 아앗!"

노출된 가슴이 격렬하게 출렁였다.

거기에 묻어 있던 희멀건 액체는 이미 다 떨어져 나간 모양이었다.

나는 손을 뻗어 그 출렁거리는 가슴을 밑에서 받치는 모양새로 주물렀다.

오오오, 중량감과 부드러움이 장난 아닌데! 유두 또한 역시 처녀처럼 예쁘고 말이지!

"읏, 아앗, 더 세게…… 더 세게 주물러 보거라…… 읏, 앗, 아앗, 가슴도, 유두도 좀 더 세게…… 읏, 아아아아아앙!"

내가 거칠게 가슴을 주무르며 유두를 손가락으로 잡아당기자 샤미는 쾌락에 찬 신음 소리를 내질렀다.

물론 그러는 동안에도 허리를 격렬하게 흔들며 내 물건을 더더욱 안쪽 깊은 곳으로 집어삼켜 나갔다.

가히 폭력적이라 할 만한 수준의 부드러운 감촉이 느껴지는 가슴과 질 조임, 이 두 가지 자극이 너무나도 강렬해서 더는 못 참을 것 같았다……!

"네키스…… 읏, 하응, 앗, 안쪽까지 닿고 있구나……. 앗, 읏, 커다란 게, 안쪽 끝까지 들어와서, 내 가장 민감한 곳을 두드리는 게…… 앗, 아응, 아앗!"

샤미의 거유는 너무나도 부드러워서 그걸 주무르는 내 손이 마치 가슴 속으로 빨려 들어갈 것만 같았다.

크기만 놓고 보면 라크시알 쪽이 조금 더 커다랄지도 모르겠지만, 부드러움은 이 흡혈귀 쪽이 더 뛰어날지도 모르겠군……우오오, 탱탱하고 무진장 부드럽잖아……!

"읏, 정신없이 내 가슴을 농락하고 있구나……. 이 욕망의 화신 같으니…… 웃, 하웃, 아앙, 자, 잠깐…… 허리 움직이지 말 거라……!"

그 압도적인 가슴 덕분에 나는 더욱 흥분해 버렸다. 더는 참을 수 없었다.

나는 허리를 흔들어 샤미의 안쪽 깊숙한 곳까지 내 물건을 박아 올렸다.

찔꺽찔꺽, 우리의 결합부에서 음란한 물소리가 울려 퍼지며 피와 애액이 줄줄 흘러 떨어졌다.

"저, 정말이지…… 웃, 너무 움직이지 말거라…… 하웃, 그렇잖아도 커다란 게 내 안쪽을 마구 휘젓고 있는데…… 그렇게나 깊숙이 박아 넣으면…… 앗, 아응, 큭, 흐앙……!"

"큭, 나도 더는…… 못 참겠어. 이제…… 한계야……!"

기승위 체위 상태에서 샤미의 질 안을 실컷 탐하며, 튕기듯 출렁이는 가슴을 난폭하게 주무르고, 분홍색 유두를 손가락으로 집어 빙글빙글 돌렸다.

밑에서부터 샤미의 안쪽을 깊숙이 박아 올리며 한층 더 깊은 곳까지 달했을 즈음, 그녀의 질이 내 물건을 쥐어짜 내듯 조여 대더니──.

"앗, 앗, 아아아아아아아아아아아아아아아아아아아아아아아아아아아아아아아아아!"

움찔, 샤미의 몸이 커다랗게 요동침과 동시에 나는 그녀의 가장 안쪽을 향해 내 희멀건 액체를 있는 대로 방출했다.

"웃, 으응…… 웃, 아앙…… 사정하고 있어…… 내, 내 안에

인간의 정액이 마구 들어오고 있어…… 으으읏, 아아아아아아
아아아아아."

샤미의 질 안이 내 정액을 한 방울도 남김없이 쥐어짜 낼 기세
로 내 물선을 빨아들였다.

나는 내 허리에 올라 탄 샤미의 몸을 안고서 그 입술을 마음껏
탐닉했다.

아아, 이거 굉장하군…… 아직도 사정이 잦아들지 않잖
아…….

내가 대량의 정액을 쏟아 내면서 샤미의 싸늘한 입술을 실컷
맛보고 있을 때였다──.

"앗, 앗, 아아아아아아아아아아아아앙…… 아아아아아아앙!"

"…………읏?!"

갑자기 샤미가 입술을 떼고 입을 커다랗게 벌리며 송곳니를
드러내고는──.

푸욱, 둔탁한 소리와 함께 내 목덜미에다 그 송곳니를 박아 넣
었다.

"야, 야…… 아까는 맛없다면서?"

"그, 그야 당연하지. 남자의 피가 아니냐! 하, 하지만 이렇게
나 흥분한 상태에서는 피를 빨지 않고는 견딜 수가 없구나! 이
런 건 천 년 넘게 살면서 처음이야…… 읏, 크읏……!"

샤미는 내 목덜미에 이를 박아 넣은 상태에서 능숙하게 말했
다.

물론 피도 계속 빨고 있었다. 아주 조금씩 빠는 것 같았지만 말

이다.

　"…………읏!"

　바로 그때였다. 심장이 커다랗게 고동쳤다.

　갑자기 의식이 멀어지는가 싶더니 눈앞이 새하얗게 물들면서
——.

『어, 언니…… 아아아아앙……!』

　뭐지? 갑자기 어딘가에서 여자애 목소리가 들려오는 것 같은
데?

　아니, 목소리만 들려오는 게 아니었다. 샤미가 누군가의 뒤에
서 목덜미에다 이를 박아 넣고 있는 광경이 머릿속에 떠올랐다.

　기나긴 붉은 색 머리를 들어 올리자 드러난 새하얀 목덜미. 애
절하면서도 요염한 목소리.

　이건 샤미가 여자애의 피를 빨고 있는 광경인가——?

　"핫, 하아아…… 더 이상은……!"

　"우웃, 아얏……."

　둔중한 아픔과 함께 내 목덜미에서 샤미의 송곳니가 뽑혀져
나오자 시야가 다시 원래대로 돌아왔다.

　"……갑자기 눈앞에 어떤 이상한 광경이 보이더라고. 네가
붉은 머리 여자애의 피를 빠는 광경이었어. 그건 대체……."

　"본디 흡혈은 그냥 피만 빠는 게 다가 아니거든. 내 송곳니와
네놈의 피가 서로 녹아들며 영혼마저 뒤섞였던 거지……."

"…………."

그래서 샤미의 기억을 엿보게 되었던 걸까…….

그건 그렇고 그 붉은 머리 여자애는 설마…….

"그건 그렇고…… 흥, 역시나 네놈의 피는 맛이 없군. 입가심을 좀 해야겠구나."

"입가심이라니…… 오옷."

샤미는 거칠게 입술을 겹치며 내 혀를 쪽쪽 빨아들였다.

이런 입가심이라면 언제든 환영이란 말이지…….

"응, 으으읍…… 하아, 하아…… 크, 크큭…… 피는 맛이 없었지만 네놈과의 성교는…… 썩 나쁘지 않았구나."

샤미가 입술을 떼더니 꺼림칙하게 웃었다.

"그, 그래. 난 최고였어……. 그런데 정말로 이번이 처음 아닌 거 맞아?"

뭐, 처음으로 하는 것이든 아니든 간에 어쨌든 안에다 사정했지만 말이다.

그나저나 좀 난폭하게 하지 않았나 싶은 생각도 들었다.

"……흥, 말도 안 되는 소리 말거라. 웃, 으읍."

샤미가 히죽 웃더니 이번에는 가볍게 입술을 겹쳤다.

"……난 흡혈귀라고. 흡혈귀의 재생 능력이 얼마나 뛰어난지 모르는 거냐. 다만 성가시게도 나 같은 경우에는 모든 게 회복되고 말지."

"……아."

그렇군. 샤미는 과거에 성교한 경험이 있지만 처녀막마저 원래대로 회복되었나 보군.

"······어라? 그럼 몇 번을 하든 간에 계속 처녀라는 건가? 할 때마다 다시 처녀로 돌아간단 말인가!"

나는 샤미에게 박고 있던 내 물건을 뺐다.

희멀건 액체가 꿀렁거리며 흘러나오더니, 처녀 상실로 인해 흐르고 있던 피와 뒤섞였다.

"뭐가 그리도 기쁜 것이냐. 이런 건 그저 막에 지나지 않거늘. 나로서는 그다지 달갑지도 않단 말이다."

"남을 괴롭히는 건 내 취향이 아니지만, 그래도 처녀는 엄청 좋아하거든! 처녀를 접수할 수 있다면 몇 번이든 맛보고 싶을 정도라고!"

"······이제야 좀 네놈에게 익숙해진 것 같군."

샤미가 내 물건을 손으로 쥐고 문지르기 시작했다.

"네놈도 이름 없는 영웅의 피를 이어받은 자라면 한두 번 해서는 성에 안 찰 테지?"

"······그러고 보니, 넌 내 조상과 만난 적 있어?"

"마신과 이름 없는 영웅이 출현한 건 불과 200년 전 있었던 일이니까 말이다. 나로서는 최근에 있었던 일이나 마찬가지지. 뭐, 녀석은 마신장이랑 성교하느라 바빠서 녀석과는 아무것도 하지 않았지만 말이다."

"······의외로 내 조상도 별 볼일 없었나 보네."

내가 만약 이만한 미녀를 발견했다면 만사를 제쳐 놓고서라도 내 품에 안았을 텐데 말이다.

뭐, 내 조상이 한번 품에 안았던 여자애랑 하는 것도 좀 이상한 느낌이 드니까, 샤미랑 아무런 일도 없었던 게 오히려 다행일지도 모르겠군.

"내 과거는 아무래도 좋다. 그보다도——."

"물론 열 번이고 스무 번이고 할 거라고! 어차피 돌아갈 수 없는 상황이라면, 안 하면 안 할수록 그만큼 손해잖아!"

"네놈은 참 쓸데없이 긍정적이구나!"

어쨌거나 내 눈앞에 미녀가 있는 것이니까 말이다. 상대가 성교해도 된다고 하면 마음껏 성교하도록 하자.

그것이 바로 쓰레기 같은 인간, 시드 네키스가 살아가는 방식이니까 말이지.

"앗…… 이 녀석, 건방 떨지 말거라……!"

내가 샤미의 몸을 안아 소파 위에 눕히자, 흡혈귀가 살짝 인상을 찌푸렸다.

아마도 그녀가 마음만 먹으면 나 같은 놈은 종이 찢듯 죽여 버릴 수 있을 것이다. 그건 마의공주들도 마찬가지였고 말이다.

이제 와서 겁먹을 이유는 하나도 없었다.

"그럼 두 번째로 해 볼까? 시중은 확실하게 들어 줄 테니까 염려 말라고!"

"자, 잠깐. 갑자기 그러면—— 으읏!"

이번에는 내가 위에서 샤미의 몸을 덮치듯 정상위 체위로 삽입했다.

큭, 아까 박았을 때와 조금도 다를 것 없잖아. 마치 내 물건을 밀어 낼 기세로 빡빡하군……!

"으읏, 아앗…… 아, 아직 내 거기도 민감한 상태 그대로인데…… 앗, 잠깐, 너무 그렇게 억지로는…… 아앗!"

샤미의 질 안을 억지로 넓히며 내 물건을 박아 넣어 나가자——— 다시금 무언가가 찢기는 듯한 감촉이 느껴졌다.

"우와, 벌써 재생했나 보네. 이거 왠지 기분이 묘한데? 이제 막 처녀를 접수한 여자애로부터 다시금 처녀를 접수하게 될 줄이야."

"처, 처녀가 아니라고——— 으읏, 으으윽…… 조, 좀 더 천천히…… 앗, 하앙, 커다래, 아까보다 더 커다랗잖아…… 아앙, 으읏……!"

내 밑에 깔린 샤미가 하얀 머리를 흔들며 헐떡였다.

다른 마의공주보다 조금 더 연상으로 보이는 미녀였지만, 이렇게 보니 귀여운 구석도 있군.

으음, 이거 더욱더 흥분되는데?

"큭, 잠깐, 그래서 너무 그렇게 격렬하게 박지 말라고 했…… 아앙, 앗, 아, 아앙!"

나는 흥분을 주체하지 못하고 소파 위에서 샤미의 몸을 격렬하게 흔들며 허리를 움직였다.

물론 입술도 겹치고, 출렁이는 그 가슴도 두 손으로 마구 주물렀으며, 매끄러운 피부를 손바닥으로 어루만졌다.

아아, 키스하는 동안 가슴 주무르면서 질 안을 맛보는 이 느낌은 정말이지 최고로군!

"훗, 앗, 아앙, 크웃…… 새, 생각했던 것 이상이로구나, 네키스……. 웃, 뭐, 뭐 좋다. 내가 만족할 때까지…… 계속 시중을 들도록 해라. 웃, 아앙."

"싫다고 해도 계속 할 거라고. 우웃, 엄청 조여 대고 있잖아……!"

이번에는 샤미의 가느다란 허리를 잡은 채 조금이라도 더 안쪽을 향해 내 물건을 박아 넣어 나갔다.

처녀막이 재생하고 있을 뿐만 아니라, 질 내부의 **빡빡함**마저 원래대로 돌아왔다. 덕분에 처음으로 맛보는 여자애의 그 **빡빡**한 감촉을 계속해서 맛볼 수 있었다.

최근 들어 엘프와 공주님이랑 몇 번이고 성교했던 나였지만, 처녀를 영원히 접수할 수 있는 이 느낌은 흡혈귀가 아니면 맛볼 수 없는 감각이었다.

^{사 이 네 스}
무녀 공주와 그 붉은 머리 여자애에게도 얼른 사랑을 전하고 싶었지만, 그 전에 이 몸을 실컷 맛보고 싶었다.

나는 샤미의 가슴에 입을 대고 그 달콤한 유두를 쪽쪽 빨았다.

그와 동시에 내 물건의 각도를 조절해 가며 질 안 구석구석에까지 박아 댔다.

"하웃, 웃, 앗, 으응, 크웃……. 앗, 하앙…… 너, 너무 격렬하게 범하고 있잖아……. 웃, 네 이놈, 사양하는 낌새는 눈곱만큼도 없이 내 몸을 마음껏 즐기고 있구나……!"

"너 같은 미녀에게 시중을 드는데 즐겁지 않을 남자가 세상에 어디에 있겠어. 우오옷…… 이제 두 번째로 사정할 것만 같아…!"

"앗…… 또 오고 있어…… 나, 나도 또…… 웃, 아아아아아앙……!"

잔뜩 흥분한 탓인지 첫 번째 사정 때보다 훨씬 더 많은 정액이 단숨에 쏟아져 나왔다.

"아, 아아…… 힘차게 나오고 있어……. 이 많은 정액이 대체 어디에서 나오는 건지 원……. 아아, 정액이 내 가장 안쪽을 점점 채워 나가고 있구나……."

정액이 질 안쪽에 들어오는 느낌을 정말로 체감할 수 있는지는 모르겠지만, 상대는 흡혈귀니까 어쩌면 특수한 감각이 있을지도 모른다.

아아, 그렇지만 사정하는 게 무진장 기분 좋군……. 이번이 두 번째 사정인데도 정액이 끝도 없이 나왔다.

"이곳 지하는 계속해서 밤이 이어지겠지. 어차피 탈출도 할 수 없으니 이 기나긴 밤을 마음껏 즐기도록 해 볼까?"

"흥…… 미리 말해 두겠다만 난 아직 만족하지 못했다. 네놈은 욕망의 화신인 것 같지만, 그런 네놈이 밤의 제왕인 냐를 과연 쾌락에 빠뜨릴 수 있을까?"

"그야 물론 두말하면 잔소리지."

이번에는 뒤에서 박아 주기로 했다. 소파 위에 드러누운 샤미의 몸을 돌려 양 손목을 붙잡은 채 뒤에서 내 물건을 박아 넣었다.

"웃…… 아아아아앙……! 가, 감히 날 이런 짐승 같은 자세로……!"

또다시 처녀막이 찢기는 감촉이 느껴졌다. ——으으, 이걸 계속해서 맛볼 수 있다니, 아무리 여자애를 괴롭히는 취향이 없는 나라고 해도 이건 좀 꼴리는데?

무녀 공주와 붉은 머리 여자애뿐만 아니라 리샤 일행도 어떻게 되었는지 슬슬 궁금해지긴 했지만——.

그건 나중에 생각하기로 하고, 지금은 이 영원한 처녀의 몸을 계속해서 맛보기로 하자.

"하아, 하아, 하아앙, 아아아아아아아아아아앙! 또, 또 나오고 있어……. 웃, 안쪽이…… 내 안쪽이 이미 가득 차 버렸구나……. 이젠 더 이상 정액이 들어올 수조차 없어……!"

침대 위에서 대면좌위 체위로 서로의 몸을 끌어안은 상태에서 흰 머리의 흡혈귀가 몸을 비틀었다.

우리는 서로 이어진 상태에서 상대방의 입술을 열심히 탐했다. 싸늘했던 샤미의 입술도 지금은 열기를 머금고 있었다.

나는 대량의 정액을 그녀의 몸 안쪽에다 쏟아 넣고 나서 내 물건을 뒤로 뺐다.

그러자 마자 그녀의 음부에서 희멀건 액체가 흘러 떨어졌다.

"하아, 하아…… 대체 몇 번이나 사정할 셈이냐……? 웃, 아직도 넘쳐 나오고 있구나……."

샤미는 몸을 돌려 침대 위에 드러누웠다. 소녀처럼 굳게 입을 다문 그 음렬에서는 정액뿐만 아니라 피도 흘러나오고 있었다.

처음에 그녀랑 성교한 뒤로 대체 얼마나 오랜 시간이 지났을까.

우리는 한동안 소파나 바닥 위에서 서로의 몸을 탐했다. 나중엔 거기서 하는 것도 슬슬 질릴 때가 되자 거실 옆에 있는 그녀의 침실로 들어가 계속해서 성교를 이어나갔다.

으음, 아까 그게 대체 몇 번째 사정이었을까.

입과 가슴으로 한 것까지 포함하면 이미 열 번도 더 넘게 사정한 것 같은데 말이지.

"아마도 질내 사정만 세면 열두 번…… 다 합치면 스물한 번쯤 되려나. 그건 그렇고 한 번 더 해 볼까?"

"……또, 또 할 작정이냐. 아아앙, 또 들어왔구나……!"

나는 샤미의 그 먹음직스러운 허벅지를 내 몸에 끌어안은 모양새로 들어 올린 뒤, 허리를 밀착시켜 내 물건을 삽입해 나갔다.

"핫, 아앙…… 웃, 또 내 막이…… 찢겨 나가고 있어……. 큭, 으으……! 저, 저릿저릿하구나…… 아앙."

오오, 또 처녀막을 찢는 감촉이 느껴지는군……!

내 물건을 빼면 즉각 재생하기 때문에, 중간에 체위를 바꾸려고 뽑으면 그 사이에 다시 처녀 상태가 된단 말이지.

몇 번을 해도 계속 처녀라니, 여전히 신선한 느낌이 드는군.

제아무리 흡혈귀라 할지라도 아픈 건 아픈 모양이었지만, 샤미는 몇 번이고 처녀를 잃는 동안 이제는 그 아픔도 쾌감으로 변한 것 같았다.

 "하응, 읏, 이 바보야. 그런 델 핥으면…… 읏, 읏, 아앗, 깊숙이 들어왔어……!"

 아아, 몇 번을 해도 처녀를 유지하고, 몇 번을 박아 대도 그 누구의 침입도 허락하지 않은 소녀 특유의 빡빡한 감촉을 유지하는 질은 너무나도 기분 좋단 말이지……!

 나는 침대가 삐걱거릴 정도로 정신없이 허리를 흔들며 샤미의 안에다 몇 번이고 몇 번이고 박아 댔다.

 "큭…… 또 나올 것만 같아……!"

 "하웃, 더는 들어올 수 없는데…… 아앗, 아아아아아아아아아아아아아아아앙!"

 움찔, 움찔, 샤미의 몸이 커다랗게 요동쳤다.

 그와 동시에 여전히 진한 농도를 유지하고 있는 대량의 정액이 흡혈귀 미녀의 가장 안쪽을 새하얗게 물들여 나갔다.

 "이, 이제 이번 걸로…… 처녀 질내 사정만 열세 번째인가…… 하룻동안 엘프 희병들의 처녀를 산더미처럼 접수한 적은 있었어도, 한 여자애의 처녀를 열 세 번이나 접수하는 건, 역시나 처음이란 말이지."

 "내가 두 번째일 리가 있겠느냐……. 아, 아직도 끝에서 하얀 게 나오고 있구나…… 하아, 하아…… 으읍, 츕, 츄릇, 으응……."

 샤미는 주저앉은 채로 내 사타구니 앞에서 몸을 숙인 뒤 청소 구강봉사^{펠라티오}를 해 주었다.

나에게 송곳니를 박은 건 처음 한 번뿐이었고, 그 이후로는 줄곧 참고 있는 모양이었다.

분명 내가 샤미의 시중을 들어야 했을 텐데, 이쯤 되면 누가 누구의 시중을 들고 있는지조차 알 수 없단 말이지.

오히려 샤미 쪽이 더 적극적이라고나 할까.

내 성욕이 멈출 줄을 모르는 건 늘 있는 일이었지만, 샤미 또한 내가 사정할 무렵에는 벌써 다음 준비에 들어갔단 말이지.

마치 내 성욕을 받아들여 주고 싶어 안달이 난, 그런 느낌이었다고나 할까…….

"웃, 응, 웃, 응…… 푸하…… 네놈의 이건 절조라고는 눈곱만큼도 없을 거라 예상하긴 했지만, 설마 이 정도였을 줄이야……. 이만큼 했는데도 아직도 나를 범하고 싶은 게냐."

샤미는 이미 부활해서 발기를 마친 내 물건을 어이가 없다는 눈길로 노려보았다.

범한다니, 누가 들으면 오해하겠군. 하지만 샤미는 일부러 그렇게 말했을 것이다.

"요즘엔 난교하는 게 당연시 되었지만, 이런 것도 괜찮지 않을까 싶은 생각이 든단 말이지."

엘프 48명과 함께 몸을 섞은 7일이라든가, 마의공주 세 사람을 포함해 52명이서 대난교를 벌인 거라든가, 그 뒤에 별궁에서 보낸 즐거운 나날들——.

게다가 아직 처녀였을 무렵의 이리야를 데리고 다른 애들과 실컷 즐기기도 했고…….

최근엔 여러 명이서 한꺼번에 하는 성교만 해 왔지만, 이번 성교를 통해 한 여자애랑 진득하게 몸을 섞는 즐거움을 떠올릴 수 있었다.

전에 한 사람을 집중적으로 귀여워해 준 적이 있었는데, 리샤였던가.

걔랑 처음 성교하고 나서 엘프 숲으로 가는 며칠 동안 둘이서 실컷 했었지.

당연하지만 그 리샤도 처녀였던 건 맨 처음 한 번뿐이었다.

물론 내 물건에 익숙해진 뒤의 질 감촉도 최고였지만, 이렇게 처녀를 계속해서 접수할 수 있는 쾌감도 좋단 말이지.

"흥, 아직도 더 하고 싶단 표정이로군. 하지만 나도 아직 만족하지 못했지. 자, 욕망이 강한 건…… 과연 어느 쪽일까?"

흡혈귀가 여봐란 듯이 이를 드러내며 요염하게 웃더니 입술을 혀로 할짝 핥았다.

"아아, 더는 못 참겠군! 잘 먹겠습니다!"

"네놈이 참았던 적이 언제 한 번이라도 있었느냐!"

침대 위에 앉아 있는 샤미의 뒤로 돌아간 나는 그녀의 몸을 안아 올리며 내 물건을 박아 넣었다.

빡빡한 질 안을 밀어 젖히며 다시금 처녀막을 찢고서 안쪽까지 박아 넣었다.

"웃, 으응, 핫, 아앙, 앗…… 아, 정말 피로란 걸 모르는구나…… 앗, 으응!"

내 물건에 박힐 때마다 내 앞에 있는 샤미의 그 가느다란 허리가 움찔 튀어 오르며 침대가 요란하게 삐걱거렸다.

　이번이 벌써 열네 번째였지만 조금도 질리지가 않았다. 내 물건을 조이는 질 감촉도 여전히 빡빡했다. ――나는 뒤에서 손을 둘러 내 손바닥으로는 다 쥘 수 없는 그 커다란 가슴을 난폭하게 주물러 댔다.

　아아, 가슴도 질 안쪽도 최고로군……! 이제 곧 열네 번째로 사정할 것만 같았다――.

　"지그시……."

　"아, 이리야, 너도 같이 할래? 일단 키스부터 할까?"

　나는 이리야의 그 가냘픈 몸을 내 쪽으로 끌어당기고는 입술을 겹치고 혀를 얽었다.

　"읏, 으으응…… 주인님, 읏, 츕, 으응…… 읏, 으응……!"

　이리야는 황홀한 신음 소리를 내며 순종적으로 내 입술을 받아들여 주었다.

　으음, 역시 입술은 이리야 게 최고란 말이지.

　나는 하프 엘프와 달콤한 키스를 나누고 난 뒤, 영원한 처녀의 몸을 가진 흡혈귀의 질 안에다 내 물건을 마구 박아 댔다.

　이런 극상의 행복이 이 세상에 과연 또 있을까――.

　"……저, 주인님. 이리야가 여기에 있다는 사실에 좀 더 놀랐으면 싶은데."

　"알고 있어. 갑자기 튀어 나오는 바람에 놀라긴 했지만 그 이상으로 샤미랑 하고 싶었거든."

　"아, 아니. 이게 뭐야…… 앗, 다른 사람이 보는 앞에서 무슨 짓을…… 웃, 앗, 앗, 으으응…… 괜히, 더 격렬하게……! 아, 아아아아아아아아아아아아아아아!"

나는 이리야를 끌어안은 채 샤미의 몸을 진득하게 탐하듯 질 안에다 몇 번이고 몇 번이고 박아 댄 뒤, 가장 안쪽에다 희멀건 액체를 토해 내며 열네 번째 사정을 맞이했다.

이리야랑 키스하면서 더 흥분해서 그런지 진한 정액을 대량으로 토해 냈다.

"우와…… 아직도 나오고 있잖아……. 샤미의 여기, 무진장 기분 좋았어……. 정말 최고야……."

"다, 다른 사람 보는 앞에서…… 질내 사정을 당하다니…… 으웃…… 넘쳐흐르고 있어……."

내가 내 물건을 샤미의 안에서 뽑아내자 희멀건 액체가 꿀렁거리며 흘러 떨어졌다.

이미 익숙한 광경이긴 했지만 몇 번을 봐도 꼴린단 말이지. 내가 실컷 박아 댔던 질 내부에서는 지금쯤 샤미의 처녀막이 한창 재생 중일 테지.

"그럼, 곧바로 열다섯 번째 처녀를 접수해 볼까……. 아니, 파이즈리도 괜찮겠군. 가만, 잠시 이리야랑 두세 번 정도 하고 나서……."

"네 이놈, 아직도 더 할 작정이냐! 난 다른 사람 보는 앞에서 정사를 나눌 생각은 없다!"

샤미는 그렇게 말하며 반쯤 벗었던 망토를 허둥지둥 껴입었다.

"그리고 지금은 이러고 있을 때가 아니야, 주인님."

이리야가 내 귀를 쭉 잡아당겼다. 거참 손이 험한 메이드일세.

"알리샤 공주님이 미쳐 날뛰고 있어."

"미쳐 날뛰고 있다고?!"

"주인님이 없어진 지 벌써 사흘이나 지났어. 이러고도 동요하지 않으면 그게 이상한 거지."

"사흘? 어라? 벌써 그렇게 지났다고?"

샤미와는 한 번 한 번 할 때마다 진득하게 즐기긴 했는데, 고작 사흘 동안 열네 번밖에 사정하지 않았단 말인가.

뭐야, 그럼 역시 더 하는 게 맞는 것 같은데.

가슴이나 입도 포함하면 스물세 번이나 하긴 했지만, 어쨌든.

"주인님, 또 쓸데없는 생각이나 하고 있는 것 같은데 지금 돌아가지 않으면 정말로 난처해."

"그렇게나 날 걱정하고 있나 보네……."

여자애에게 상처를 입히는 건 언어도단이다. 게다가 울리는 건 더더욱 언어도단이었다. 리샤가 그렇게까지 날 걱정했을 줄은 몰랐다.

"아, 그건 아니야. 또 주인님이 말도 안 되는 저지르다가 쓸데없는 소동에 휘말린 게 아닐까 하고 화를 내고 있는데, 어떻게 진정시킬 방법이 없어."

"…………."

그냥 도망칠까.

아무리 순진한 공주님이라고 해도 분노가 가라앉을 때까지 앞으로 이틀은 더 걸릴 것 같단 말이지.

이틀이 지난 뒤엔 아무렇지 않은 표정으로 다시 돌아와서 또 평소처럼 실컷 성교나 할까 싶은데…….

"……그건 그렇고 다른 사람들한테 내 얘기는 어떤 식으로 전해진 거지? 린은 내가 그림자 속으로 사라진 거 보고 있었을 텐데?"

"주인님이 무녀 몇 명의 처녀를 접수했다는 사실도 다 까발려졌어."

"우왓! 그, 그럼…… 설마 그레시아와 외교 마찰을 빚고 있다든가?"

"무녀들은 무녀 공주에게는 입을 꾹 다물고 있는 모양이야. 다만 그 무녀들은 약속의 별궁에 성교회의 신전을 만들어 달라고 요구하고 있어."

"호오……."

라나를 비롯한 무녀들은 나를 따라 별궁에 올 생각인가.

무녀들은 성기사 놈들과 결혼하기 싫은 애들밖에 없었으니 차라리 그게 나을지도 모르겠군.

"크크큭, 멍청한 놈들밖에 없구나. 그러고 보니 저 하프 엘프 얘기는 저번에 들은 적 있었지. 무녀 공주가 밀정으로 보낸 사람 중 한명이라고 했던가?"

"……어라? 저 알몸 망토는 이리야에 대해서도 알고 있는 거야? 누구지?"

"누가 알몸 망토라는 거냐. 하프 엘프를 밀정으로 보내는 것도 참 보기 드문 일이다 보니 그냥 얘기로만 들었을 뿐이다."

샤미가 이리야를 힐끗 노려보았다.

이 흡혈귀는 하프 엘프 메이드가 자신을 앞에 두고도 조금도 두려워하지 않는 게 불만인 모양이었다.

"밀정이여, 용케 여기까지 왔구나. 하프라고 해도 역시 엘프는 엘프란 말인가."

"일단 밀정이라서 어디든 침입할 수 있거든. 린에게도 조금 도움을 받아서 지하에 들어가기 쉬울 만한 곳을 찾아낸 뒤 마법으로 땅을 파서 들어왔어."

"마치 별거 아니라는 듯이 얘기하고 있지만, 보통 사람이라면 엄두도 못 내는 일일 터. 네 놈은, 보통 하프 엘프가 아닌가 보구나……."

그러고 보니 이리야는 마의^{시 엘}의 선택을 받았더랬지.

이리야가 마법을 행사하는 모습을 직접 본 적은 없었지만, 아무래도 희병보다 전투 능력이 높을 것 같았다.

"그렇게 됐으니 이만 슬슬 돌아가야 해. 정 원한다면 저 흡혈귀도 같이 데리고 가도 되고."

"사람을 물건처럼 얘기하지 말거라! 난 불경한 자를 퇴치할 때나 보급 받을 때를 제외하고는 지상으로 올라가지 않는다. 게다가 지금은 대낮일 테고 말이다."

"……역시 넌 햇빛을 받으면 재로 변하는 거야?"

이제야 좀 대화에 끼어들 수 있겠군. 게다가 이건 궁금했던 것이기도 했고 말이지.

"멍청한 놈. 햇빛을 받았다고 해서 재로 변하는 건 흡혈귀라고도 할 수 없는 저급한 놈들 뿐이다. 천 년을 넘게 산 위대한 진조는 불사에 가까운 존재. 다만 토악질이 나올 정도로 햇빛이 싫을 뿐이지."

샤미는 침대 위에 서서 망토를 나부끼며 한껏 폼을 잡았다.

뭐, 그 허벅지에 희멀건 액체와 처녀 상실로 인한 피가 흐르고 있었지만 말이지.

"……흡혈귀는 별로 안 무서워."

"이리야, 쓸데없는 소리 하면 못써. 어딘가 맹한 구석이 있는 미인이라는 점이 매력 포인트라고."

우리는 작은 목소리로 속삭임을 주고받았다.

"하지만, 네키스여. 네놈을 지상으로 돌려보낼 수는 없는 노릇이지. 아직 무녀 공주^{사이네스}에게 욕정을 품고 있는 것 같으니까 말이다."

"욕정? 그런 게 주인님에게서 떠나갈 일은 없어. 오히려 주인님의 존재 그 자체가 욕정의 화신인걸."

"네키스여, 서로 살을 맞댄 인연을 봐서 내 충고 한마디 하겠다. 이 메이드에게 충성심이라고는 눈곱만큼도 없구나."

"난 딱히 그런 건 신경 안 쓰거든……."

사랑을 전할 수만 있다면 그걸로 충분하다. 입이 험해도 입술은 기분 좋고 말이다.

"뭐, 주인님을 지하 깊숙한 곳에다 가두는 것도 나쁜 생각은 아니야……. 그치만 서두르는 게 좋을 것 같아."

"응? 설마 공주님의 분노가 날 죽이려고 들 정도야?"

여전히 이리야는 무표정이었기에 사태가 얼마나 긴박한지 알 수 없었다.

"그 공주님은 순진하니까 됐지만. 좀 다른 일이 있거든."

"다른 일이라고?"

"응, 이건 이리야의 감이지만, 이래 봬도 이리야는 전란의 대륙을 헤쳐 온 몸인지라 눈에 여러 가지가 들어오거든."

"전란의 대륙을 헤쳐 온 건 나도 마찬가지지만, 내 눈엔 여자애밖에 안 들어오던데."

"눈에 안 들어오는 게 아니라 그저 관심이 없을 뿐이야. 그런 건 아무래도 상관없어."

"너 말 한번 정말 신랄하게 하는구나, 이리야……."

리샤 일행이 자상하게 보일 정도로군. 뭐, 그 신랄함도 싫진 않지만 말이다.

"어떻게 된 일인지 위쪽은 분위기가 어수선해. 본전은 아직 조용하지만 위험한 분위기가 감돌고 있어."

"……잠깐, 하프 엘프. 설마── 성기사단이 움직였는가!"

샤미가 이리야의 두 어깨를 꽉 움켜쥐었다.

이리야는 조금도 겁먹은 기색 없이──.

"그럴지도 모르고, 그게 다가 아닐지도 몰라. 다만 알리샤 공주님은 이렇게 얘기했어. 자신들의 방문이 성기사단을 초조하게 만든 건 아닐까, 하고 말이야."

"……쳇, 성기사 놈들의 눈엔 무녀 공주가 세 마의공주들과 결탁하려는 것처럼 보인 건가. 조만간 행동에 나서지 않을까 싶었는데 예상보다 빠르군. 이 머저리 때문에 좋은 구실도 생겼을 테고. 역시나…… 이건 좀 난처한데."

샤미가 입술을 잘근 깨물었다. 아아, 송곳니에 입술이 찢겨 피가 나잖아…….

"……흥, 마침 잘됐군. 이봐, 파린, 파린, 내 말 들리나?"

샤미가 그 피를 침대 시트 위에 떨어뜨리더니 그 피에다 대고 무어라 말을 걸기 시작했다.

뭐지? 저번에도 비슷한 광경을 본 적 있는 것 같은데?

"……샤미, 지금 뭐 하는 거야?"

"흡혈은 영혼이 뒤섞이는 거라고 얘기했을 텐데? 내가 피를 뺀 자하고는 피를 통해 마음속으로 의사를 전달할 수 있지."

호오, 멀리 떨어진 사람과 대화를 나눌 수 있는 마법이 있다고 하는데 그거랑 비슷한 걸까.

"어? 그럼 나하고도 할 수 있어?"

"흥, 피를 한두 번 빤 걸로는 어림도 없지. 겨우 그 정도로는 인연이 생기지 않으니까 말이다."

"……앗, 그렇게나 빨고 빨리고 했었는데……."

"시끄럽다, 이놈! 아, 지금은 이런 얘기나 하고 있을 때가 아니지. 어이, 파린, 파린. 으음, 들리지 않는 건가. 아니면 답변을 할수 없는 상황인가. 큭, 지상으로 올라갈 수밖에 없겠군……!"

"잠깐, 햇빛은 토악질이 나올 정도로 싫다면서?"

"지금 그런 거나 신경 쓰고 있을 때가 아니잖느냐! 햇빛 아래에서는 힘을 제대로 낼 수 없긴 하지만 그래도 파린 곁에 있어야

한단 말이다!"

"그럼 더 곤란하잖아! 재로 변하지 않는다 해도 충분히 위험한 상황 아니야?"

"에잇, 그게 뭐 어쨌다는 거냐! 설령 숯덩이가 된다 할지라도 이대로 내버려 둘 수 없느니라!"

"아니, 잠시 진정 좀 해 봐! 네가 석탄이 되면 도움이고 나발이고 없잖아!"

이 흡혈귀는 상당히 초조해하는 모양이었다.

수호의 대가로 무녀 공주의 피를 받고 있다고 했는데…… 정말 피를 얻을 목적만으로 무녀 공주를 지키고자 하는 걸까?

이 흡혈귀는 아마도 공과 사를 철저히 구분하는 성격은 아닐 것이다.

흡혈귀에게 지키고 싶은 게 있다고 해서 딱히 이상한 건 아닐 테지.

나 같은 쓰레기한테도 지키고 싶은 것쯤은 있으니까 말이다──.

"……응? 샤미, 방금 말한 파린은 누구지?"

"무녀 공주의 이름도 모르면서 밤중에 몰래 숨어들었던 거냐. 파린 메디움. 그게 바로 당대 무녀 공주의 이름이다."

"파린…………."

뭐지, 왜 자꾸 뭔가가 마음에 걸리는 걸까.

사실 이리야를 처음 만났을 때부터 뭔가 신경 쓰이는 점이 있었다. 다만 그게 구체적으로 뭔지 알 수 없었지만 말이다.

세상으로부터 버림받은 것처럼 보였던 소녀.

마치 겁 많은 동물처럼 한시도 안절부절못하던 붉은 머리 무녀.

게다가 파린이라는 이름——.

"파린, 파린……………."

뭔가가 마음에 걸렸다. 하지만 별궁에서 이리야 및 다른 애들과 난교를 벌이고, 무녀랑 실컷 성교를 즐기고, 흡혈귀의 몸을 정신없이 맛보는 동안 결국 까맣게 잊어버리고 말았다.

사실 지금도 샤미 및 이리야랑 성교하고 싶어서 좀이 쑤셨다. 그것 때문에 좀처럼 생각에 집중할 수 없었다.

"——이제야 내 이름을 불러 주네. 에휴, 이렇게 늦으면 어떡해."

"…………?!"

갑자기 눈앞에서—— 붉은 머리 무녀가 모습을 드러냈다.

아름다운 가슴을 가지고 줄무늬 팬티를 입고 있던, 마의공주랑 비교해도 결코 뒤지지 않을 미소녀——.

"미안한데 하프 엘프 언니는 샤미 언니랑 같이 좀 있어 줘. 난 한 사람밖에 못 데려가거든."

"자, 잠깐. 너 지금 무슨 짓을……?"

내가 애타게 만나고자 했던 그 붉은 머리 무녀가 나타난 건 그렇다 쳐도—— 아니, 얘 갑자기 땅에서 불쑥 솟았는데?

"파린! 네가 왜 여기에 있는 거지?! 지하는 부정한 장소이니 오면 안 된다고 몇 번을——."

"어? 파린이라니—— 그럼 이 붉은 머리 애가 무녀 공주^{사 이 네 스}였다고?!"

샤미에게 피를 빨렸을 적에 보았던 붉은 머리 여자애의 모습.

혹시나 싶긴 했는데——.

"맞아, 내가 바로 99대 무녀 공주^{사 이 네 스}인 파린 메디움이지. 가자, 시드 네키스."

붉은 머리 무녀는—— 아니, 무녀 공주는 그렇게 말하며 내 손을 잡았다.

눈앞에 펼쳐진 공간이 갑자기 일그러지기 시작했다.

공간의 일그러짐 때문에 시야가 사라지기 직전, 이리야가 무표정으로 손을 흔들고 샤미가 우스꽝스러울 정도로 당황한 표정을 지으며 이쪽으로 팔을 뻗는 모습이 눈에 들어왔다.

뭐지? 워낙에 전개가 빨라서 대체 뭐가 뭔지 알 수 없었다. 앞으로 난 어떻게 되는 거람……?

4 사랑은 시간을 초월하여 맺어진다

"찾았다! 제2부대는 오른쪽으로 돌아 들어가라! 절대로 놓쳐선 안 된다!"

"명심해라! 절대 손 끝 하나 다치게 해선 안 된다! 정중히 모셔라!"

사흘 정도 지하에 틀어박혀 있는 동안 지상의 상황은 격변했다.

현재 나는 본전의 복도를 내달리는 중이었다.

기도실에서 다음 기도실로 이동하는 방식으로 무녀 공주^{사이네스}에게 접근하려고 했던 그날 밤의 일이 무척이나 옛날 일처럼 느껴졌다.

순식간에 지하에서 지상으로 돌아왔나 싶더니 대체 이게 어찌된 일이람.

가련한 무녀들이 조신하게 걸음을 옮기던 복도에서는 백은의 갑옷과 투구를 찬 기사들이 시끌벅적하게 뛰어다니고 있었다.

"본전 분위기가 굉장히 시끄럽게 바뀌었군. 그리고 '정중히'라는 단어의 뜻도 변했나 본데."

"지금 비꼬고 있을 때가 아니잖아. 붙잡히면 나는 그렇다 쳐도 당신은 아무 의미 없이 고문만 당하다가 결국 목이 뿅 하고 날아갈 테니까."

"그런 귀여운 의성어를 들으며 목숨을 잃는 건 사절인데 말이지. 내 목숨은 소중하니까!"

내 손을 잡아끌며 달리는 사람은 붉은 머리 여자애── 무녀 공주인 파린이었다.

아직 사정은 완전히 파악하지 못했지만, 파린은 이곳 본전에서 성기사들에게 쫓기는 중이었다.

"그나저나 네가 무녀 공주라는 건 알겠는데, 아랫사람들은 무녀 공주의 얼굴을 모르지 않아?"

"아무래도 성기사단에게 정보가 새어 나간 게 아닐까 싶어. 이 붉은 머리는 눈에 띄고."

"……뭐, 그건 그렇지만."

무녀들이 무녀 공주의 얼굴을 몰랐던 건 굳이 정체를 알아내려고 하지 않았기 때문일 것이다.

성기사들에게 무녀들 같은 귀염성이 있을 리도 만무하겠지.

"그렇다면, 상황이 참 절박한 것 같은데."

본전에 발을 들인 성기사가 백 명인지 천 명인지조차 알 수 없는 상황이다.

그래도 본전 내부가 엄청 복잡한 구조로 되어 있다는 점과, 파린이 그 구조를 훤히 꿰뚫고 있다는 점이 그나마 다행이었다.

이미 우리는 몇 번이고 성기사 부대에게 발각되었지만 그때마다 따돌리는 데 성공했다.

"그나저나 내가 어쩌다 이번 일에 휘말리게 된 거람?"

"……당신은 나를, 무녀 공주를 만나고 싶어 했던 거 아니었어? 그래서 기껏 만나러 와 준 건데 그걸 휘말렸다고 표현하는 건 좀 너무하지 않아?"

"만나러 와 줬다니, 기도실에서 만난 지 벌써 사흘이나 지났잖아."

내가 샤미에 의해 지하로 끌려오기 직전에 분명 얼굴 마주했던 걸로 기억하는데 말이지.

애초에 내가 무녀 공주랑 만났기에 샤미가 나를 지하로 끌고 왔던 걸 테지.

"나도 한가한 몸이 아니거든. 알리샤 공주랑 이런저런 회담을 나누기도 했고. 그 공주님 가슴 굉장하던데……!"

"그래, 굉장하지. 막 출렁거리는 느낌이랄까! 게다가 유두도 무진장 예쁘고 말이지!"

"……그런 식으로 표현하니까 사람이 엄청 덜떨어져 보여."

"내가 표현력이 부족하다는 건 인정하지만, 난 솔직하고 알기 쉬운 표현을 선호하거든."

장황한 말을 억지로 늘어놓아 봤자 밑천만 드러날 테고 말이지.

"어쨌든 그런 이유 때문에 샤미 언니에게 당신을 맡기기로 한 거야."

"그 흉흉한 지하로 끌고 가는 걸 '맡긴다.'라고 표현할 줄이야. 그나저나 아까도 그러던데, '언니'라고……?"

설마 천 년 넘게 산 흡혈귀가 알고 보니 친언니였다는 건 아니겠지?

"난 역대 무녀 공주들 중에서도 특히나 뒷배가 약한 편이야. ──아니, 전혀 없다고 봐도 무방하겠지. 대신전은 왕궁이나 다름없으니까 뒷배가 없는 사람은 그저 장식에 불과해. 그리고 그런 나를 불쌍히 여겼는지 샤미 언니가 나를 돌봐 주었던 거고. 샤미 언니는 대신전의 고참 신관들에게 영향력을 행사할 수 있으니까, 난 그분의 여동생이 됨으로써 겨우 무녀 공주로서의 입장을 공고히 할 수 있었던 거야."

"그 흡혈귀도 꽤나 인정이 많군."

말투는 그렇다 쳐도 나쁜 인간이 아니라는 건 나도 알고 있었다. 아, 인간이 아니라 흡혈귀였지 참.

"언니는 거의 지하에 틀어박혀 있지만, 그래도 피를 통해 서로 대화는 나눌 수 있었어."

"아하……."

그러고 보니 파린과 처음 만났을 적에도 그녀는 바닥에 떨어진 피를 보며 누군가에게 말을 걸곤 했었다.

그런 방식을 통해 평소 자매로서의 친분을 쌓아 왔던 건가.

"뭔가 곤란한 일이 있을 때 언니랑 상의하면 대부분 해결되곤 했어."

"그야 그렇겠지. 쭉 지하에 틀어박혀 있었다고는 해도, 천 년 넘게 신전 가까이에서 살다 보면 본의 아니게 산전수전 다 겪었을 테니까 말이지.”

　수십 년을 산 학자가 높으신 분들에게 참모로 고용되는 경우도 많다.

　천 년을 넘게 산 흡혈귀라면 좋은 일이든 나쁜 일이든 이것저것 다 알고 있을 테지.

　“처음엔 날 불쌍히 여겼던 걸지도 몰라. 어쩌면 그냥 변덕이었을지도 모르고. 하지만 지상과 지하, 서로 사는 곳은 달라도 나도 언니도 외톨이였거든. 그래서―― 자매로서의 인연이 생긴 게 아닐까 싶어.”

　“………….”

　단순히 샤미가 일방적으로 파린을 지키는 게 아니라.

　어쩌면 파린의 존재가 샤미를 구원했던 걸지도 모르겠군.

　“언니가 시드 네키스를 지하에 끌고 갔던 것도 나를 지킬 목적으로 그랬던 거야. 평소 같았으면 겁줘서 냉큼 쫓아냈을 텐데, 아무래도 언니는 당신이 마음에 들었나 봐.”

　“뭐, 다소 마음에 들었을지도 모르겠군…….”

　단순히 마음에 들고 안 들고의 관계가 아니라 무진장 서로 몸을 섞은 관계지만 말이지.

　아아, 그렇군――.

　어쩌면 그 흡혈귀는 내가 무녀 공주^{사이네스}에게 풀려고 했던 성욕을 자신의 몸으로 받아들인 걸지도 모르겠어…….

　내 정액을 한 방울도 남김없이 모조리 쥐어짜 내 파린을 지키려고 했던 걸까?

이 귀여운 무녀 공주를 여동생으로 끔찍이 아낄 정도면 아예 말도 안 되는 이야기는 아닐지도 모른다.

　뭐, 샤미는 솔직한 성격이 아니라서 물어봤자 제대로 답변해 주지는 않을 테지만.

　그 정도로 솔직하지 못한 걸 보면 '처녀가 아니다.' 라고 했던 말도 어쩌면 거짓말이 아닐까 싶은데 말이지.

　하늘이 두 쪽 나도 밝히지 않을 게 뻔하겠지만, 어쩌면 샤미는 정말로 처음이었던 건가……?

　"그런데 지금은 언니보다 현재 상황을 신경 쓰는 게 좋지 않겠어?"

　"신경이야 쓰이지만, 어차피 내가 신경 써 봤자 죽도 밥도 안 되니까 말이지. 요컨대 이건 집안 문제잖아?"

　아티나는 국왕 대리인 리샤를 중심으로 단결해 있었다. 애당초 단결하지 않았다면 나라가 통째로 멸망할 상황이었지만 말이다.

　마스디니아는 루피아가 마의공주의 능력과 군사적 지도력으로 완전히 휘어잡고 있었다.

　엘프의 경우, 라크시알을 비롯한 젊은 엘프(그래도 백 살은 넘지만.)와 노년 엘프 사이에서 의견 충돌이 발생한 모양이지만, 그래도 내란이라고 할 정도는 아니었다.

　하지만 이 세계를 둘러보면 남방 지역의 그 세 나라처럼 일치단결한 나라가 오히려 더 보기 드물 것이다.

　특히나 그레시아는 정치를 관장하는 무녀 공주와 군사를 관장하는 성기사단이 분열된 특수한 경우였기에, 권력을 바라는 성기사단이 무슨 짓을 저지를지 알 수 없었다.

"나로서는 참 이해하기 힘들지만, 원래 인간은 권력을 추구하는 존재니까 말이지."

"시드 네키스는 지나칠 정도로 여자를 밝히는 사람이라고 들었는데, 만약 권력이 있으면 더 많은 여자애를 마음대로 주무를 수 있지 않겠어?"

"그 여자애가 싫어하지만 않는다면 난 상관없어. 하지만 권력을 잡게 되면 여자애들이랑 즐기는 데 써야 할 시간을 정치나 군사에 빼앗기게 되잖아."

"……여자를 밝히는 것도 이쯤 되면 존경스러울 정도네. 이 사람이 이리도 여자를 밝혀 대는 바람에 남방 지역은 그런 영문 모를 상황에── 꺄아웅."

"웃!"

갑자기 파린이 아무것도 없는 곳에서 중심을 잃고 넘어지려고 하자, 나는 다급히 그녀의 손을 잡아끌었다.

하지만 끝내 무녀 공주는 엉덩방아를 찧고 말았다.

"야, 설마, 넘어지는 바람에 붙잡히고 말았습니다, 같은 어처구니없는 상황이 일어나는 건 아니겠지? 그러고 보니 처음에 만났을 적에도 넘어졌던데."

"내가 좀 심한 몸치거든. 만약 알리샤 공주나 천희랑 맞붙으면 순식간에 깨질 걸?"

"마의공주라 해도 그레시아 성교회의 중심이니까 싸울 일은

아마 거의 없겠지. 하지만 성기사에게 붙잡히기라도 했다가는
―――.”

내가 그렇게 말하려던 차에―― 갑자기 또 뭔가가 마음에 걸
렸다.

파린은 무릎을 세운 채 바닥에 주저앉아 있었고, 나는 그런 그
녀의 손을 쥐고 있었다.

뭐야, 이거―― 뭔가가 마음에 걸린다기보다는, 지금 이 광경
을 예전에도 본 것 같은 느낌이 드는데.

그렇군, 저번에 이리야를 방치했을 적에도 이리야는 이런 자
세로 풀이 죽어 있었지.

아니―― 그것과는 다르다. 나는 이리야를 처음 본 그 순간부
터 이미 모종의 기시감을 느끼고 있었다――.

“……갑자기 왜 그래? 설마 이런 상황에서조차 음흉한 생각
을 품고 있는 거야?”

“에이, 아무리 그래도 그건 아니지…… 아마도.”

으음, 이제 슬슬 이 궁금증을 해소하는 게 좋지 않을까 싶었
다.

그러고 보니, 어째선지 무녀 공주는 처음부터 난이도는 0이었
고 공략 루트 진행도도 완료 상태였었지…….

“드디어 뵙게 되는군요, 무녀 공주 예하!”

“응……?”

뒤돌아보자, 복도 모퉁이에서 성기사 무리가 쩔그럭거리는
갑옷 소리를 내며 이쪽으로 다가오는 모습이 눈에 들어왔다.

인원은 약 스무 명 정도였다. 물론 나에겐 감당하기 힘든 숫자였지만.

"앗, 저 수염 아저씨 또 나왔네."

"닥쳐라, 이놈! 알리샤 전하의 서기관인지 뭔지 모르겠다만, 당장 예하에게서 떨어지지 못할까!"

성기사 무리의 선두에 선 자는 그 성기사단 단장인지 뭔지 하는 오귀스트였다.

오늘은 구태여 살기를 감추려고도 하지 않았다. 저번에 만났을 적에도 태도는 최악이었지만 말이다.

"마음 같아서는 알리샤 전하를 한 번 더 배알하고 싶었지만 말이다."

"……성기사단 단장 오귀스트 공, 우리 나라가 초대한 타국의 왕녀 전하께 무례를 범하는 건 도저히 이성적이라 보기 힘들군요."

파린이 자리에서 일어나 늠름한 말투로 말했다.

오오, 꼭 다른 사람 같잖아. 파린은 알다가도 모르겠단 말이지.

무녀 공주(사이네스)라는 입장에 있으면서 어째선지 다른 무녀들과 똑같이 본전 내부를 어슬렁거렸고 말이다.

"소인은 일개 무사에 지나지 않습니다만, 물론 그 점은 잘 알고 잇습니다. 아티나는 그렇다 쳐도 마스디니아나 그 성가신 엘프 놈들과 대립각을 세우면 피곤하니까 말이죠."

오귀스트는 쓴웃음을 짓고 있었다.

저 말로 추측하건대 리샤 일행은 무사한 모양이었다.

뭐, 리샤 걱정은 별로 안 했지만 말이지.

리샤 자신이 마의공주이기도 했고, 린이랑 호위기사들도 곁에 있을 테니까 말이다.

게다가 엘프와 마스디니아의 희병들이 있는 한 어지간한 일은 발생하지 않을 테지.

수로는 성기사단에 뒤지지만, 오히려 숫자가 적기에 달아나기에는 더 용이하지 않을까 싶었다.

"당신이 이성을 유지하고 있다면 다행입니다, 오귀스트 공. 그런데 마침 적당할 때 잘 만났군요. 솔직하게 묻겠습니다만, 이 소동은 대체 뭐죠? 이곳이 성기사단의 출입이 금지된 곳이라는 걸 잊으셨습니까? 검을 쥔 채 제 앞에 서다니, 제가 누군지조차 벌써 잊으셨습니까?"

"하하, 어차피 당신은 서민 출신이 아닙니까. 그렇게 딱딱한 말투로 말씀하실 것도 없겠지요. 아, 그래도 당신은 마의의 선택을 받고 정식으로 무녀 공주에 즉위하신 몸이니, 물론 당신께 대한 충의는 잊지 않았지만 말입니다."

"……그럼 평소 때 말투로 얘기할게. 그런데 말로는 나에 대한 충의를 잊지 않았다고 하지만, 아까부터 당신 부하들한테 계속 쫓기고 있었는데?"

"물론, 예하의 신변을 보호하기 위함이죠. 저희는 이 혼란 속에서 예하의 안전이 위협받는 것을 가장 우려하고 있으니까 말입니다."

오귀스트가 한손을 들어 올리자, 다섯 성기사들이 검에 손을 대고 앞으로 나섰다.

게다가 어느샌가 우리 뒤에서도 성기사 몇 명이 모습을 드러냈다.

"참 이상하네. 왜 내 눈에는 '웬 수염 난 아저씨'가 내 안전을 위협하는 것처럼 보일까?"

"절 뭐라 부르시건 간에 신경 쓰지 않겠습니다. 어쨌거나 저희는 예하께 해를 가할 생각은 눈곱만큼도 없습니다."

오귀스트는 한결같이 신사적인 태도로 대했다.

아마도 이 수염 난 아저씨는 좋은 환경에서 자라기는 했을 것이다. 신기하게도 품위하고는 거리가 멀어 보였지만 말이다.

눈곱만큼도 없다—— 아마 그 뒤에는 '아직까지는'이라는 말이 붙겠지.

"하오나 무녀 공주 예하, 대단히 송구스럽습니다만, 예하께는 남방 지역의 세 나라를 혼란에 빠뜨린 극악무도한 남자와 '밀통' 하셨다는 용의가 걸려 있더군요."

"극악무도한…… 남자?"

파린은 어안이 벙벙한 표정을 짓더니—— 내 쪽을 흘끗 쳐다보았다.

"듣자 하니, 저 아티나의 서기관을 자칭하는 남자는 무녀 공주 예하께서 직접 부르셨다고 하더군요. 저희 성기사단 또한 독자적으로 남방 지역을 조사해 왔습니다. 저 서기관이 대체 무슨 술수를 부렸는지는 아직 조사 중입니다만, 우리 나라에서도 혼란을 초래할 간사한 인물임은 명백합니다. 그런데 그런 남자를 우리 나라로 불러들였을 뿐만 아니라, 심지어 침소에까지 들였다는 얘기도 있더군요."

"……잠깐. 당신들 정말로 조사한 거 맞아? 시드 네키스는…… 그 방법은 둘째 치더라도 남방 지역을 혼란에 빠뜨린 게 아니라 오히려 전란의 불씨를 꺼뜨리고 아티나와 마스디니아, 엘프 연합의 동맹을 이끌어 낸 공적을 세운 걸로 아는데?"

음, 방법은 둘째 치더라도 난 전쟁 발발 직전이었던 세 나라를 동맹 관계로 만들었을 터였다.

"예하, 외람되오나 저희 성기사단은 그간 이 신성한 땅을 지켜 왔습니다. 온 대륙에 정보망을 구축하고 있지요. 마스디니아는 물론이거니와 아티나 같은 소국 또한 감시를 게을리 하지 않았사온지라, 이는 확실한 정보입니다."

"……내 침소에도 밀정을 심어 놓은 거야? 침대 밑이라든가?"

"그건 굳이 말씀드릴 것까지도 없겠지요. 청렴함을 제일의 가치로 여기는 성기사라면 또 모를까, 다른 나라의 서기관과 결탁하여 곁에 두고 계시는 지금 이 상황이야말로 명백한 증거가 아니겠습니까?"

파린의 질문에 전혀 엉뚱한 대답을 하는 것 같은데 말이지.

하지만 지금 이 자리에서 구태여 그 점을 지적할 사람은 아무도 없어 보였다.

"무녀 공주 예하께서는 이 땅에서 가장 때 묻지 않은 존재이셔야 할 분입니다. 유감스럽지만 용의가 걸렸다는 사실만으로도 씻을 수 없는 죄악을 범하신 거나 마찬가지일 테죠. 거듭 말씀 드립니다만, 예하께 해를 가할 생각은 눈곱만큼도 없습니다."

"……이 머저리 같은 놈이."

"네? 예하, 방금 뭐라고 하셨습니까?"

"머저리 같은 놈이라고 했어, 이 수염 난 아저씨야! 성기사단 이라 해도 성도에 있는 전력은 기껏해야 삼천 명 정도밖에 안 돼. '소국'이라고 말한 아티나랑 별 차이도 없지. 겨우 그 정도 전력으로 무녀 공주^{사 이 네 스}에게 맞설 작정이었다면—— 이미 각본은 미리 다 짜 놓은 거 아니야?!"

본전은 물론이거니와 대신전 전체에 쩌렁쩌렁 울릴 정도의 커다란 목소리였다.

바로 옆에 있는 내 고막이 찢어질 정도였다. 귀 아파 죽겠네!

"보나마나 이미 슈파르타, 페르, 티사로닉 등과 사전에 교섭 했겠지! 아까 듣자 하니 정보 수집 능력을 참 자랑스러워하던 데, 본전이라고 다들 낮잠만 자는 줄 알아?! 오귀스트, 당신이 주변 국가들에게 사자를 보낸 것쯤은 이미 다 알고 있어! 그리 고 그놈들이 국경 부근에서 군대를 움직이고 있다는 것도!"

음…… 대체로 샤미가 예상했던 대로군.

아마도 무녀 공주와 샤미가 서로 상의하면서 성기사단의 동향 을 예측한 거겠지.

"……신분이 미천하다는 건 알고 있었지만, 참으로 통탄할 노릇이로군요. 무녀 공주 예하나 되시는 분이 그런 쓸데없는 책

모를 꾸미고 계셨을 줄은 몰랐습니다."

오귀스트도 갑작스러운 큰 소리에 놀라기는 했지만, 썩어도 성기사단 단장이라 그런지 평정을 유지하고 있었다.

"책모를 꾸미고 있는 게 누군데! 아, 다시 정정할게. 비록 미리 써 둔 각본은 변경되었지만, 이 사람은 극악무도한 남자다, 나랑 밀통했다, 같은 명분을 억지로 내세워서 나를 퇴위시키는 게 목적이잖아! 미리 말해 두겠지만 이 사람은 전쟁의 명분으로 삼을 만한 인물도 못 되거든?!"

"오호라, 이건 좀 예상 밖의 공격인데."

거참 이상하네. 거기서는 내가 아니라 수염 난 아저씨를 공격하는 게 맞지 않나 싶은데 말이지.

"어쨌거나—— 천희의 북진을 구실로 내세워 주변 나라들을 끌어들여 병사를 모으고 그레시아의 실권을 장악한다, 그게 원래 당신네들 계획이었잖아!"

"큭……."

이봐요, 아저씨. 동요하고 있다는 게 얼굴에 그대로 드러나고 있는뎁쇼?

내 주변에는 미소녀뿐만 아니라 아저씨마저도 만만한 사람밖에 없는 건가?

"성기사단이 무력으로 그레시아의 실권을 장악하고 나면, 나를 퇴위시키고 그 다음에는 적당한 후계자를 내세워 꼭두각시로 삼겠지! 역시 청렴한 성기사님다워, 무녀들을 희생양으로 삼는 것도 모자라 참 철두철미하네! 부끄러운 줄 알아!"

"닥쳐라! 그러는 네년이야말로 마의가 있다고 해서 제대로 모습도 드러내지 않은 채 안에 처박혀 흑막 흉내나 내고 있지 않았느냐?! 그레시아를 지키는 자도 희생하는 자도 우리 성기사다. 본전에서 노닥거리는 장식 따위가 어디서 감히 정의를 참칭하느냐!"

아, 수염 난 아저씨도 드디어 본색을 드러내고 말았군.

"……그 사람이라면 그렇게 말하지 않아! 장식이기 때문에 목숨을 걸고서라도 지켜 주려고 하겠지! 아, 정말로 목숨을 걸지는 의문이지만……."

그 사람? 대체 누굴 말하는 거지?

샤미…… 인가? 하지만 그 녀석이라면 목숨쯤은 충분히 걸고도 남을 것 같은데 말이지.

"무슨 헛소리를 지껄이는 거냐. 거듭 말하지만 우리 또한 성기사다. 무녀 공주에게 해를 가할 생각은 눈곱만큼도 없다. 순순히 우리에게 투항하고 다음 무녀에게 자리를 양위해라."

"웃기지 마, 오귀스트. 그냥 나한테 상처를 입히는 게 두려운 거겠지. 이래 봬도 난 당대의 무녀 공주에다 그레시아 성교회의 정점에 있는 몸. 그런 나에게 해를 가하는 건 신들께 칼을 들이미는 거나 마찬가지니까 말이야."

"그렇습니다. 바로 그 부분이 골치 아프단 말이죠. 하지만 다행히도 본모습을 아는 사람은 몇 명 되지 않으니, 그 자들을 설득시킬 수만 있다면 나머지는 식은 죽 먹기 아니겠습니까."

이 아저씨 말은 참 잘하네. 자기가 세운 계획에 취한 걸까?

요컨대 파린을 죽이고 대역을 내세우겠다는 소리잖아.

사실 그건 나쁘지 않은 수였다. 구태여 비슷하게 생긴 사람을 내세울 필요도 없었다. 만일을 대비해 붉은 머리에다 비슷한 연령대의 여자애를 적당히 앉혀 놓기만 해도 충분했다.

굳이 꼭두각시를 내세울 수고도 더는 셈이니 안성맞춤이라고나 할까.

만약 이를 받아들이지 않는 자가 있다면—— 그땐 검으로 해결하면 그만이고 말이다.

아, 난 이런 건 딱 질색이란 말이지. 정말로 여자애를 도구로밖에 여기지 않잖아.

무녀들뿐만 아니라 무녀 공주마저 성기사의 욕망의 희생양이 되는 건가.

"제아무리 마의를 가지고 계신다 한들, 삼천에 달하는 저희 성기사를 상대할 수는 없는 노릇일 테죠. 설령 상대가 천희라 할지라도 전투력이 그렇게까지 높지는 않을 테고 말입니다. 순순히 투항해 주신다면 더할 나위 없겠군요. 이 자리에 있었던 폭언도 눈 감아 드리죠. 하지만——."

"아, 이제 됐어. 마침 준비가 다 끝났거든."

파린이 대수롭지 않다는 듯이 말하더니 아직 내 손을 쥐고 있던 손에다 힘을 꾹 주기 시작했다.

"허공전이(虛空轉移)——."
페네트레이터

"…………윽!"

나는 깜짝 놀랐다. 다시금 내 주위의 공간이 일그러지기 시작했다.

"쳇…… 그게 바로 네년이 지닌 마의 능력인가! 놓치지 마라!"

"도망갈 건데?"

허겁지겁 지시를 내리는 오귀스트를 향해 파린이 혀를 비죽 내밀었다.

그리고 그 직후에 공간이 크게 일그러지더니—— 우리는 그 자리에서 흔적도 없이 사라져 버렸다.

"자, 도착했어."

"…………."

파린은 내 손을 놓더니 부리나케 방 안을 돌아다니기 시작했다.

조금 전까지 있던 본전 복도와는 명백히 다른 장소였다.

또 순식간에 다른 장소로 이동해 버린 모양이었다.

이곳도 기도실처럼 보였지만, 곳곳에 잡동사니가 쌓여 있을 뿐만 아니라 온통 먼지투성이였다. 오랫동안 사람이 드나들지 않았음을 곧바로 알 수 있었다.

게다가 창문도 막혀 있어서 어디가 출입구인지 알 수 없었다.

지하에서 나온 지 얼마 되지도 않았는데 또다시 어두컴컴한 곳에 오게 되고 말았군.

아직 그 반딧불 꽃 한 송이를 가지고 있었기에 겨우겨우 주변은 확인할 수 있었지만——.

"무녀 공주…… ^{사이네스}씨? 너 대체 무슨 짓을 저지른 거야?"

"내가 무슨 짓을 했는지 그게 신경 쓰이니? 시드 네키스. 당신이 신경 써야 할 건 그게 아닐 것 같은데?"

"그야 물론 너한테 어떻게 해야 사랑을 전하느냐가 제일 큰 관건이긴 하지만, 상황이 너무 휙휙 변하는 바람에 정신이 없단 말이지."

이상하군. 난 그저 무녀 공주의 침소에 몰래 숨어들려고 했을 뿐이었는데 어쩌다 이 지경에 처하게 된 건지 원.

느닷없이 흡혈귀에게 지하로 끌려 간 것만 해도 깜짝 놀랐었는데, 이번에는 무녀 공주가 날 어딘지도 모르는 방에다 데리고 왔잖아.

"사, 사랑이라…… 괜찮아. 성기사도 이곳에는 들어오지 못할 테니까. 이곳은 본전 내부에 위치한, 역대 무녀 공주들만이 알고 있는 비밀 방이거든."

"비밀 방?"

"원래는 기계장치를 조작해 방문이 나타나는 구조였지만, 지금은 그 문도 없애 버렸거든. 나라면 마의의 능력으로 안으로 들어올 수 있으니까 말이야."

"아, 맞다. 네 마의의 능력은――혹시 '순간 이동'이야?"

달리 짚이는 데가 없다고 해야 할지, 지금 와서 돌이켜 보면 파린은 나랑 맨 처음에 만났을 적에도 홀연히 사라져 버렸었다.

"그렇긴 하지만, 편리하면서도 불편한 능력이야. 내가 원하는 장소로 순간 이동할 수 있지만, 능력을 두 번째로 발동하면 원래 장소로 돌아오거든. 아까는 본전 복도에서 성기사들이 들고 일어난 것을 알고는 허겁지겁 지하로 순간 이동해서 당신을 데리고 온 거였는데, 지하에서 다시 능력을 써 봤자 원래 있던 복도로밖에 돌아오지 못한단 말이지."

"확실히 듣고 보니…… 좀 불편하긴 하네."

요컨대, 지금 파린이 다시 능력을 발동하면 아까 그 성기사단 단장 아저씨와 맞닥뜨렸던 그 복도로 다시 돌아간다는 건가.

"맞아. 게다가 왕복하면 한동안 능력을 쓰지도 못해. 오귀스트가 장황하게 일장연설을 해 준 덕분에 살았어."

"아까 네가 그런 말을 했던 건 시간을 벌려고 그랬던 거구나……."

오귀스트도 말이 많다는 생각이 들었지만, 파린 쪽도 만만치 않았단 말이지.

"……응? 잠깐만. 네 능력도 지금의 입장도 잘 알겠는데, 나는 왜 데리고 온 건데? 그냥 혼자서 재빨리 먼 곳으로 도망치면 되는 거 아니었어?"

"본전에는 무녀들도 있고 샤미 언니도 있잖아. 게다가 내가 부른 알리샤 전하 일행도 있고 말이야. 나 혼자 후다닥 도망쳤다면 아주 혼쭐이 났을 걸?"

"혼쭐이 났을 거라고? 누구한테?"

내 질문에 파린은 빙긋 웃기만 할 뿐이었다.

게다가 나를 데리고 온 이유도 아직 얘기해 주지 않았다.

"어쨌든 지금은 대낮이라 샤미 언니도 움직이기 힘들 테니 아무엇도 할 수 없어. 이런 반란은 원래 대의명분이 중요하니 무녀들도 무사할 테고. 적어도 내가 본 바로는 성기사들이 무녀들에게 무슨 해코지를 가한 것 같지는 않았어."

"……그건 모르지. 반란의 전리품이라고 생각해 손을 대는 멍청한 놈들도 있을지 모르잖아."

반란이니 꼭두각시니, 그건 아무래도 상관없었지만, 무녀들이 위험에 처하는 건 곤란했다.

"원래 성기사들이 권력에 굶주린 짐승이기는 해도, 통솔은 잘되어 있으니까 괜찮을 거야. 물론 이대로 반란이 성공하면 무녀들이 나중에 어떻게 될지 알 수 없지만."

"이거 곤란한데……."

차라리 성기사에게 시집가는 게 나았다── 같은 상황이 일어날지도 모른다.

"다만 지금은 달리 해야 할 일이 있어. 음, 역시나 성기사들도 이 방은 알아차리지 못한 것 같아."

파린은 그렇게 말하며 벽면에 놓인 선반을 만지작거리기 시작했다. 그러자 그 선반이── 옆으로 미끄러졌다.

"비밀 문이었군. 비밀 방에 비밀 문이라……. 무슨 비밀이 이리도 많은 거람? 수상쩍은 지하 감옥도 그렇고, 여기 신전엔 참별 게 다 있단 말이지."

"오히려 그렇게 용의주도한 덕분에 무녀 공주가 천 년이나 계승되어 온 거 아니겠어? 자, 이쪽으로 와."

파린이 앞장서서 걸어 나갔다.

비밀 문 안쪽으로 복도가 이어져 있었다. 우리가 그 복도에 들어가자마자 벽이 어슴푸레하게 빛을 발했다.

흐음, 이번과 같은 유사시를 대비해 무녀 공주의 피난처를 따로 마련해 놓은 건가. 게다가 마법적인 장치도 가미된 것 같군.

"그런데 이리야 메이터는 어땠어?"

"무진장 귀여웠어! 입술은 부드러웠고, 가슴은 아담하지만 엉덩이는 앙증맞았고, 안았을 때의 감촉도 좋았고, 정말이지 최고였어!"

"……그런 소감을 물어본 건 아니었는데. 그래도 하프 엘프에게 그런 소감을 느끼는 건 아마 세상천지 시드 네키스밖에 없지 않을까 싶어."

그러고 보니 이리야는 그레시아가—— 대신전이 보낸 밀정이었지.

요컨대 그 밀정을 보낸 흑막이 바로 파린이었다.

"난 이리야 메이터를 직접 만나 본 적은 없어. 하지만 성도에 하프 엘프가 있다는 얘기는 유명하더라고. 성도에서는 종족을 이유로 차별하지는 않지만, 그래도 하프 엘프는 희귀하니까 말이야. 하지만 아마도 그 아이는—— 외톨이가 아니었을까 싶어. 차별하지 않는다 해도, 어디까지나 대놓고 차별하지 않는 정도에 지나지 않으니까 말이야."

"……외톨이라면 죽어도 상관없다고 생각해서 아티나로 보냈던 거야?"

"흐~응, 무서워라. 당신, 그런 목소리도 낼 줄 아나 보네?"

"······가끔은."

"뭐, 그렇게 생각해도 돼. 그래서, 샤미 언니는 어땠는데?"

아까부터 화제를 이리저리 휙휙 바꾼단 말이지.

이런, 미소녀를 위협하다니, 나답지 않았군. 어쩌면 화제를 바꿔 준 게 다행일지도 모른다.

"요 한동안은 미소녀랑 많이 했었지만 미녀도 좋더라고. 흡혈귀랑 한 건 이번이 처음이었지만, 그 찹찹한 몸에는 왠지 푹 빠져들 것 같은 맛이 있다고나 할까!"

"······역시 머릿속에는 온통 그런 생각밖에 없나 보네. 샤미 언니는 옛날엔 자주 나를 돌봐 주었지만, 이젠 나도 어린애가 아니라서 그런지 요즘에는 좀 섭섭하단 말이지."

"그 흡혈귀는 여동생을 무진장 아끼는 것 같아 보이던데."

애초에 여동생을 끔찍이 여기기에 내 정액을 모조리 다 쥐어짜 내려고 했으니까 말이지.

그리고 파린은 비록 어린애는 아니었지만 누가 봐도 소녀에 해당하는 나이대였다.

"난 혼자가 아니었어. 무녀 공주^{사이네스}로서는 안에 틀어박혀 있었지만, 무녀인 척 본전에서 일하기도 했었고."

"아, 그것도 궁금했던 건데, 왜 그랬어?"

"무녀가 삼천 명이나 있으니까 눈에 띄지 않게 주의만 하면 섞여 드는 건 어렵지 않았거든. 그런 짓을 한 건 역대 무녀 공주들 중에서도 아마 나밖에 없었겠지만, 나를 섬기는 사람들의 얼굴 정도는 알고 싶었어."

"겨우 그거 때문에 군이 무녀인 척하며 일을 했었다고?"

"나에겐 중요한 일이야. 자신의 정체를 밝힐 수 없는 건 괴로웠지만, 오귀스트가 말했다시피 흑막 흉내나 내는 건 싫었거든. 하지만 다른 무녀들과 함께 일했으니 난 혼자가 아니었어."

파린은 복도를 성큼성큼 나아가며 그 안쪽에 있는 문 앞에 멈춰 섰다.

"하지만 샤미 언니는 혼자였어. 줄곧 그 지하에 있으면서 가끔 와인을 마시거나 내 피를 마시는 게 전부였지. 언니는 속편해서 좋다고 했지만, 그건 아마 거짓말일 거야. 아무리 흡혈귀라 할지라도, 천 년을 넘게 살았다 할지라도 외로운 건 어쩔 수 없지 않을까? 적어도 나랑 같이 있을 적에는 즐거워 보였어."

"……그랬구나."

정말로 혼자 있는 걸 좋아할 가능성도 없지는 않지만, 샤미는 나랑 같이 있을 적에도 즐거워 보였다.

"무녀 공주^{사이네스}라 해도 그리 대단한 일은 할 수 없어. 하지만 내가 찾아낸, 내가 아는 사람들의 외로움을 조금이라도 해소해 주고 싶었어. 뭐, 그 상대가 당신이라서 다행이었는지는 지금도 판단이 서질 않지만——."

파린은 고개를 돌리더니 미심쩍은 눈초리로 날 쳐다보았다.

"이리야 메이터와 샤미 언니를 구하고 싶다, 그런 거창한 이유가 있었던 것도 아니야. 단지 내가 그렇게 하고 싶었을 뿐이지——."

"…………?"

파린이 문 쪽으로 몸을 돌리더니 천천히 문을 열었다.

그 안에는—— 평범한 방이 있었다.

"여긴 어디지?"

빈말로도 넓다고 할 수 없는 공간에 조잡한 목제 탁자, 목제 의자.

그리고 누가 봐도 목수 일에 익숙하지 않은 사람이 만든 걸로밖에 안 보이는 볼품없는 선반이 몇 개 있었다.

게다가 그 안에는 상태가 좋다고 말하기 힘든 허름한 침대가 있었다.

"……여긴 무녀 공주의 은신처 아니었어? 호화롭게 할 필요까진 없겠지만, 그렇다고 굳이 허름한 농가처럼 만들어 놓을 필요도 없었을 것 같은데."

"아, 역시나 아직 알아차리지 못했구나. 아니면 내가 기억하는 거랑 달라서 그런가?"

"뭐…………?"

이 무녀 공주님은 이해하기 힘든 소리를 참 많이 한단 말이지.

나는 탁자 위에 높여 있는 헝겊을 쥐고 자그맣게 접은 뒤, 왼쪽 앞부분 의자 다리 밑에다 끼워 넣었다.

이 의자는 다리 길이가 서로 맞지 않았던 탓에 이렇게라도 하지 않으면 소음이 나서 짜증이 났다.

"…………어라? 내가 방금 뭐 했지?"

완전히 무의식적으로 의자 다리를 조정했잖아……?

잠깐, 잠깐잠깐잠깐, 이건…… 설마…….

"청소할 때는 헝겊을 치우니까, 탁자 위에 새 헝겊을 두면 늘 그러곤 했었지."

"…………."

파린이 탁자 쪽으로 걸어가더니 그 위에 아무렇게나 걸터앉았다.

"……탁자 위에 앉는 거 아니야. 투박한 여자도 싫진 않지만 난 네가 좀 더 정숙했으면 좋겠거든."

"맞아. 늘 그렇게 말하며 날 혼내곤 했었지. 아마도 난 혼나는 게 기뻐서 계속 그렇게 탁자 위에 앉던 걸지도 몰라——."

머릿속을 메우고 있던 안개가 순식간에 걷히는 느낌이 들었다. 그래, 그랬던 거구나. 이제야 떠올랐다…….

"붉은 머리! 그래, 네가 바로 그—— 붉은 머리였구나!"

"……이제야 떠올렸구나. 혹시 영영 떠올리지 못하면 어쩌나 하고 걱정했지 뭐야, 오라버니."

파린은—— 붉은 머리 소녀는 그렇게 말하며 난처한 듯 웃었다.

그렇다. 나는 그 웃는 얼굴을 알고 있다. 기억하고 있다. —— 아니, 떠올렸다.

파린 메디움. 내가 '붉은 머리'라 불렀던 소녀.

나를—— '오라버니'라 부르던 여자애.

그건 벌써 10년도 더 전의 일이었다.

나는 웬만해서는 과거에 있었던 일은 잊으려고 노력하는 편이지만, 그래도 결코 잊을 수 없는 기억도 있었다.

　나는 그 무렵부터 벌써 미소녀를 찾아다니며── 아니, 사랑을 전하기 위해 대륙 방방곳곳을 돌아다니고 있었다.

　그땐 외법이 아직 불완전했던 탓에 실패하는 경우도 많았다. 이런저런 여자애들에게 집적거렸다가 한바탕 소동이 일어나기도 했었지.

　그 무렵── 메가레이시아 대륙에 자리한 대부분의 나라가 그러했듯이 전쟁의 불길에 휩싸였던 어느 나라를 방문한 적이 있었다.

　그 나라는 마의공주는커녕 왕조차 부재중이던 탓에 여러 소규모 영주들이 자기들끼리 끊임없이 다투고 있던 상황이었다.

　그런 부류의 나라에서는 곧잘 있는 일이었기에 딱히 특별한 상황이랄 것도 아니었지만── 전쟁 때문에 부모를 잃고 고아가 된 아이들이 온 나라에서 잔뜩 나오고 있었다.

　불쌍하다는 생각은 들었지만, 나에게는 그 아이들을 구할 방도가 없었다.

　솔직히 말해서 여행자인 나는 끼니 챙기기에도 벅찬 상태였고 말이다.

　하지만 그러던 도중에── 가도를 벗어나 깊은 숲속을 걷고 있을 때 그 아이와 맞닥뜨렸다.

　누더기 옷을 입고 있은 한 붉은 머리 아이가 나무 열매를 열심히 베어 먹는 중이었다.

　나는 즉시 그 붉은 머리 아이의 머리를 때렸다.

왜냐하면 그 열매에는 독이 들어 있었기 때문이다. 내가 원래 무례한 놈이긴 해도, 막 아무 이유 없이 지나가던 아이의 머리를 때리지는 않는다고.

"숲속에는 먹을 게 많다고 생각했겠지만, 먹을 수 있는 것과 없는 것은 확실하게 구분하도록 해."

지나가던 멋진 청년이 느닷없이 자신을 때리자 눈을 동그랗게 뜨던 그 아이에게 독에 대해 설명한 뒤, 위속에 든 걸 모두 토해 내게 했다.

"……따라와."

모든 걸 토해 낸 뒤, 이제 어쩌면 좋을지 몰라 무릎을 끌어안은 채 주저앉아 있던 그 아이를── 나는 이대로 내버려 둘 수 없었다.

그 아이는 내가 내민 손을 한동안 쳐다보다가── 쥐었다.

그때 나는 묘하게 마음이 놓이는 듯한 기분이 들었고, 그 아이는 깜짝 놀란 것처럼 보이었다.

아마도 나는 사람을 돕는 일에, 그 아이는 도움을 받는 일에 익숙하지 않았던 걸 테지.

상당히 강력한 독이었기에 토해 낸 것만으로는 이미 늦었을지도 모른다.

게다가 무릎을 끌어안고 있는 아이의 앞에서 그대로 작별 인사를 건넬 수도 없는 노릇이었다.

세상 모든 아이를 구할 수 없다면, 한 사람이라도 확실하게 구해야 하지 않을까 하는 생각이 들었는데── 그게 바로 사람간의 정이 아닐까 싶었다.

아무리 쓰레기 같은 놈이라 할지라도 평범한 감정쯤은 있었다.

그 아이에게는 번듯한 이름이 있었지만 나는 그냥 '붉은 머리'라고 불렀다.

뭐, 정 주지 않으려고 그랬다고나 할까── 죄송합니다, 역시 전 쓰레기 같은 놈이었군요.

독의 영향이 없다면 나는 곧바로 그 아이와 헤어질 생각이었다.

아무리 그럴듯하게 좋은 말로 꾸며 봤자 결국 내버려 두는 거나 마찬가지였다.

그럴 터였는데──.

"이상하네. 어쩌다 이렇게 된 거람."

그런 소릴 대체 몇 번이나 했는지 모르겠다.

생각했던 대로 그 아이는 독에 중독되어 몸을 제대로 가누지도 못했다.

나는 없는 돈을 쥐어짜 숲에 있던 오두막집을 사냥꾼에게 빌린 뒤, 그 오두막집에다 붉은 머리를 눕혔다. 그리고 약사에게도 진찰을 부탁했다.

붉은 머리가 몸을 회복한 뒤에도 우리는 둘이서 그 오두막집에서 계속 살았다.

여행자로서 쌓았던 지식을 붉은 머리에게 전수해 주었고, 숲이나 산에서 식량을 얻는 방법도 직접 가르쳤다.

일단 그 붉은 머리가 여자애라는 것쯤은 금세 알아차렸다.

이래봬도 나는 여성에게 경의를 품고 있으니까 말이다. 나이는 상관없었다. 상대가 몇 살이든 간에 여성은 여성으로서 대해야 했기에 나와 접하는 상대방의 성별은 늘 신경 쓰는 편이었다.

다만 붉은 머리는 너무나 어렸기에 역시나 내 욕구가 동하지도 않았고, 키워서 나중에 잡아먹어야겠다는 생각도 들지 않았다.

아니, 진짜라니깐? 난 원래 매 순간을 열심히 사는 놈이고 말이다.

"오라버니."

붉은 머리는 어느새부턴가 나를 그런 식으로 불렀다.

딱히 좋은 집안에서 태어난 걸로는 보이지 않았는데, 그런 호칭은 대체 어디서 배운 거람.

우리는 서로를 '붉은 머리', '오라버니'라고 불렀고――.

나는 아무런 교육도 받지 않았던 그 아이에게 이런저런 것들을 가르쳐야 했다.

주제에 맞지 않게 선악을 구별하는 방법도 가르쳤었지.

친구와 연인, 새로 사귄 사람은 절대로 배신해선 안 된다고 가르쳤다.

소중한 사람을 내버려 두면 혼쭐을 내겠다―― 라든가, 그런 말 하면 못 쓴다, 등등.

그렇게 붉은 머리와 만난 지 어느덧 몇 개월이 지났고――.

"정말로 오라버니는 몹쓸 사람인가 보네!"

이젠 완전히 나를 따르게 된 붉은 머리가 그렇게 화를 내며 내 뒤를 따라왔다.

실제로 당시에 나는 어느 마을에서 미녀를 둘러싼 소동에 휘말렸는데, 내 뒤를 추적자가 따라오고 있었다.

연인도 아닌 남자에게 시달리던 어떤 미녀를 마성환혹^{도미네이션}으로 공략해서 사랑을 전하는 바람에 그 남자가 내 목숨을 노렸던 걸로 기억한다.

붉은 머리와 만나기 전에 굳이 내가 숲속을 걷고 있었던 것도 남자의 추적을 피하기 위함이었다.

그 남자의 표적이 미녀에게서 나로 바뀐 건 다행이었지만, 그 남자는 모든 수단과 방법을 동원해서 정말 끈질기게 날 쫓아왔다.

게다가 그 남자는 어느 귀족 집 도련님이었던지라 돈도 많았기에 용병을 고용해서 수십 명에 이르는 추격대를 꾸렸다. 뭐 이런 집요한 놈이 다 있담.

숲속으로 들어가 가까스로 추격을 따돌리기는 했지만── 남자들은 몇 개월 동안 숲을 이 잡듯이 뒤졌고, 마침내 우리의 오두막집을 향해 다가왔다.

어쩔 수 없이 나는 붉은 머리를 데리고 숲을 탈출해야 했다. 다행히 근처 도시에 있는 신전에 아는 신관이 있어서 붉은 머리를 그녀에게 맡겼다.

"싫어, 오라버니! 난 괜찮으니까 나도 따라갈래! 오라버니 취향이라고 했던 줄무늬 팬티도 입을 거고, 언젠간 반드시 미인이 될 거니까 날 두고 가지 마!"

그리고 그 아는 신관한테는 애한테 뭘 가르쳤냐며 무진장 혼났었지.

당시의 나는 붉은 머리에게 이런저런 정이 들어 있던 참이었지만.

그랬기에 위험을 감수하면서까지 같이 데리고 다닐 수가 없었다.

나는 홀로 도시 밖으로 나와 다시금 도피행을 떠나다가—— 나중에 그 남자와 추격대가 도적의 습격을 받고 전멸했다는 소식을 들었다.

그 끈질기고 성가신 남자도 전란의 땅에서 함부로 돌아다니다가는 그런 최후를 맞이하는 법이다.

남자들이 죽었다는 얘기를 들은 뒤에도 나는 붉은 머리를 데리러 가지 않았다.

나 같은 쓰레기는 어차피 제대로 된 인생도 살지 못한다.

날 잘 따랐던 그 붉은 머리한테는 미안했지만, 그랬기에 그녀를 내 곁에 둘 수는 없는 노릇이었다.

그리고 얼마 지나지 않아 나는 그 붉은 머리를 까맣게 잊어 버렸다——.

"서, 설마, 마의공주가—— 그것도 그레시아의 무녀 공주가 되었을 줄이야."

눈앞에서 미소 짓고 있는 붉은 머리는—— 아니, 파린 메디움은 분명 그때 그 시절의 모습이 지금도 남아 있었다.

"나도 설마 이렇게까지 알아차리지 못할 줄은 몰랐지 뭐야……."

이번에는 나를 지그시 쳐다보았다.

"아, 아니, 그건…… 그게, 그땐 너도 나랑 처음 만났다는 표정을 짓고 있었잖아!"

"알아차려 주기를 기다렸단 말이야. 하아, 진짜 까맣게 잊고 있었나 보네."

"뭐라 할 말이 없네…… 내가 잘못했어. 하지만 겉모습도 신분도 이렇게까지 바뀌었으니 모를 만도 하지 않겠어?"

"그건 그렇겠지. 미안, 나도 좀 장난이 심했나 봐."

파린은 다시금 미소 지어 주었다. 정체를 알아차리지 못했던 건 용서해 주는 모양이었다.

"신전에 들어오고 나서 몇 년이 지났을 무렵에 마의의 선택을 받았거든. 역대 무녀 공주가 다들 마의공주였던 건 아니지만, 마침 선대 무녀 공주가 은퇴할 시기였거든. 대신전에서 사람이 오더니 무녀 공주에 즉위해 달라고 하지 뭐야."

"그랬구나…… 역시 인생은 무슨 일이 일어날지 모르나 보네."

독이 든 나무 열매를 먹을 정도로 굶주림에 시달리던 고아가 불과 몇 년 사이에 대륙 최대 종교의 정점에 설 줄 누가 알았겠는가.

나도 요즘은 파란만장한 인생을 보냈지만, 파린은 나보다 훨씬 더 파란만장한 인생을 보낸 것 같았다.

"하지만, 난 무녀 공주가 되고 싶지 않았어."

"어?"

"그 숲속 오두막집에서 오라버니랑 같이 계속 생활하는 것── 내가 바라는 건 그게 다였거든."

"……."

파린이 농담으로 그런 소리를 하는 게 아니라는 건 알고 있다.

10년이라는 세월이 지나는 동안 그녀도 성장하여 얼굴 생김새도 그때와는 확연히 달라졌다.

하지만 비록 짧은 기간이기는 했어도 우리는 한 지붕 밑에서 같이 생활하던 사이였다.

거짓인지 농담인지, 아니면 본심인지── 그 정도는 쉬이 알 수 있었다.

"무녀 공주가 되고 나서 안 좋은 일만 있었던 건 아니야. 오라버니랑 같이 살았던 그 오두막집을 가능한 한 있는 그대로 재현하는 건 평범한 무녀라면 꿈도 못 꿀 일일 테니까."

"…………."

굳이 그때 그 허름한 생활을 그리워할 것까지는 없는데 말이다.

어쨌거나 지금은 무녀 공주님이니, 사치스러운 생활까지는 누리지 못해도 생활하는 데 불편함은 없었을 것이다.

그런데도 파린이 돌아가고 싶은 곳은 예나 지금이나 그 오두막집이었다——.

"그리고—— 오라버니랑 만나기 전의 나처럼 홀로 외로이 살아가는 고아들을 보면 가만히 내버려 둘 수가 없더라고."

"……그래서 이리야와 샤미를 나와 만나게 했던 거였구나."

"비록 그때 그 시절엔 어린아이였지만, 그래도 오라버니가 어떤 사람인지는 아~주 자알, 엄청 엄청 자알 알고 있었으니까 두 사람이 어떻게 될지도 예상은 했었어. 그래도 오라버니는 무언가를 억지로 시키는 사람은 결코 아니잖아?"

"이미 그때 그 시절부터 거기까지 알고 있었구나……."

물론 함께 살았을 무렵에 파린에게는 손가락 하나 건드리지 않았다.

아니, 손가락 정도는 건드리긴 했지만, 적어도 성적인 접촉은 일절 없었다.

난 어린애 취향은 눈곱만큼도 없으니까 말이지.

"아, 그랬던 거였어……. 왠지 이리야를 보고 있으면 꼭 뭔가가 떠오를 것만 같은 느낌이 들었는데. 그래, 그런 거였어. 그 녀석…… 왠지 모르게 옛날의 너랑 비슷해서 그렇게 느껴졌던 거였구나."

"난 그 이리야라는 아이를 직접 보지는 못했지만, 왠지 그럴 것 같았어. 내가 이리야를 오라버니가 있는 곳으로 보냈던 건 그 아이를 돕기 위함이었거든—— 그리고 겸사겸사 나에 대한 기억을 조금이라도 떠올리게 하고 싶었고."

"이 녀석, 못 본 사이에 책략가가 다 됐네?"

내가 샤미에게 지하로 끌려갔던 것도 파린이 교묘하게 유도했던 게 아닐까 싶었다.

애당초 나를 직접 지명해서 이곳 그레시아로 초대한 사람은 무녀 공주——파린이었고 말이지.

"난 줄곧 오라버니를 찾고 있었어. 소문은 곳곳에서 들려오고 있었지만, 정작 오라버니 본인만큼은 찾지를 못하겠더라고. 싸돌아다니는 것도 정도껏 했어야지!"

"미, 미안."

나는 한때 여동생처럼 키웠던 아이에게 단단히 혼쭐이 났다.

"그러다가 이제야 좀 찾았나 싶었더니, 설마 일촉즉발의 상황이었던 남방 지역을 평정할 줄은 몰랐어. 평범한 일개 여행자였다면 그레시아로 데려오는 것도 아무 문제없었을 텐데. 나대는 것도 정도껏 했어야지!"

"미, 미안."

이번에도 나는 사과할 수밖에 없었다.

파린은 나 따위는 비교도 안 될 만큼 신분 높은 사람이 되었지만, 지금은 그저 몹쓸 오빠를 혼내는 여동생의 모습과 별반 다를 바 없었다.

"뭐, 이미 지난 건 어쩔 수 없지. 나중에 깊이 반성해. 그건 그렇고, 내가 왜 오라버니를 불렀는지는 이제 알겠지?"

"줄무늬 팬티를 보여 주기 위해서……?"

"아니야! 줄무늬 팬티를 보여 주면 혹시 알아차리지 않을까 싶어서 처음 만났을 적에 일부러 떨어뜨리기까지 했었는데!"

"아, 그게 그런 뜻이었던 거구나……. 아니, 그걸 보고 어떻게 알아!"

참고로 그 줄무늬 팬티는 소중하게 간직하는 중이었다. 여동생의 팬티를 보관하는 오빠라니.

"오라버니는 옛날과 전혀 달라진 게 없어! 겉모습도 그렇고 내용물도 그렇고── 어라? 그런데 왜 겉모습이 10년 전과 전혀 다르지 않은 거지? 혹시 인간이 아니었던 거야?"

"글쎄…… 그런 복잡한 얘기는 잘 모르겠는데."

실제로도 잘 몰랐다.

아무래도 이름 없는 영웅의 자손인 것 같은데, 그 조상님이 누구였는지조차 모르니까 말이지.

"하아, 오라버니랑 얘기하고 있으면 대화가 점점 산으로 가는 것 같아. 그게 아니라── 나를 봐."

"…………?"

파린이 제자리에서 한 차례 빙글 돌며 그 흰색 법의를 나부꼈다.

역시나 다른 신관들과 비교해 봐도 스커트 길이가 좀 더 짧단 말이지. 그리고 지금 줄무늬 팬티가 슬쩍 보였고 말이다.

"이미 난 10년 전과는 달라. 이미 결혼할 나이가 되었는걸."

"그건 뭐……."

생각해보면 파린이 그동안 보지 못했던 사이에 이미 결혼했어도 전혀 이상할 게 없었다.

뭐, 결혼 적령기가 985년 정도 지난 흡혈귀도 있지만 말이다.

"난 무녀 공주니 성기사니, 물론 마의공주 같은 건 아무래도 상관없어. 아, 오라버니가 다른 마의공주들이랑 문란한 관계를 이루고 있는 건 나중에 또 따로 한소리 해야 할 것 같지만."

"나, 나중에?"

굳이 따지자면 무녀 공주나 성기사 쪽이 더 중요하다고 생각하는데 말이지.

옆에서 봤을 때 '아무래도 상관없다.' 같은 걸 중시하는 건 아무래도 내 영향을 받은 것 같았다.

"이리야 메이터나 샤미 언니에 관해서는 특별히 용서해 줄게. 무녀들과 있었던 일도 나에게 접근할 목적으로 그랬던 거니까 넘어가 줄게."

"……고, 고마워."

과거 내가 돌봐 주었던 여동생이 이리도 훌륭하게 컸구나. 이젠 이 오라버니를 완전히 넘어 섰어…….

"하지만 그 외에—— 특히나 나를 내버려 두고 떠났던 건 용서 못 해. 나중으로 미루지도 않ㄴ을 거고."

찌릿, 파린이 그 커다란 눈망울을 가늘게 좁히며 나를 노려보았다. 무섭잖아.

"내, 내가 어떻게 해 주면 좋을까……?"

"나를 10년이나 내버려 두었던 만큼…… 오라버니가 가장 좋아하는 '사랑'을 나에게 10년치만큼 주면 좋을 것 같아!"

또 갑자기 소리 지르고 그러네. 방 벽이 흔들릴 정도로 엄청난 성량이었다.

"아, 뭐야, 그걸 원했던 거야? 그거야 뭐—— 말할 것도 없이 처음부터 그럴 생각이었다고!"

"…………읏!"

나는 파린의 몸을 끌어안았다.

오오, 헤어졌을 무렵과는 비교도 안 될 만큼 여성스럽게 성장했군.

몸집은 작았지만 그 부드러운 감촉과 체온이 전해져 왔다.

"그럼 키스부터 시작해 볼까? 괜찮겠지?"

"오, 오라버—— 으읍……!"

나는 파린과 입을 맞춘 뒤, 쪽쪽 소리를 내며 그 입술을 맛보았다.

이 입술도 아담하고 부드러운 게, 마치 녹아내릴 것만 같이 달콤했다.

"응, 으으읍…… 읏, 으응, 으으읍…… 아웃…… 오, 오라버니…… 다짜고짜 하면 어떡해!"

"난 원래 성질 급하잖냐. 아, 한 번 더 하자."

"잠…… 으으읍…… 으으웃……!"

너무나도 기분 좋았기에 나는 다시금 파린의 입술을 탐했다.

아아, 정말로 달콤하군. 마치 몸이 녹아내릴 것만 같은 소녀 특유의 부드러움이 전해져 왔다.

"으으응…… 오, 오라버니. 오, 오라버니가 이런 사람이란 건 원래 알고 있었지만, 설마 이 정도로 가차 없는 사람일 줄은 몰랐어! 이래 봬도 난 세상에서 제일 순결하다고 일컬어지는 무녀 공주인데?!"

"여기에 있는 사람은 무녀 공주가 아니라 파린인걸? 나를 오라버니라 부르는, 이 세상에서 제일 귀여운 여자애밖에 없는걸?"

파린이라면 난이도 0에 공략 루트 완료인 것도 납득이 갔다.

아마도── 이미 10년 전 시점에서 그렇게 되었을 테지.

"윽…… 여, 염치도 없이 그런 소릴 잘도 늘어놓네……. 하, 하지만 그거면 충분하지 않을까…… 아니, 하지만…….'

파린이 혼자서 무어라 중얼거렸다.

"자, 잠깐 기다려. 난 '붉은 머리' 라고. 어린 시절을 함께 했다든가, 여동생이나 다름없는 존재라든가, 보통은 그런 이유를 대면서 손대지 않는 게 정상 아니야?!"

"어? 난 그런 거 별로 신경 안 쓰는데."

"으아."

"무진장 귀엽게 잘 컸고, 가슴은 훌륭한데 뭘. 그리고 어린 시절을 함께 했다든가, 여동생이나 다름없는 존재라든가, 겨우 그런 이유 때문에 내가 널 마다하겠어?"

나는 그렇게 말하며 파린의 가슴을 주물러 보았다.

우와, 이렇게 법의 위에서 만지기만 했는데도 그 가슴이 얼마나 훌륭한지 알 수 있었다!

역시 크기만 놓고 보면 샤미보다 뒤지지만, 형태가 참 아름답단 말이지!

"앗, 으윳…… 가, 갑자기 가슴 만지기야?! 오라버니, 여동생 가슴을 앞에 두고 있는데도 너무 망설임 없는 거 아니야?! ……
아아앙, 아앙, 안 돼……!"

　파린은 그 붉은 머리를 흔들더니 곧바로 침대 위에 주저앉았
다.

　아아, 가슴에서 손을 떼고 말았군…… 나란 놈이 이런 실수
를.

　"너무 아쉬워하는 거 아니야……? 가, 가슴은 이따가 실컷 만
지게 해 줄게. ……하지만 지금은 그전에 해야 할 일이 있어."

　파린은 그렇게 말하더니 다리를 벌린 상태에서 몸을 일으켜
세웠다.

　그 바람에 짧은 스커트 자락이 위로 말려 올라갔고, 파란색과
흰색으로 이루어진 줄무늬 팬티가 고스란히 노출되었다.

　"오, 오라버니……."

　파린은 팬티 위로 음부 언저리를 손가락으로 눌렀다.

　그러고는 귀까지 새빨갛게 물들인 채 그 가련한 입술을 벌렸
다.

　"내가 10년 동안, 오라버니를 위해 지켜 온 순결을── 확인
해 줘."

　설마 일이 이렇게 될 줄이야.

　붉은 머리를 거두었을 무렵에는 정말로 흑심 따윈 요 만큼도
품지 않았었다.

　애당초 처음에는 성별조차 신경 쓰지 않았으니까 말이다.

게다가 붉은 머리는 말투가 좀 남자애 같았고, 머리도 짧은 편이어서 처음엔 여자인 줄 몰랐다.

물론 같이 살기 시작한 뒤부터는 여자애임을 알아차렸지만 말이다.

게다가 살던 집 자체가 좁은 오두막집이었기에 나도 붉은 머리도 서로가 보는 앞에서 옷을 갈아입거나 몸을 수건으로 닦기도 했다.

붉은 머리의 살결이 새하얗던 걸 왠지 모르게 지금도 기억하고 있었지만, 역시 나는 아무 생각도 들지 않았었다. 10년 전의 그녀는 너무나도 어린애에 가까웠기 때문이다.

"으으……."

그 여자애가 침대 위에 앉아 부끄러운 표정을 지으며 나를 쳐다보고 있었다.

팔다리는 날씬하게 뻗었고, 앙증맞은 줄무늬 팬티 안쪽도 이미 남자를 맞이할 수 있을 만큼 잘 농익었을 터였다.

"으으, 새삼 이렇게 쳐다보니까 부끄러워……. 오라버니, 너무 뚫어져라 쳐다보는 거 아니야……?"

"아니, 애초에 봐 달라고 했던 건 너였잖냐."

"하응."

나는 파린의 음부를 손가락으로 콕 찔렀다.

뒤이어 검지를 이용해 속옷 위로 음부를 위에서 아래로, 아래에서 위로 쓰다듬었다.

"읏, 으응…… 봐, 봐 달라고는 했지만, 만져 달라고는 안 했는걸……."

"아, 그랬지 참."

나는 파린의 귀여운 줄무늬 팬티를 옆으로 젖혔다.

여동생의 팬티를 굳이 벗기지 않고 옆으로 젖혀 음부를 노출시키는 오라버니라, 이것도 옆에서 보면 무진장 위험한 구도였지만, 어차피 친오빠도 아니니 상관없지 않을까 싶었다.

"아…………."

파린이 자그맣게 소리를 냈다.

팬티를 더 크게 젖히자, 그 음부가 고스란히 모습을 드러냈다.

나는 입을 굳게 다물고 있는 그곳을 지그시 쳐다보았다. 오오, 이것이 파린의……!

"아, 아앙…… 여, 역시 쳐다보는 것도…… 아아앙!"

나는 망설임 없이 파린의 음부에 손을 대고 굳게 닫혀 있던 음부를 천천히 벌렸다.

"웃, 아앗…… 또 만지고 있어…… 소, 손가락…… 들어왔어……!"

나는 신중하게 입구를 벌리고 내부를 지그시 관찰했다.

으음, 방이 어두컴컴한 탓에 좀 잘 안 보이는군. 좀 더 벌려 볼까──.

"흐앗…… 아아앙, 으읏…… 안 돼애…… 으읏……."

"아, 이건가? 나도 눈으로 본 적은 거의 없으니까 말이지. 아마도 이게 처녀막 같은데?"

입구 너머에 막처럼 생긴, 고리 모양의 형태가 눈에 들어왔다.

이것이 바로 파린이 오늘날까지 순결을 지켜왔다는 증거인가
——.

"여, 여동생의 처녀막을 뚫어져라 쳐다보는 오빠라니, 너무
위험한 거 아니야……?!"

"오빠에게 처녀막을 봐 달라고 말하는 여동생도 상당히 위험
하지 않을까 싶은데 말이지."

"윽…… 역시 오라버니는 예나 지금이나 말은 참 잘 한다니
깐……."

서로 가벼운 농담을 주고받는 와중에도 나는 파린의 그 음부
를 뚫어져라 쳐다보았다.

자, 파린이 처녀라는 건 이제 잘 알겠는데, 계속 이렇게 보기
만 하는 것도 재미없겠지.

"나 정도 수준이면 혀로도 알 수 있으니, 잠시 확인해 볼까?"

"혀, 혀? 혀라니…… 앗, 아흥, 으응…… 그런 델……!"

나는 파린의 음부에다 혀를 대고는 손가락으로 벌린 음렬을
할짝할짝 핥아 댔다.

그리고 하는 김에 입 전체를 이용해 음부를 빨아 댔다.

"웃, 만지기만 하는 게 아니라…… 혀로도 핥고 있잖아……!
아, 안 돼, 오라버니!"

하지만 파린은 안 된다고 말하면서도 내 머리를 부드럽게 어
루만졌다. 벗어날 생각은 추호도 없는 것 같았다.

한껏 흥분한 나는 손가락으로 벌린 그 부분에 혀를 오므려 집
어넣고는 다시금 음부 전체를 핥았다. 상부에 자리한 돌기도 혀

끝으로 건드렸다.

"오라버니…… 거, 거긴…… 으읏, 몸이 저릿저릿해…… 아앙, 아앙!"

"좀 더 꼼꼼하게 확인하고 싶은데? 오, 이제 슬슬 젖기 시작했군……."

"그, 그런 건 굳이 말로 안 해도 돼……. 오라버니, 짓궂어……!"

아아, 왠지 모르게 꼴리는군.

파린이 무슨 말을 하건 간에, 그 목소리에는 황홀함이 섞여 있었다.

아직 처녀의 몸이었지만, 아직 때 묻지 않은 그 부분을 혀로 핥아 주니 쾌감을 느끼는 모양이었다.

"앗, 하앙…… 오, 오라버니…… 나, 나…… 계속 그렇게 하면…… 아앗, 으읏, 이, 이미 내가 처녀라는 거…… 다, 다 알면서……!"

물론 알고 있고말고. 다만 음부를 애무하는 혀를 멈출 수가 없었다.

그 부분에서 끈적끈적한 꿀물이 흘러나오더니 허벅지를 타고 떨어졌다.

"나, 난 더 이상 어린애가 아니거든……. 그, 그래…… 더 이상 어린애가 아니란 걸…… 즈, 증명해 줄게……."

파린은 부끄러운 눈초리로 내 사타구니 언저리를 흘끗흘끗 쳐다보았다.

"오, 오라버니…… 나, 나도 해 줄게…… 이젠 더 이상 오라버니에게 보호만 받던 어린애가 아닌걸……."

"…………"

파린이 무슨 말을 하는지 짐작한 나도 침대 위에서 몸을 일으키고는—— 바지에서 내 물건을 꺼냈다.

그리고 자연스럽게 내가 침대 위에 드러누웠고, 파린이 그 위에 올라탔다.

다만 파린의 음부가 내 얼굴 위로, 단단히 발기한 내 물건이 파린의 얼굴 아래로 오게끔 말이다.

"하, 하와와…… 이, 이거…… 예, 옛날에 봤을 때랑 전혀 다른 것 같은데……!"

"그야 물론 다르지."

붉은 머리 앞에서 알몸을 보인 적은 몇 번인가 있었지만, 물론 그때의 내 물건은 요 만큼도 반응하지 않았으니까 말이지.

반응했다면 그건 진짜 변태잖아.

"그, 그렇겠지……. 이, 이렇게 하면 되려나……?"

파린이 머뭇머뭇 내 물건에 얼굴을 대고는—— 혀를 뻗어 핥기 시작했다.

"응…… 으응, 으으응…… 춥, 으으읍……."

그 자그마한 혀로 간질이듯 내 물건 끝을 핥은 뒤 입술을 대더니, 이번에는 입안으로 삼켰다.

오옷, 이건……. 당연하게도 전혀 익숙하지 않은 감촉이었지만, 그래서 오히려 더 좋군.

"으으읍······ 으웃, 츄읍, 으응······ 오라버니의 이거, 커다래······ 으으으응······!"

파린은 내 물건을 입에 물고는 고개를 흔들며 쪽쪽 빨았다.

그녀는 그 뜨거운 입안에서 내 물건을 비벼 주었을 뿐만 아니라 혀로 휘감아 주기까지 했다.

"으응, 으웃······ 또, 또 커다래지고 있어······ 으웃, 으으읍······ 입이 터질 것만 같아······!"

파린의 그 자그마한 입으로는 안으로 넣기가 힘든지 지금은 끝부분만 입에 물고 있을 뿐이었지만, 이건 이거대로 또 기분 좋군······!

내 물건을 물고 빨고, 귀두에다 키스를 했으며, 몸통 부분부터 뿌리 부분까지 핥아 올려 주었다.

"오, 오라버니······ 오라버니의 이거······ 단단해······ 으웃, 으으읍······ 츄읍, 응."

"아, 너무 기분 바람에 나도 깜빡했어. 이제 네 것도 기분 좋게 해 줄게."

"아으웃, 웃, 그렇게 했다간······ 웃, 으으읍······!"

이제 막 내 손가락과 혀의 침입만 허락한, 아직 처녀인 그 부분을 나는 다시금 혀로 핥기 시작했다.

흘러 넘치는 꿀물을 빨고, 혀로 난폭하게 핥은 뒤, 입을 꾹 다물고 있던 음렬을 혀끝으로 비집고 들어갔다.

오오, 역시 처녀의 여기 맛은 또 각별하단 말이지······!

"웃, 으으읍······ 웃, 츄읍, 으으읍······ 오, 오라버니······ 너무 그렇게 핥아 대니까 집중 못 하겠잖아……!"

그 말마따나 내 비순애무(秘脣愛撫) 때문에 파린의 구강봉사
의 질이 떨어졌다.

그럼에도 파린은 마치 매달리는 모양새로 내 물건을 물고 빨
았다. 쪽쪽거리는 소리를 내며 끝부분부터 뿌리부분까지 맛보
았다.

물론 나 또한 파린의 음부를 핥고 위쪽에 자리한 돌기를 살며
시 이로 깨물었다――.

우리는 서로 몸을 겹친 채, 눈앞에 있는 서로의 성기를 진득하
게 맛보는 데 여념이 없었다.

"오, 오라버니…… 웃, 으으읍…… 웃……! 아앙, 그런 부끄
러운 델, 너무 그렇게 핥으면 어떡해……. 오라버니의 이것도,
움찔거리고 있어…… 아읍, 으응, 으으으응……!"

"오오…… 파린……!"

파린의 음부에서 애액이 분수처럼 터져 나왔다――.

그와 동시에 나 또한 내 물건이 파린의 입 안쪽까지 삼켜져 들
어간 순간에 한계를 맞이하였다. 나는 희멀건 액체를 단숨에 토
해 냈다.

꿀렁, 꿀렁, 나는 때묻지 않은 무녀 공주의 입안에다 내 욕망
을 쏟아 냈다.

"으응…… 으응…… 마, 맛이 이상해……."

"……네 여기도, 완전 홍수가 터졌는데……?"

"구, 굳이 그걸 말로 표현해야 돼……?! 웃, 츄릅, 또 나오고

있어…….”

　파린은 내가 단숨에 토해 낸 정액을 삼킨 뒤, 뒤이어 흘러나오
는 것까지 모조리 다 혀로 핥아 주었다.

　그녀의 음부에서는 애액이 끝도 없이 흘러나와 허벅지를 타고
아래로 뚝뚝 떨어졌다.

　“하아, 하아…… 오라버니…… 오라버니의 이거…… 아직도
커다래…… 하으으…….”

　파린은 내 물건을 손으로 공손히 쥐고는 입술로 애무해 주었
다.

　나 또한 넘쳐 나오는 애액을 혀로 핥으며 음부에 입을 대고 허
벅지를 어루만졌다.

　“오, 오라버니…… 날 음란한 애라고 여기지…… 말았으면
좋겠어…….”

　“알고 있어. 나도 더는 못 참겠거든.”

　파린의 음부에서 입을 뗀 나는 그녀를 침대 위에 눕혔다.

　“이 침대도 옛날에 우리가 쓰던 거랑 똑같네…….”

　“무녀 공주의 권한을, 행사했거든…… 다들 이상한 눈초리로
쳐다봤지만…….”

　낡아 빠진 목재로 만들어진 허름한 침대였다. 조금만 몸을 뒤
척여도 삐걱거리는 소리가 마치 침대를 박살 낼 것만 같이 요란
하게 울렸다.

　침대를 두 개나 둘 수 없을 만큼 좁은 오두막집이었지만 붉은
머리와 둘이서 나란히 자곤 했었다.

외풍 때문에 밤에는 꽁꽁 얼어붙을 것만 같이 추웠지만 서로의 몸을 꼭 껴안은 채 자곤 했었다.

그때 그 시절 추억의 침대를 똑같이 재현해 낸 이곳에서——.

"간다, 파린……."

"줄곧, 줄곧 기다려 왔어……. 오라버니……."

나는 침대 위에 누운 파린의 몸을 덮치는 모양새로 엎드렸다.

그러고는, 사정하고 나서 파린이 애무해 준 덕분에 이미 단단함을 되찾은 내 물건을 손으로 쥐고 음부 입구에 댔다.

"읏, 오라버니…… 넣어 줘……."

나는 파린이 살며시 고개를 끄덕이는 걸 확인하고 나서 정상위 체위로 내 물건을 박아 넣었다.

"큭…… 읏…… 아, 아파…… 앗, 아아아……."

으음, 난 그동안 상대의 처녀를 사양 말고 접수해 왔지만, 역시 상대가 상대라고나 할까…….

아파하는 모습을 보니 나답지 않게 살짝 망설이고 말았다.

"괘, 괜찮아, 오라버니. 왜냐하면, 내가 오늘날까지…… 순결을 지켜 온 건 내가 무녀 공주라서가 아니라…… 오라버니에게……처녀를 바치기 위함이었거든……."

"…………."

역시 파린은 나에 대해 잘 알고 있단 말이지……. 내가 망설일 것도 이미 다 알고 있었던 모양이다.

그렇다면—— 나는 허리에 힘을 실어 내 물건을 힘차게 박아 댔다.

"으으읏……! 아아아아아앙…… 아, 아파…… 아앗, 오라버니!"

방금 내 눈으로 직접 확인한 순결의 증거인 처녀막을—— 내 물건 끝으로 찢어 버렸다.

"아아아아아아아아아아아아아앙…… 오, 오라버니, 오라버니……! 아아, 드디어, 오라버니에게…… 드디어 처녀를 바치는 데 성공했어……!"

"뭘 그런 걸로 기뻐하고 그러니…….."

오히려 기쁜 건 난데 말이다.

파린은 눈물을 글썽이면서도 기쁘다는 듯이 미소 지어 보였다.

우리가 이어진 부분에서는 벌써 피가 흐르고 있었다——.

"왜 안 기쁘겠어. 난, 벌써 10년 넘게 기다려 왔는걸……. 오라버니에게 바치기 위해 10년 넘게 순결을 지켜 왔는걸."

"그래…….."

"그러니, 부탁이야. 더 해 줘…… 오라버니…… 내가 드디어 오라버니의 것이 되었다는 걸, 더 느끼게 해 줘…….."

"그, 그래."

나는 고개를 끄덕이고 나서 천천히 허리를 움직이기 시작했다. 파린은 아직 아파하는 눈치였지만, 싫어하는 기색도 없이 침대 시트를 꽉 움켜쥐고 입술을 깨물었다.

"웃, 앗, 오라버니, 오라버니의 그거, 내 안에, 들어오고 있어…… 아웃, 하으응……!"

"큭…… 네 안이, 무진장 기분 좋아……!"

다른 마의공주들은 물론이거니와 이리야나 샤미의 것과도 또 다른 맛이 느껴졌다.

파린은 이번이 처음일 텐데도 불구하고 벌써부터 내 물건에 익숙해진 모양인지, 내 물건을 부드럽게 받아들여 주었다.

내 물건으로 내부를 휘젓는 느낌은 견딜 수 없을 정도로 자극적일 테지——.

"이, 이제 내 여긴…… 오직 오라버니만 이용할 수 있어……. 으응, 그날 숲에서 날 거두어 주었을 때부터, 줄곧 오라버니를 받아들이고자 기다려 왔으니까……!"

"그, 그래…… 너도 이제 내 거야……!"

내 물건을 부드럽게 감싸는 질 안의 감촉이 나에게 자극과 쾌감을 선사해 주었다.

나는 그 부드러운 곳 내부를 내 물건으로 꿰뚫고 마구 휘저으며 안쪽을 향해 파고 들어갔다.

"하읏, 응, 하앙, 아, 으으응…… 오라버니, 오라버니……. 아앙, 앗, 커다래, 커다래애… 마치, 내 몸이 터질 것만 같아……!"

"괜, 괜찮아……?"

"으, 응…… 더, 더…… 엉망진창으로 만들어 줘…… 아앙, 앗, 아아앙, 그 커다란 걸로, 내 안을, 마구 휘저어 줘……!"

아파 보임에도 불구하고 진심으로 내 물건을 바라는 기색이었다.

나는 주체할 수 없을 정도로 파린으로부터 사랑스러움을 느꼈다. 나는 그녀와 손을 맞잡은 채 내 물건을 마구 박아 댔다.

"아앙, 오라버니, 아앙, 손 잡아 줘서, 기뻐…… 앗, 아앙, 오라버니, 사랑해, 사랑해…… 아아아아아아앙!"

우리는 단단히 손을 맞잡은 채 서로의 몸을 탐했다.

"파린……!"

나는 그녀의 안에다 박아 대면서 한손으로 법의 앞섶을 풀었다.

그러자 그 풍만하고 훌륭한 가슴이 튀어 나왔다.

"오오오…… 역시 예상했던 대로 굉장한 가슴이로군! 뭐지 이건?! 이토록이나 아름다운 가슴은 난생 처음이야!"

"아, 아름다운 가슴이라니…… 그, 그 정도까지는 아닌 것 같은데."

말도 안 되는 소리. 그동안 난 다양한 가슴을 접해 왔지만, 형태만 놓고 봤을 때 파린의 가슴은 완벽 그 자체였다.

탄력이 뛰어났기에 누워 있음에도 불구하고 조금도 옆으로 처지지 않았고 그 동그란 형태를 잘 유지하고 있었다.

그리고 그 정점에 있는 분홍색 유두는 반들반들하게 반짝였다.

크기는 내 손에 쏙 들어갈 정도였지만, 어쨌거나 이토록 아름다운 가슴을 오직 나만 맛볼 수 있다니……!

"핫, 하으웃…… 가, 가슴, 빨면 안 돼……!"

나는 나도 모르게 그만 파린의 가슴을 볼이 미어질 정도로 입안에 넣고 맛보았다.

혀로 유두를 핥거나 가슴을 통째로 빨기도 했다.

아아, 맛있군! 이 아름다운 가슴을 입으로 내 입으로 더럽힐 수 있다니, 완전 꼴리잖아!

"아아아앙, 앙, 오라버니, 내 가슴 너무 그렇게 빨면 안 돼애…… 웃, 앙, 앗, 아앙! 흐아앙, 유두, 너무 민감해애……!"

입으로 실컷 가슴을 애무하는 와중에도 나는 허리를 한시도 멈추지 않았다.

맨 안쪽을 두드릴 기세로 내 물건을 박아 대는 동안, 그 동그란 언덕을 혀로 핥고 유두를 쪽쪽 빨았다.

아아, 둘이서 나란히 침대에 누워서 잤을 적에는 상상도 못했었지.

파린의 가슴을 맛보면서 이제 막 처녀를 상실한 질 안을 내 물건으로 마음껏 유린할 수 있다니 말이다.

"으웃, 앗, 오라버니, 오라버니, 더어…… 나를 더 범해 줘! 오라버니에게, 내 모든 걸, 내 모든 걸 바칠 테니까……!"

"파린……!"

나는 무아지경으로 파린의 가슴을 주무르고 입으로 실컷 맛보았다. 그럼과 동시에 허리를 재빠르게 움직이며 내 물건으로 질 안을 몇 번이고 박아 댔다.

역시 파린의 질 안은 부드러웠다. 내 물건을 감싸며 꽈악 조여 주었다.

"앗, 아아앗…… 앗, 오라버니……!"

나는 파린의 몸을 붙잡아 살짝 위로 띄운 후, 몸을 반 바퀴 돌려 침대 위에 엎드리게 했다.

그러고 나서 그 엉덩이를 붙잡고 후배위 자세로 박아 대기 시작했다.

살과 살이 맞부딪히고, 터져 나오는 꿀물이 음란한 물소리를 자아냈다.

"하으응, 이런 자세로 있으니까, 부끄러워…… 앗, 그래도, 오라버니라면…… 오라버니라면, 괜찮아……! 앗, 더 엉망진창으로 범해 줘……! 오라버니의 그 자지로, 내, 내 안을 마구 범해 줘……!"

터무니없는 단어가 입 밖으로 나왔지만── 그래도 본인이 바라는 대로 해 주자.

나는 파린의 부드러운 엉덩이를 붙잡은 채 내 물건을 격렬하게 박아 댔다.

아아, 영원히 이 녀석 안에 박아 넣은 채로 있고 싶은 느낌이 들었다……! 그 콩알 만했던 붉은 머리가 이토록 훌륭하게 성장하여 내 물건을 받아들여 줄 줄이야…… 흥분이 끊이질 않았다!

내 허리도 멈출 줄 모르며 계속 움직였다. 나는 살과 살이 맞부딪히는 소리를 내며 파린의 질 안을 즐겼다.

허름한 침대가 금방이라도 박살 날 것만 같이 격렬하게 박아 댔다. 파린의 질 입구에서는 아직도 피가 살짝 흐르고 있었다. 그리고 그와 동시에 대량의 애액이 터져 나왔다.

"앗, 아응, 아응, 오라버니, 오라버니이……! 아응, 더는, 아아앙, 나, 나, 더는…… 오라버니이이이이이이이이이이이……!"

파린의 몸이 격렬하게 떨렸다.

아무래도 절정에 달한 모양이었다. ──반면에 난 아직 절정을 맞이하지 못했다.

"오, 오라버니…… 미, 미안해. 나만 먼저……."

"괜찮아. 계속해서 더 하고 싶어…… 더 네 몸을 맛보고 싶어."

나는 다시금 파린을 침대 위에 눕힌 뒤, 팔로 등을 지탱하며 몸을 일으켜 세워 주었다.

이번에는 대면 좌위 체위로 천천히 허리를 움직이기 시작했다.

"앗, 아앙, 오라버니…… 내, 내 거기, 민감해진 상태니까……앗, 오라버니의 그것이, 민감한 내 그걸 박아 대니까…… 앗, 아앙, 미쳐 버릴 것만 같아……!"

"난 이미 옛날 옛적에 미쳐 버렸지만 말이지."

나는 그렇게 말하며 정면에서 파린을 끌어안고 입술을 겹친 뒤 허리를 움직이기 시작했다.

녹아내릴 것만 같은 입술 감촉, 내 가슴팍에 밀착된 가슴 감촉, 내 물건을 부드럽게 받아 들여 주는 질 감촉.

이 모든 감촉이 나를 흥분시켰다. 허리를 놀리는 속도가 점점 더 빨라져 갔다.

"앗, 아흥, 읏, 으으읍…… 오라버니, 오라버니랑 키스하니까, 기뻐…… 앗, 으응, 으으읏, 앗, 뭐, 뭔가가, 오고 있어어……!"

"큭……!"

이쯤에서 사정하는 게 못내 아쉬웠던 나는 계속해서 허리를 움직여 댔다.

게다가 어떻게 된 영문인지 아무리 허리를 놀려도 전혀 힘들지 않았다. 오히려 힘이 샘솟는 것만 같았다.

나는 내가 아는 모든 체위로 파린의 질 안을 맛보았고, 손과 입술과 혀로 그녀의 온몸을 빠짐없이 애무해 나갔다──.

"오라버니, 오라버니, 오라버니……! 이, 이렇게나 굉장할 줄은…… 아앗, 괴, 굉장해…… 이렇게나 실컷, 오라버니랑 성교할 수 있다니…… 아아앙, 앗, 하앙, 아아아아아!"

하지만 반면에 파린의 몸은 이미 한계에 달한 듯 보였다.

정상위, 후배위, 대면좌위 등등, 몇 번이고 체위를 바꿔 가면서 파린의 안에다 오랜 시간 내 물건을 박아 넣었다.

무아지경에 빠진 파린도 내 몸에 있는 힘껏 매달려 있었다. 이번이 처음인 애한테 이 이상의 자극은 좀──.

"하으읏, 오라버니랑 하나가 된 것만 같아……! 자지, 더, 더 박아 줘……!"

……그런 생각이 들기도 했지만, 여기서 그만두는 것도 아까웠던지라 나는 집요하게 허리를 움직여 댔다.

아아, 조금만 더, 조금만 더…… 아아, 그래도 이 이상은……!

나는 마지막으로, 파린의 몸을 위에서 덮치는 자세로 껴안았고 파린도 양팔을 내 허리에 교차시켜 내 몸에 단단히 매달렸다.

"파린, 갈게……!"

"읏, 응…… 오라버니, 오라버니의 그걸로 내 안쪽을 마음껏 박아 줘어어어어어어엇!"

파린이 황홀한 신음 소리를 내질렀고, 나는 마지막 박음질과 함께 대량의 희멀건 액체를 방출했다.

끝도 없이 꿀렁꿀렁 나오는 정액이, 가장 순결했던 소녀의 가장 안쪽 부분을 가득 채워 나갔다.

"아, 아아아…… 뜨거운 게, 나오고 있어……. 아아, 내 안에서 흘러나오고 있어……!"

파린은 내 몸에 두 다리를 교차시킨 채 내 사정을 받아들여 주었다.

마치 질 안쪽이 내 정액을 모조리 다 빨아들이려고 하는 것만 같았다.

"기분 좋아……. 난, 드디어 오라버니의 것이 되었어……."

"그래, 이제 파린은 오직 나만의 것이야……. 이제 두 번 다시 네 혼자 내버려 두지 않겠어."

"응…… 이제 다시는, 날 두고 가면 안 돼……."

파린은 눈물을 글썽이며 그렇게 말한 뒤, 나와 입술을 겹쳤다.

"응, 으으읍…… 츕, 츄읍…… 아, 오라버니의 그것이, 또 내 안에서 단단해지고 있어……."

"……아무래도 아까부터 상태가 좀 이상한 것 같단 말이지. 힘이 마구 넘친다고나 할까."

나는 파린을 한쪽 팔로 안아 올린 뒤, 천천히 허리를 움직이며 말했다.

"웃, 아마도…… 나 때문이 아닐까 싶어……."

"엉?"

"무녀 공주^{사이네스}에게는, 상대방과 몸을 접하고만 있어도 상대의 상처를 낫게 하거나 체력을 회복시켜 주는 능력이 있거든. 마의공주의 능력과는 또 별개로 말이야. 그러니까, 아마도……."

"서, 설마 아무리 격렬하게 해도, 곧바로 회복해서 두 번이고 세 번이고, 서른 번이고 실컷 할 수 있단 얘긴가!"

"아, 아무리 그래도 서른 번은 좀 너무하지 않을까 싶은데?!"

뭐, 평범한 남자에게는 말도 안 되는 숫자일 테지만, 나 같은 경우에는 그 정도야 아무렇지 않단 말이지.

그래도 계속해서 하다 보면 지치는 건 어쩔 수 없었기에 중간중간 쉬어 가면서 하지만——.

"너랑 함께라면 거의 반영구적으로 섹스할 수 있단 말인가. 내 꿈이 원대해지는 기분이로군……!"

"대, 대체 그게 무슨 꿈인데?! 그, 그래도 내가 회복되는 건 아니니까…… 웃, 앗, 오라버니, 이번엔 부드러워……."

"아깐 너무 난폭하게 했으니까 말이지. 이번에는 좀 천천히 해 보자. 내가 그러고 싶거든."

"으, 응……."

나는 파린의 한쪽 다리를 끌어안은 채 질 안쪽 찬찬히 음미하듯 조용히 허리를 움직였다.

　으음, 이런 느긋한 성교도 나쁘지 않군…….

　"……아무래도 편애하는 것 같아."

　"이상하리만큼 파린한테는 상냥하구나. 나랑 했을 적에는 엄청 격렬했었는데 말이다."

　"…………웃!"

　파린의 안쪽을 한창 맛보고 있던 도중, 갑자기 다른 사람의 목소리가 들려왔다.

　대체 어느 틈에 나타난 건지, 이리야와 샤미가 도끼눈을 뜬 채 우리가 성교하는 모습을 쳐다보고 있었다.

　"샤미 언니…… 그리고, 하프 엘프?! 오, 오라버니…… 다, 다른 사람들이 우리 하는 거 보고 있어!"

　"그러고 보니 이 세상에는 남들 앞에서 하는 걸 좋아하는 아이도 있었지."

　"난 그렇지 않거든! 아앙, 잠깐, 일단 지금은 그만했다가…… 아아앙!"

　그만해 달라고 해도 말이지, 이렇게나 기분 좋은데 도중에 어떻게 그만두겠어.

　"……갈갈이 찢어서 죽여 버릴까 싶었다만, 그러면 파린이 슬퍼하겠지…… 운 좋은 줄 알거라, 네키스."

　"이리야도 왠지 모르게 짜증이 나서, 다음에 몰래 차에다 쥐약을 탈까 싶었지만, 주인님은 이리야의 은인이니까 용서해 줄게."

"…………"

이 흡혈귀랑 하프 엘프, 알고 보니 위험한 놈들이었군.

이 비밀 방도 손쉽게 들어온 걸 보면 아마도 흡혈귀의 그림자 마법을 쓴 모양이었다.

"……이런, 일 났네. 잠깐 방심한 바람에…… 이, 이제 그만 나올 것 같아……!"

"아아아아아아아아아아앙!"

파린의 몸이 움찔움찔 튀어 올랐다. 나는 그녀의 가슴을 움켜 쥐고 주무르면서 그녀의 안쪽에다 두 번째 사정을 토해 내고 말 았다.

아아, 첫 번째로 사정할 적에는 아주 찬찬히 음미하면서 맛보 았는데, 두 번째는 순식간에 나와 버렸군. 좀 더 맛보고 싶었는 데 말이다…….

"어, 언니가 보는 앞에서…… 아, 안에다 사정해 버리면 어떡 해……. 오, 오라버니!"

"이리야는 다 같이 성교하는 걸 좋아하는데, 같이 해도 될 까?"

"내, 내말 좀 들어! 그리고 어떻게 당당하게 다른 애랑…… 하 겠다는 소리가 입 밖으로 나오는 건데! 아, 오라버니가 이런 사 람이란 건 이미 알고 있었지만!"

"어, 알고 있었어?"

"……오라버니가 그 약속의 별궁에서 주지육림을 벌이고 있 다는 건 이미 잘 알고 있어. 그리고 같이 살았을 적에 숲을 지나

가던 한 아리따운 여행자와…… 그, 그, 서로 하는 모습을 본 적도 있었거든……."

"…………."

붉은 머리와 같이 살았던 숲은 인기척이 드문 장소였지만, 듣고 보니 그런 적도 있었던 것 같단 말이지. 설마 여동생이 보고 있었을 줄이야.

"뭐, 알고 있었다면 오히려 잘 됐어. 이리야랑 샤미도 우리랑 같이 하려고 일부러 여기까지 온 것 같으니, 이번엔 넷이서 해 보자."

"그게 무슨 말이냐! 그런 걸 하려고 여기까지 온 게 아니란 말이다! 파린이 원해서 하는 거라면 한동안 가만히 내버려 두려고 했다만, 이렇게나 끝도 없이 할 줄은 몰랐구나!"

"어라? 시간이 벌써 그렇게 지났다고?"

여기도 창문이 없었기에 시간이 얼마나 지났는지 알 수 없었다.

"벌써 밤이란 말이다. 네놈들은 대낮부터 계속 하고 또 했던 거지."

"버, 벌써 시간이 그렇게…… 아아앗……."

파린이 얼굴을 새빨갛게 물들이더니 고스란히 노출된 자신의 가슴을 가렸다.

두 번째 사정은 순식간에 끝났지만, 첫 번째로 사정하는 데 그렇게까지 시간이 오래 걸렸었단 말인가.

하긴, 이 세상에 존재하는 온갖 체위를 시험해 볼 기세로 파린의 안에다 실컷 박아 댔으니까 말이지.

나도 파린도 너무 몰두하는 바람에 시간이 이렇게까지 지났을 줄은 전혀 몰랐다.

"주인님이 즐기고 있는 동안 위쪽 상황이 변했어."

"어? 그게 무슨 소리지……?"

나는 이리야를 끌어안은 채 그 가슴을 주무르면서 그렇게 물었다. 음, 빈유도 나쁘지 않단 말이지.

중간 중간 파린과 샤미의 가슴도 번갈아가면서 만져 봐야겠군.

가만, 생각해 보니까 이리야의 빈약한 가슴과 파린의 아름다운 가슴, 그리고 샤미의 커다란 가슴이 지금 한자리에 모여 있잖아.

"에잇, 가슴 정도는 나중에 실컷 만지게 해 줄 테니 사람 말 좀 들어 보거라! 무녀의 일부가 본전을 탈출하여 알리샤 공주와 합류했다! 공주 일행은 성도를 탈출한 뒤 무녀들을 보호하면서 교외에 있는 옛 신전에서 농성 중이지!"

"알리샤 일행이?!"

"깜짝 놀란 척하면서 어딜 만지는 거얏?!"

앗, 나도 모르게 그만 파린의 음부를 손가락으로 만지작거리고 말았다.

본능이란 참 무섭단 말이지.

"아니, 이거 난처하게 됐군. 무녀들을 보호하면 성기사단에게 공격할 구실을 준다는 건 알리샤도 잘 알고 있을 텐데."

"이제 어쩔 거야, 오라버니……?"

나한테 물어 봤자 뭐라 해 줄 말이 없군. 이런 건 내 전문 밖의 일이란 말이지.

그렇지만 물론 나에게 리샤 일행과 무녀들을 내버린다는 선택지는 없었다.

그렇다면――.

리샤가 이끄는 군세는 아티나의 근위기사, 엘프 희병, 마스디니아 희병을 합쳐 총 이백 명 정도였다.

마의공주인 리샤와 희병들만 헤아려도 상당한 전력이라 할 수 있다.

상대가 천 명으로 공격해 오든 이천 명으로 공격해 오든, 버틸 수는 있을 것이다.

"다만…… 무녀들을 지켜야 하는데다, 상대는 그레시아의 성기사들이란 말이지. 리샤도 섣불리 행동에 나서기는 어려울 테고."

우리는 샤미의 마법으로 비밀 방을 나와, 성도 교외에 있는 낡은 탑으로 이동하는 중이었다.

리샤가 농성 중인 옛 신전이 지금 어떤 상황에 처했는지 확인하기 위해서였다.

탑 맨 꼭대기 층에서는 도시 바깥 풍경도 훤히 내다보였다.

횃불 불빛들이 이리저리 움직이고 있었는데, 아마도 저게 성기사단일 테지.

"성기사단은 이쪽으로 꽤 많은 인원을 할애한 것 같아…….
저거 아무리 봐도 천 명이나 이천 명은 아닌 것 같은데?"

"어림잡아도 사천은 되겠군. 그중 절반은 성기사고, 나머지
는 주변국들로부터 성도 수호라는 명목을 내세워 파병받은 군
대일 테지. 어리석은 놈들. 구태여 다른 나라의 군대를 끌어들
여서 뭘 어쩌겠다는 건지 원. 다른 나라도 호의로 군대를 파견
한 것은 아닐 텐데."

"성기사는 그렇다 쳐도, 다른 나라에서 온 놈들은 뭔 짓을 저
지를지 알 수 없겠어."

"바로 그렇다. 다른 나라 입장에서 봤을 때 아티나 따윈 어디
에 붙어 있는지도 모르는 소국에 지나지 않으니, 공주 한 명쯤
죽이는 건 아무렇지도 않게 여길 테지."

샤미는 지하에 틀어박혀 있는 걸 좋아하는 편이지만, 역시 천
년 넘게 살아오면서 축적된 경험이 어디 가진 않았는지 군사도
정치도 빠삭한 모습이었다.

"으음…… 일단 리샤하고도 하고 싶으니, 그 녀석한테 가 볼
까?"

"오라버니! 꼭 이런 상황에서도 욕망에 몸을 맡겨야 되겠어?!"

"하지만 주인님의 그 욕망 덕분에 사태가 의외로 좋은 쪽으로
해결되기도 하거든. 이를 테면 일회용으로 쓰고 버려질 밀정을
구한 거라든가."

"……이리야 메이터, 혹시 날 원망하고 있니?"

"아니, 무녀 공주가 이리야를 별궁으로 보내 준 덕분에 있을
^{사 이 네 스}

곳이 생겼거든. 원망하지…… 원망하지 않아.”

“왜 방금 말을 더듬거린 건데?!”

내 메이드와 여동생이 서로 아웅다웅하는 건 그렇다 쳐도.

“본디 흡혈귀는 여유로움을 유지하지 못하면 못해 먹는 법이지만…… 네놈들은 흡혈귀보다 더하구나. 이런 상황에서조차 말다툼을 벌이다니. 파린, 너도 저놈들한테 물들면 안 된다.”

“이미 나한텐 물들었지만 말이지.”

“네놈이 그런 소리 하지 마라! 그래서 이쪽은 어떻게 할 생각이지?”

샤미가 탑 창문 밖으로 고개를 내밀었다.

그러자 곧바로 그 자리에 화살이 날아들었다. 흡혈귀는 피할 생각도 없었는지 화살이 이마에 박혀 버렸다.

“어, 언니!”

“괜찮다. 피하는 게 귀찮았을 뿐이거든.”

샤미는 아무렇지 않다는 듯이 말하더니 이마에 박힌 화살을 아무렇게나 뽑아내 뚝 부러뜨렸다.

이마에 난 상처는 이미 완전히 아문 뒤였다. 역시 흡혈귀답군. 무서워.

“네놈들은 고개 내밀지 말거라. 아래쪽에 활에 능한 자가 있는 모양이니.”

그렇다──사실 이미 이 탑도 포위된 상태였다.

탑에서 외부를 정찰할 목적으로 올라온 성기사 몇 명과 맞닥뜨렸던 것이다. 샤미가 죄다 기절시키긴 했지만, 그중 한 명이

도망치고 말았다.

무녀 공주(사이네스) 앞에서 살생은 하지 않는다, 되려 그게 상황을 악화시키고 말았다.

도망친 성기사는 당연하게도 지원군을 데리고 돌아왔다.

게다가 하필 도망친 성기사가 오귀스트와 맞닥뜨렸을 적에 파린을 목격한 사람 중 하나였다.

때문에 이 탑에 무녀 공주와, 무녀 공주와 밀통한 남자가 농성 중이라는 게 발각되고 말았다.

아마도 수백 명에 달하는 성기사가 탑 아래를 완전히 포위하고 있을 것이다.

으음, 이거야 원. 어쩌다 보니 최악의 상황에 처하고 말았군.

"내 마법만 있으면 어떻게든 될 거다. 죽이는 거든 도망치는 거든 손쉬운 일이지. 뭐, 죽여 버리면 성기사 놈들도 더는 빼도 박도 못하겠지만 말이다."

"상대가 남자라서 외법은 안 먹혀. 먹힌다 해도 사절이지만."

다른 사람 취향에 참견할 생각은 없지만, 남자가 나한테 반하기라도 하면 곤란한단 말이지.

"도망치는 것도 마땅치 않을 테지. 성기사 놈들만 있다면 또 모를까, 지금은 도시 주민들까지 멀리서 이곳 상황을 지켜보고 있다. 무녀 공주(사이네스)가 있다는 것도 다 알고 있다고 봐야겠지. 이런 상황에서 만약 도망치기라도 하면 무녀 공주의 권위가 흔들릴 것이다."

"난 무녀 공주의 권위가 어떻게 되든 신경 쓰지 않지만……

이대로 있다가는 나나 언니는 그렇다 쳐도 오라버니가 위험해."

"이리야는 안 위험하다는 거야?"

"상황이 이리도 악화되었다면 아티나의 서기관 한 사람쯤은 손쉽게 죽여 버리지 않을까 싶어."

아무래도 파린과 이리야는 사이가 썩 안 좋아 보이는군. 역시 한두 번 정도 난교를 벌이는 게 나으려나.

"자, 네놈이 여자에 푹 빠져 있는 동안 상황은 악화일로를 걷고 있다. 알리샤 공주도 이미 포위된 상태고. 그 공주의 성격이 내가 들은 대로라면, 아마 무리를 해서라도 포위망을 뚫고 나가려 들지 않을까 싶은데?"

"그럴지도 몰라. 의외로 탈출 정도는 할 수 있을지도 몰라…… 하지만."

아티나뿐만 아니라 마스디니아나 엘프 연합도 그레시아와 대립각을 세우게 될 것이다.

남방 지역 세 국가가 또다시 위험에 빠지기라도 하면 성기사단이 그레시아를 탈취한 것 이상으로 최악의 상황이 펼쳐질 테지.

"……응?"

문득 내 손에 무언가가 닿고 있다는 사실을 알아차렸다.

아무것도 없는 공간인데, 묘하게 부드러운 이건 대체——.

"이 부드러움, 이 크기, 촉감…… 설마?!"

"오라버니, 갑자기 왜 그래? 왜 손을 꼼지락대는 건데?"

"아, 아무것도 아니야."

으음, 아직 파린에게는 비밀로 하는 게 나으려나?

"그게, 뭐랄까── 최후의 수단을 떠올렸거든."

"최후의 수단? 오라버니, 뭐 좋은 생각이라도 있어?"

"있다고 한다면 있지. 아까 이리야가 했던 말 기억나? 내 욕망이 사태를 의외로 좋은 쪽으로 해결하기도 한다고 했던 거 말이야."

"설마, 여기서 우리랑 같이 하려는 건 아니겠지?"

아아, 여동생이 날 무진장 경계하고 있군. 아무리 나라도 여기서 할 마음은 없었다.

나중에 실컷 하기 위해서, 무슨 수를 써서라도 이곳을 빠져나가야 한다.

"그런 거 아니야. 난── 엘프의 숲에서도 별궁에서도 마의 공주들이랑 실컷 했었지."

"갑자기 그게 무슨 소리야?!"

"공포 때문에 머리가 맛이 간 건가── 아니, 그건 아닌가 보군. 처음부터 맛이 간 놈이었으니까 말이다."

"주인님은 언제나 제정신에다 진심인 거, 이제는 이리야도 알 거 같아."

미소녀 두 사람과 미녀 한 사람이 날 미심쩍은 눈초리로 쳐다보기 시작했다.

뭐, 날 어떻게 쳐다보든 아무래도 좋지만.

"내 외법은 상대가 어떤 여자애든 간에 그 마음을 사로잡을 수 있지. 희병이든 흡혈귀든 마의공주든 말이야——."

"가, 갑자기 그게 무슨 소리야, 오라버니?"

"날 여기에 부른 건 정답이었어, 붉은 머리. 어차피 우리가 오지 않았더라도, 성기사단이 적당한 구실을 내세워 반란을 일으키는 건 시간 문제였을 거야. 하지만—— 하필이면 내가 있을 때 반란을 일으켰단 말이지."

"오라버니……?"

여동생이 웃는 내 모습을 불안한 눈길로 쳐다보았다.

내가 무슨 말을 하는지 모를 테지. 뭐, 몰라도 상관없지만.

최후의 수단이라 해도 딱히 무언가를 할 필요는 없다. 나머지는—— 그냥 기다리기만 하면 될 뿐."

"무녀 공주 예하! 이제 더 이상 가망은 없습니다! 아무리 도망치셔 봤자 더 이상 예하를 지켜드릴 자는 아무도 없습니다!"

"아니, 그렇다고 당신을 기다린 건 아니고."

탑 아래층으로 이어지는 문을 열고 뛰어 들어온 건 성기사단단장 오귀스트였다.

한 방에 여러 성기사를 기절시킨 흡혈귀가 있다는 건 이미 알고 있을 텐데, 역시 이 남자는 멍청한 녀석이 아닐까?

하지만 곁에는 여러 성기사를 거느리고 있었고, 다들 검이나 활 등으로 무장한 상태였다.

"또 저 남자인가! 무녀 공주 예하, 하다못해 저 남자를 예하에게 사심을 품은 불경한 자로 처단하신다면 예하의 명예는 지켜드릴 수도 있습니다! 어떠신지요!"

오귀스트 또한 빼든 검을 파린에게 겨누고 있었다.

무녀 공주인 파린에게 칼을 겨눌 줄이야. 이미 제정신이 아니었다.

애당초 저 사람은 이미 자기가 다 이긴 줄 착각하는 모양이었다.

"……헛소리는 그쯤하지 않을래?"

"네? 뭐라고 하시는지 잘 안 들립니다만?"

"헛소리 그쯤하라고 했어! 난 사랑하는 사람이 있어! 이 사람을 사랑하고 있지! 아무리 신들이 위대하다고 할지라도, 사랑하는 사람의 품에 안긴 걸 더럽혀졌다고 말한다면, 바로 나, 99대 무녀 공주인 파린 메디움이 신들을 처단하겠어!"

지금까지와는 격이 다른, 대기가 격렬하게 뒤흔들릴 정도의 엄청난 성량이었다.

그 목소리는 탑 맨 꼭대기 층부터 시작해서 지상으로—— 그리고 더 나아가, 탑을 둘러싼 성기사들뿐만 아니라 이 사태를 구경하던 도시 주민들에게까지 들리고도 남았을 것이다.

"이…… 이 무슨 폭언을! 더 이상 예하를 구해 드릴 방도가 없군요!"

"알 게 뭐야! 나도 더 이상 당신네 성기사를——."

"아하핫! 성기사 놈들! 이 남자와 엮인 걸 보니 네놈들도 운이 다 했나 보구나!"

갑자기 요란한 웃음소리와 함께 익숙한 목소리가 울려 퍼지더니──.

탑 창문이 박살 났다. 그리고 화살에 목을 꿰뚫린 성기사 몇 명이 피분수를 내뿜으며 쓰러졌다.

대체 어디에서 화살이 날아온 것인가── 이 탑 주위에는 이보다 높은 건물은 없는데 말이다.

맨 꼭대기 층인 이곳을 저격할 수 있는 장소는 그 어디에도 없을 터였다.

하지만, 나는── 그런 묘기를 능히 부릴 줄 아는 활의 명수를 알고 있었다.

"뭐, 뭐냐! 대체 어디에서 화살이── 우왓?!"

오귀스트와 나머지 성기사들이 검을 손에 쥐고 경계 태세를 취했지만, 그와 거의 동시에 모두가 쥐고 있던 검이 바닥에 떨어졌다.

"후후, 늦어서 미안해. 하지만 나처럼 좋은 여자는 원래 딱 적당할 때 등장하는 법이거든."

한쪽 눈을 가리고 있는 긴 검은 머리에, 색기로 가득 찬 미모. 날씬하게 뻗은 몸매에 커다랗게 부푼 가슴.

붉은색과 검은색으로 이루어진 흉흉한 드레스 차림의 미소녀가── 우리와 성기사들 사이에서 느닷없이 모습을 드러냈다.

마조상정(크래프트 박스)── 최강의 마의공주, 천희의 마의가 지닌 능력이었다.

그 능력은 사방에 벽을 만들어 그 내부에 본인이 상상한(이미지) 방을 만들 수 있다.

그리고 그 벽은 아무도 침입할 수 없는 결계로 이루어져 있으며, 주위의 풍경을 비추어 다른 사람의 눈을 속일 수도 있다.

"루——천희!"

이런, 큰일 날 뻔했군. 나도 모르게 그만 진명으로 부를 뻔했잖아.

마스디니아 제국의 제6황녀이자 황위 계승권 제1위인 엘소피아 루나 데바스.

진명은 루피아로, 세상 사람들이 천희라고 부르는 색기 가득한 미소녀다.

아까 내 손에 느껴졌던 그 부드러운 감촉은 바로 루피의 가슴이었다.

몇 십, 몇 백 명이나 되는 미소녀의 가슴 감촉을 훤히 꿰고 있는 나였기에, 루피아의 가슴 크기와 부드러움은 잘 알고 있었다.

내 손으로 마음껏 주물렀을 뿐만 아니라 유협봉사^{파이즈리}도 잔뜩 받았으니까 말이지!

나는 그녀가 남들 몰래 이곳에 나타났다는 것을 알아차리고 있었다. ——그랬기에 이제 기다리기만 하면 충분했던 것이다.

"시드, 당신은 약해 빠진 주제에 툭하면 수라장에 휘말려 버리곤 하는 남자라니깐. 뭐, 자기가 스스로 말려든 거겠지만. 그래서, 이 녀석들은 어떻게 하면 되지?"

루피아는 검은색 대검을 쥐고 있었다. 성기사들의 검을 순식간에 쳐서 떨어뜨리는 것 정도는 그녀에게는 손쉬운 일일 테지.

"이보거라, 천희——! 그대 혼자서 맛있는 걸 가로챌 생각이더냐!"

탑 아래층에서 요란한 목소리와 함께 등장한 건 작은 몸집의 엘프였다.

은색 머리를 두 갈래로 묶었고, 군복 비슷한 상의에 짧은 스커트를 입고 있었다.

길쭉한 귀가 쫑긋쫑긋 움직이는 게 귀여웠다.

"무슨 소릴 하는 거야. 당신이 저격할 수 있는 위치에 자리를 잡을 때까지 기다려 줬으니 오히려 나에게 감사해야 하지 않겠어?"

"으으으…… 뭐, 이번 일은 용서해 주마! 그보다 시드 공, 또 사고를 쳤나 보구나! 그새 또 여자들이 늘었고 말이다!"

"라크시알, 오랜만이야. 예나 지금이나 가슴 큰 건 여전하군!"

"쓸데없는 소리 하지 마라! 그보다, 방금 내가 선보인 신기를 칭송하거라!"

"그래 그래, 엄청 굉장했어."

내가 적당히 칭찬해 주자, 라크시알이 살기 가득한 눈초리로 째려보았다.

방금 성기사 몇 명의 목을 화살로 꿰뚫은 사람은 바로 이 엘프 마의공주인 라크시알일 테지.

지상에서 화살을 쏘아, 탑 맨 꼭대기 층에 있는 자들을 모조리 한꺼번에 꿰뚫는—— 그런 말도 안 되는 활 솜씨를 보여 줄 만한 사람은 아무리 이 세상이 넓다고 해도 라크시알밖에 없을 것이다.

　"뭐, 뭐야. 천희에—— 라크시알? 설마, 마스디니아의 황녀와 엘프 마의공주? 어, 어째서 그런 거물들이 이곳 그레시아에 나타난 거지……?!"

　오귀스트는 검을 떨어뜨린 손을 억누르면서 신음했다.

　"문제없잖아? 정식으로 초대받아서 왔으니까 말이야. 아무래도 초대해 주신 무녀 공주^{사 이 네 스} 예하께서 위험해 보이신 듯하여 미력하게나마 조력해 드렸을 뿐, 외교적으로든 상식적으로든 문제 될 건 없을 텐데?"

　"엘프는 인간이 만든 법에 얽매이지 않는다! 하지만 무장한 병사들이 무기를 가지지 않은 여자들을 포위하고 검을 겨누고 있는 상황이라면, 어느 쪽을 도와야할지는 명명백백할 터!"

　아, 나는 거기에 포함 안 된 건가? 여전히 솔직하지 못한 엘프로세.

　"다만, 이래 봬도 난 마스디니아의 황녀니까, 일행을 데리고 와도 문제 될 건 없겠지? 어디 보자, 당신이 무녀 공주 맞을까?"

　"어, 응. 아, 아니…… 네, 맞아요. 제가 바로 99대 무녀 공주^{사 이 네 스}인 파린 메디움입니다."

　"딱히 예의 차릴 것 없어. 당신을 보고 있으니—— 왠지 알겠더라고. 여러 가지 의미에서 같은 동료라는 걸 말이지.”

루피아는 파린에게 한쪽 눈을 찡긋거린 다음, 나를 의미심장한 눈길로 쳐다보았다.

루피아와 파린의 공통점이라고 한다면, 둘 다 공주고, 마의공주고, 그리고—— 나랑 성교한 사이 정도일까?

“뭐, 뭐라고…… 일행이라니, 설마…….”

“그나저나 저 수염 난 아저씨는 누구야? 뭐, 됐어. 가르쳐 줄게. 우리 군대를—— 어디 보자, 대충 만 명쯤 되려나.”

“마, 만 명이라고……?!”

오귀스트의 눈이 경악으로 물들었다.

그 만 명은 어디까지나 천희 직속 희병의 수일 뿐, 마스디니아의 전력 중 극히 일부에 지나지 않았다.

“그중 이천은 언제든 돌격시킬 수 있도록 대기시켜 놓았고, 어쩔 수 없이 팔천 정도는 알리샤 공주 쪽으로 보내 놨어. 이쪽은 나랑 저 순진한 엘프 두 명만 있어도 충분하니까.”

“누가 순진한 엘프라는 거냐!”

라크시알이 난리법석을 피웠지만—— 그건 일단 신경 끄고.

“알리샤 공주 곁에는 내 귀여운 부하들도 있거든. 남의 나라에서 멋대로 한 건 미안하지만—— 알리샤 공주와의 합류를 방해하는 무리가 있다면 박살내라고 명령해 뒀지.”

“뭣이……?! 그, 그만한 대군이 대체 어디에서 나타난 거지?! 우리 경비망을 대체 무슨 수로……?!”

루피아가 이끄는 마스디니아 희병들은 모습을 은폐할 수 있는 망토를 장비하고 있다.

아무래도 모습을 감춘 채 국경을 넘어 이곳 성도까지 온 모양이었다.

모두 다 희병인데다 모습을 감출 수 있는 능력까지 보유하고 있다.

리샤 일행은 포위하고 있는 성기사와 주변국이 파병한 군대가 참 안쓰러울 지경이란 말이지.

"이건 말도 안 돼……. 왜 천희와 엘프가 여기에 나타난 거지……?!"

"아까 했던 질문 또 하고 있네. 뭐 이런 머저리가 다 있담? 그럼, 좀 더 알기 쉽게 설명해 줄게. 이곳에—— 시드 네키스가 있기 때문이거든."

"우리도 바쁜 몸이지만! 어쩔 수 없이 친히 와 주었느니라!"

"저 순진한 천희와 순진한 엘프는 주인님한테 안기고 싶어서 더는 참지 못하고 여기에 온 거야……."

이리야가 나직이 중얼거리자.

"거기 있는 하프 엘프, 시끄럽구나! 융커 언니가, 내 언니가 시드 공에게 혹여나 험한 꼴을 당하고 있지는 않을지 걱정돼서 왔을 뿐이니라!"

"어머, 시드에게 안기고 싶어서 왔다는 걸 인정하면 어디가 덧나니? 저기 정색하고 있는 무녀 공주님을 좀 본받아 보는 게 어때? 그리고 내가 뭘 하든 뭐라 할 사람은 아무도 없고 말이지."

루피아가 요염하게 웃으며 대검을 어깨에 짊어졌다.

뭐, 루피아는 마스디니아 제국의 실질적인 지도자니까 말이지. 본인이 뭘 하든 감이 뭐라 할 녀석은 없을 것이다.

"원래 힘 있는 자의 말이 올바른 법이거든. 자, 난 이 무녀 공주님 편에 설 건데, 그쪽 아저씨는 아직도 우리랑 더 해보려고?"

"으으으……."

오귀스트는 분노에 찬 눈빛으로 루피아——가 아닌 파린을 노려보았다.

그의 목적은 어디까지나 파린을 축출하여 자신이 실권을 쥐는 것이었을 터.

다 된 밥에 재를 뿌린 루피아나 라크시알보다도, 어쩌면 파린을 축출하지 못했던 게 더 분한 걸지도 모른다. 원래 사람 속은 한치 앞도 알 수 없는 법이니까 말이지.

"그…… 그렇다면. 나 또한 무인으로서, 명성이 자자한 천희와 단판 승부를 희망한다!"

"그건 상관없긴 한데. 당신, 죽을 걸?"

"이래 뵈도 성기사단 단장에 오른 몸이다! 내 긍지를 걸고서라도, 하다못해 단칼에——."

오귀스트는 검을 주어 루피아를 향해 달려들더니——.

"바보 아니야……?"

파린의 중얼거림이 채 끝나기도 전에, 루피아는 오귀스트를 단칼에 베어 버렸다.

성기사단 단장쯤 되면 실력도 상당했을 테지만, 애당초 일기당천의 마의공주를 상대로 이길 리 만무했다.

나는 오귀스트를 딱하다고 생각하지 않는다.

자칫 잘못했다가는 목숨을 잃는 쪽은 파린이 되었을지도 모르니까 말이다.

하지만——.

"…………."

파린은 이미 숨이 끊어진 오귀스트 곁에서 무릎을 꿇고 기도를 올렸다.

눈을 감고 손을 모아 기도하는 그 모습은 너무나도 신비로웠다.

구름 틈새 사이로 내리쬐는 창백한 달빛을 받고 있는 성스러운 공주의 모습.

장내는 쥐 죽은 듯이 조용해졌고, 소리 하나 나지 않았다.

모든 이들이 입을 다문 채, 기도하는 파린의 모습을 가만히 쳐다보았다.

마의공주들도, 하프 엘프도, 샤미도, 그리고 물론 나도——모든 이들이 파린으로부터 눈을 떼지 못했다.

살아남은 나머지 성기사들도 파린이 기도하는 모습을 보고는 무릎을 꿇고 갑옷을 벗었다. 항복하겠다는 걸까.

"파린……."

기도를 올리는 무녀 공주^{사이네스}의 모습은 나처럼 불경한 자의 눈에도 성스럽게 비쳤다.

아무래도 내 여동생은, 정말로── 정말로 훌륭하게 자란 걸 지도 모른다.

내가 잠시 키웠던 그 꼬맹이의 모습은 이미 온데간데없었다.

그곳에 있는 건 그레시아의 무녀 공주이자 마의공주인──.

내가 몸도 마음도 사랑하는 소녀였다.

에필로그

그레시아의 중심, 성도——.

성기사의 반란이 진압된 지도 열흘이 지났고, 도시는 예전과 같은 활기를 되찾았다.

리샤는 결국 성기사단과 주변 국가 연합군의 포위망을 억지로 돌파하고 탈출하던 와중에 마스디니아 군과 합류했다.

그러고는 즉시 되돌아와 순식간에 연합군을 격파했고, 주변 국가들이 파병했던 군대는 각자의 나라로 도망쳐 들어갔다.

현재 그레시아는 그러한 국가들과 대립각을 세울 생각은 없어 보였다.

그래도 무녀 공주^{사이네스}에 대한 반역을 거들었다가 실패했으니, 다른 나라들을 지나치게 자극하지 않을 정도의 응보는 받을 테지만 말이다.

어쩌면 루피아도 그 복수에 협력할지도 모른다.

우두머리를 잃은 성기사단 대부분은 무녀 공주에 항복했고 일부 장교가 구속되었다. 그래도 성기사단은 그레시아의 정규군인 이상 그리 간단히 해산시킬 수는 없는 노릇이다.

다만 오귀스트가 죽고 공석이 된 단장 자리를 포함해 군 상층부에는 무녀 공주의 의향이 강하게 반영된 인사 조치가 단행될 것이다.

무녀 공주가 사랑하는 사람의 정체^{사이네스}에 관해서는 아직까지도 국민들에게 들키지 않은 모양이었다.

한바탕 소동은 일어났지만 무녀 공주의 배후에는 마스디니아가 버티고 있다.

대신전의 시끄러운 신관과 국민들이 다소 반발해 봤자, 어차피 마스디니아의 무력 앞에서는 아무런 의미도 없었다.

역시 힘이 최고란 말이지.

그래도 한동안은 사건 뒤처리가 이어질 것이다.

그런 와중에 나는 뭘 하고 있는가 하면——.

"핫, 하앙, 냐아앙, 아앙, 냐앙…… 앗? 자, 잠깐, 왜 빼는 건데? 아, 아직 절정에 달하려면 한참 남았는데……. 버, 벌써 리샤 차례야?"

"금방 또 해 줄 테니까 조금만 기다려, 루피아."

본전의 가장 안쪽, 끝내 내가 접근하지 못했었던 무녀 공주의 거처——.

지금은 한밤중으로, 경비를 서는 무녀들도 떨어진 곳에서 대기하는 중이었다.

무녀 공주의 거처에는 거대한 제단이 마련되어 있었다. 이곳은 무녀 공주와 그녀의 허락을 받은 자 외에는 아무도 출입할 수 없는 성역이었다.

그리고 성역의 벽에 손을 짚은 채 새하얀 엉덩이를 나에게 내밀고 있는 사람은 루피와 리샤, 그리고 라크시알, 이 세 사람이 었다.

신조차 두려워하지 않는 나는 이 신성한 곳에서 섹스하느라 여념이 없었다.

어디 벌을 내릴 거면 한번 내려 보라지. 나는 어디까지나 사랑을 전하고 있는 거니 비난받을 이유도 없고 말이다.

"하으응…… 아, 아앗, 또 들어왔어요……. 응, 하응, 아앙!"

나는 루피아의 안에서 뽑아낸 내 물건을 이번에는 리샤의 안에다 박아 넣었다.

리샤의 엉덩이를 붙잡고 허리를 흔들며 그녀의 안을 실컷 맛보았다. 아아, 역시 이 순진한 공주의 질 안은 정말로 기분 좋단 말이지.

내가 허리를 움직일 때마다 리샤의 그 커다란 가슴이 출렁거리고 있는 모습이 내 눈에 들어왔다.

"하앙, 앗, 잠깐…… 가슴을 너무 그렇게 세게 움켜쥐면…… 아아앙!"

나는 참지 못하고 뒤에서 그 가슴을 움켜쥐고 마구 주무르면서, 허리를 마구 흔들어 댔다.

리샤의 안에서 흘러나온 애액이 사방으로 튀며 바닥에 떨어졌다.

"이, 이보거라…… 이젠 슬슬 내 차례가 아니더냐. 리샤는 요전번에 군을 잠시 지휘한 게 전부였으니, 상을 내릴 거면 1등 아니겠느냐!"

"뭐, 뭔가요……. 생색 낼 생각은 없지만, 라크시알의 희병들도 내가 지켰단 말이에요……. 하웃, 으응! 아앙, 더 세게 박아 주세요……!"

리샤 옆에서 마찬가지로 나에게 엉덩이를 내밀고 있는 라크시알한테는 아직 삽입하지 않은 상태였다.

그런데도 이미 음부에서는 애액이 흘러 떨어지고 있었다. 얼른 내 물건에 박히고 싶어서 한껏 안달이 난 모양이었다.

"그럼, 이번에는 라크시알에게…… 오, 역시 엘프의 여긴 조임이 다르군."

"아으응, 앗…… 시드 공의…… 아응, 내 안을 넓히며 안쪽까지 들어오고 있구나……. 하앗, 배 안쪽까지 징징 울리고 있어…… 아앗, 아아아아아아앙!"

이제 막 삽입했을 뿐인데 라크시알은 등을 활처럼 휘며 절정에 달했다.

이 순진한 엘프도 참 야하단 말이지. 원래 이렇게 몸이 민감했었나?

"자, 잠깐, 시드. 그 엘프는 이제 그만 됐고, 이번엔 내 차례야……! 가슴도 안쪽도, 내 몸을 마음대로 해도 좋으니까……!"

"저, 저도 괜찮아요. 첫 번째 사정은 제 안에다── 하, 하셔도, 그…… 용서할 테니까요…….."

"…………."

극상의 미소녀인 세 마의공주가 내 앞에서 나란히 엉덩이를 늘어놓은 상태에서 한 명씩 맛보기.

이 행복은 몇 번을 경험해도 참을 수 없단 말이지. 삽입해서 잠시 맛을 보다가 뺀 다음, 다른 여자애한테 삽입해서 그 맛을 보고 나면 다시 다음 여자애한테—— 이런 자극적인 행복은 아마 영영 익숙해지지 않을 것이다.

나는 뒤에서 마의공주들에게 내 물건을 실컷 박아 댄 다음, 한 명당 한 발씩 사정해 주었다. 그리고——.

"저, 정말이지, 걸핏하면 이런 거나 시키네요……. 이래 봬도 전 공주란 말이에요."

"어머나, 난 괜찮은데? 그냥 리샤 네가 자기 가슴에 자신감이 없어서 그런 거 아니니?"

"하하, 너희 둘 다 모두 나한테는 상대가 안 되느니라. 같은 패배자끼리 사이좋게 지내는 게 어떻겠느냐!"

이번에는 성역 안으로 들여온 침대 위에 앉아 세 사람의 가슴에다 내 물건을 끼운 뒤, 삼중 유협봉사를 받는 중이었다.

세 사람은 내 물건을 자신의 가슴으로 문질러 주거나 유두로 꾹 눌러 주었다.

아아, 최고로 부드러운 가슴에 둘러싸이다니—— 이만한 쾌감도 찾아보기 힘들 것이다!

"응, 으응…… 으으, 시드 공의 그것이 내 가슴 사이에서 날뛰고 있구나……!"

"정말로 팔팔하단 말이지. 아응, 움찔 튀어 오르고 있잖아. 하지만…… 좀 납득이 안 가네. 우리 아직 한 번씩밖에 못 해 봤는데."

"유감스럽지만 이번엔 저도 루피아와 같은 의견이에요. 앗,
살짝 흘러나오고 있네요……. 으읏, 이런 부끄러운 짓을 시켜
놓고선 우리는 뒤 순위로 밀려났으니까 말이에요……."

라크시알은 파이즈리를 해 주느라 여념이 없었지만, 루피아
와 리샤는 나를 째려보았다.

그러고 나서 두 사람은 다른 쪽으로 시선을 돌렸다.

성역에 설치된 거대한 제단에 이리야와 샤미가 몸을 기댄 채
휴식을 취하는 중이었다.

이리야는 메이드복 앞섶을 벌리고 있었고, 샤미는 저번의 그
망토만 걸치고 있는 모습이었다.

두 사람 모두 온몸이 희멀건 액체로 범벅이 되어 있었고, 음부
에서도 정액이 끈적하게 흘러나오고 있었다.

"제가 본 바로는, 이리야한테는 안에다 네 번, 입에다 두 번이
나 사정해 줬다니까요."

"흡혈귀한테는 안에다 사정한 건 두 번이지만, 파이즈리를 집
요하리만큼 받고 나서 아마 다섯 번은 사정하지 않았을까 싶어.
저 가슴이 무척이나 마음에 들었나 봐, 시드."

"뭐, 뭐어 그렇긴 하지만……. 그래도 전체 합계로 따지면 너
네한테 훨씬 더 많이 사정해 줬잖아."

그렇다. 얘네 세 사람이랑 하기 전에 나는 이리야와 샤미와 몇
번이고 했었다.

그렇지만 요 열흘 동안 내가 가장 많이 해 준 건 메이드와 흡혈
귀일지도 모르겠군.

왜냐하면 마의공주들은 이번 사건의 뒤처리와 엮여 있는 몸이 었기에 낮에는 바빴다.

반면 나와 메이드, 흡혈귀는 딱히 할 일도 없었기에 대낮부터 실컷 즐겼다.

물론 라나를 비롯해 그날 밤에 내 품에 품었던 여러 무녀들 또한 내가 책임지고 귀여워해 주었다. 라나가 내 물건을 물고 빨며 깨워 주는 아침은 최고였지.

"너희랑도 실컷 해 줄테니 걱정 마── 앗, 나올 것 같아!"

"꺄악, 이렇게나 많이 사정하다니……! 너, 너무 많이 나오는 거 아니에요……? 아앙, 제 가슴에 뜨거운 게……!"

"냐아아앙, 시드…… 이미 우리 안에다 그렇게나 잔뜩 사정해 놓고선. 예나 지금이나 엄청 절륜하네……!"

"내, 내 파이즈리가 엄청 기분 좋았나 보구나! 내 가슴에 하얗고 끈적끈적한 게 잔뜩 묻었지 않느냐……!"

세 마의공주의 가지런한 얼굴과 그 커다란 가슴에는 내가 토해 낸 희멀건 액체가 잔뜩 묻어 있었다.

역시 셋이서 즐기는 파이즈리는 자극이 엄청 강렬하단 말이지. 너무 흥분한 탓에 엄청난 양을 사정하고 말았다. 가슴과 얼굴이 내 정액으로 범벅이 된 세 사람의 모습은 무진장 꼴렸다.

"……우으, 오라버니. 그쪽이랑 하는 것도 좋지만, 내 존재를 잊고 있는 거 아니야?"

내가 사정의 쾌감에 몸을 떨고 있는데, 갑자기 옆에서 뻗어 나온 손이 내 뺨을 잡아당겼다.

물론 내 옆에 있는 사람은 파린이었다.

그녀는 밤낮을 가리지 않고 바쁜 몸이었기에, 요 열흘 동안은 나하고 거의 하지 못했다.

오늘 밤에는 드디어 좀 여유가 생겼기에 이렇게 나랑 같이 있었다.

"내가 탑에서 선언했던 내용에 대한 변명이라든가, 성기사단의 인사 조치 때문에 매일같이 바빠 죽겠는데! 여동생도 좀 보살펴 줘야 하는 거 아니야?!"

"아, 알았어, 파린."

나는 세 사람에게서 몸을 뗀 뒤, 성역에 깔린 두꺼운 융단 위에 파린을 눕혔다.

그리고 나서 법의를 벗긴 뒤, 몇 번을 봐도 훌륭한 그 아름다운 가슴을 부드럽게 주물렀다.

"아앙, 오라버니는 내 가슴이 제일 마음에 들지? 웃, 아앙, 부드럽게 해 주는 거, 너무 좋아……."

"……무녀 공주 예하한테만 이상하리만큼 약한 건 역시 제 기분 탓이 아닌 거 맞죠?"

"내가 본 바로는, 무녀 공주와는 몇 번이나 계속해서 해도 시드 공의 흥분이 조금도 잦아들지 않은 것처럼 보이더구나."

"설마 나 천희보다도, 저 아이의 몸이 더 좋은 건 아니겠지? 여동생이 저리도 좋을까."

"……주인님은 좀 더 이리야의 응석을 받아 줘야 해."

"내 파린을 마음껏 농락하다니……. 하지만 신기하게도 피

맛은 떨어지기는커녕 오히려 맛있어졌구나……. 내가 뭐라 할 입장은 아닌 걸지도 모르지만…… 내 처녀를 그만큼 몇 번이고 빼앗아 간 주제에, 파린 쪽을 더 마음에 들어 하는 건 아무리 생각해 봐도 납득이 안 가는구나!"

——네 사람의 미소녀와 한 사람의 미녀는 나에게 불만이 가득한 모양이었다.

그중에서도 나와 마찬가지로 파린을 여동생으로 여기는 흡혈귀는 더더욱 말이다.

역시 불만을 풀어 주려면—— 답은 성교밖에 없겠군! 실컷 하고 또 해서 모두의 불만을 해소시켜 줄 수밖에 없겠어!

"지금 속으로 무슨 생각하고 있는지는 대충 알겠지만, 그래도 나랑 진하게 해 줬으면 좋겠어."

"그, 그래."

나는 배면 좌위 체위로 파린에게 내 물건을 박아 넣은 뒤, 양손을 붙잡고 허리를 움직이기 시작했다.

오오, 간만에 맛보는 파린의 부드러운 질 안쪽—— 이 쾌감도 또 각별하단 말이지!

"읏, 아앗…… 오라버니, 오라버니랑 하나가 되는 거, 역시나 기뻐…… 아앙, 읏, 오라버니, 여동생의 음란한 그곳을, 더더욱 휘저어 줘……! 아아앙, 좋아, 이제 일 따윈 내팽개치고, 계속 이대로 있고 싶어……!"

"나도 그러고 싶은 마음은 굴뚝같지만, 그럴 수도 없는 노릇 아니겠어? 저번에 본전에서 일하는 무녀가 무녀 공주의 정권^{사이네스}은

반석 같다고 하던데? 사랑의 선언이 오히려 좋은 결과를 불러 왔다면서 말이야."

"웃, 하앙…… 그런 것 같긴 하지만……. 그나저나, 그 무녀 하고는 대체 무슨 짓을 했으려나?"

"어, 어음……."

나에게 가르쳐 준 사람은 라나였는데, 물론 얘기 듣는 김에 이 것저것 했었지.

아니, 그 아이는 구강봉사^{펠라티오}뿐만 아니라, 몸도 무진장 기분 좋았 다고!

"뭐, 상관없지만……. 근데 사실 오라버니야 말로 여러모로 큰일 아니야?"

"……그런가?"

남방 지역의 세 나라는 이제 내 수중에 있는 거나 마찬가지라 고 한다. 그건 좀 과장이 아닐까 싶었지만 말이다.

다만 대륙에 최대의 종교 국가마저 내가 사랑하는 여자애가 지배하고 있다──.

마스디니아의 군사력과 그레시아의 종교적 권위.

물론 아티나나 엘프 연합도 독립한 국가니까 그 힘은 결코 만 만하다고는 할 수 없지만 말이다.

으음, 혹시 난 정말로 엄청난 걸 짊어지게 된 걸까?

"아아앙, 고민하면서 안쪽 끝까지 박아 대고 있잖아……. 오 라버니는 내 몸을 너무 좋아해서 탈이라니깐……. 이렇게 당하 다 보면 난 오라버니가 더더욱 좋아질 수밖에 없는데……."

그야 뭐, 파린의 질 안이 너무나도 기분 좋으니까 도저히 멈출 수가 없는 걸 어쩌겠어.

"뭐, 나라 따윈 필요 없긴 하지만, 그래도 이번 일을 통해 힘이 필요하다는 건 이해했으니까 말이지——."

"……오라버니, 정말 마의공주 52명 전부를 공략할 생각이야?"

"그야 물론이지. 하지만—— 지금은 온 힘을 다해 널 사랑해줄게."

"……응, 오라버니. 난 10년이나 기다렸으니까 앞으로도 더 많이 사랑받고 싶어."

"그래, 나도 너랑 더 많이 하고 싶어."

나는 고개를 끄덕인 뒤, 뒤에서 파린을 끌어안은 채 내 물건을 한층 더 깊숙이 박아 넣었다.

마의공주 52명 전원을 공략하는 건 남방 지역 세 나라와 그레시아의 지원이 있다면 더 이상 꿈은 아닐 테지——.

하지만 지금은 이곳에 있는 사랑하는 여동생과, 사랑하는 여자애들과 실컷 즐기기로 하자.

날이 밝고 아침이 오고—— 또다시 밤이 찾아 와도 그녀들과 계속해서 사랑을 나누도록 하자.

후기

오랜만에 뵙습니다, 카가미 유입니다.

그나저나 정말로 오래 기다리게 해 드려서 죄송합니다…….

여러분 덕분에 1권 매상이 좋아서 후속권 발매도 금세 정해졌습니다만, 이런 저런 사정이 있어서 제법 시간이 걸리고 말았습니다.

다만 기다리게 해 드린 만큼 내용은 더 충실해졌습니다. —— 아마도요.

그러고 보니 1권은 약간 떠들썩한 작품이 되고 말았습니다.

아, 그것 때문에 문제가 되어서 발매가 지연된 건 아닙니다.(웃음)

야하다는 건 부정하지 않겠습니다만 (당연히), 이 작품은 사랑과 평화가 테마인 작품이니까 말이죠. 문제 될 건 하나도 없고말고요.

야한 작품을 쓰는 것에 어떻게 생각하느냐, 같은 얘기도 나왔습니다만.

개인적으로 망설일 건 전혀 없다고 보네요.

그야 뭐, 19금 게임 시나리오를 줄곧 집필해 온 몸이기도 하고, "어~? 난 야한 건 안 쓰는데(우물쭈물)" 같은 소리를 했다간 좀 찔리니까 말이죠.

이것 또한 어엿한 엔터테인먼트이기도 하고, 적어도 쓰고 있는 쪽에서는 단순히 야한 작품이라고 생각하지 않고 말이죠.

지난 권 후기에서도 살짝 말씀 드렸습니다만, 역시나 일단은 캐릭터가 있고 난 다음에 야한 것도 있어야 한다고 봅니다.

독자 여러분께서 '이 여자애의 야한 모습을 보고 싶다!' 라는 생각이 들지 않으신다면 그냥 정사 신만 주욱 나열되는 것에 지나지 않으니까 말이죠.

물론 이 작품의 히로인들은 하나같이 귀엽고말고요!

이번 권에 등장한 새 캐릭터는 무표정 하프 엘프, 요염한 뱀파이어, 절대불가침 무녀로, 귀여움과 에로함을 동시에 가진 여자애밖에 없지 않았나 싶네요.

역시나 모처럼 집필하는 판타지 작품이기에 다양한 종족, 직업을 가진 여자애를 등장시키는 건 기본이라 할 수 있죠.

게다가 그 여자애들과 그렇고 그런 걸 할 수 있다면 꿈도 넓어지는 법이죠. 어쩌면 작자가 가장 즐기고 있을지도 모릅니다 (웃음).

물론 19금 게임 시나리오를 집필할 때와는 사정이 사뭇 달랐습니다.

군이 따지자면, 소설 쪽이 자유도는 더 높다고나 할까요.

기본적으로 19금 게임 시나리오는 먼저 이벤트 신을 지정하고 나서 텍스트를 씁니다. 시나리오와 그림이 동시에 진행된다고 할 수 있죠.

그렇기에 시나리오 집필 단계에 접어들면 맨 처음에 지정한 그림과 차이가 큰 신은 쓸 수 없습니다.

지정된 건 '주인공의 방에서 두 사람 모두 교복을 입고 첫 경험을 한다.'로 되어 있는데, 실제 텍스트가 '공원에서 히로인은 학교 수영복을 입고 첫 경험을 한다.'와 같은 전개로 이어지면 안 되는 것이죠.

소설의 경우, 거의 틀림없이 문장 쪽이 먼저이기에 플롯과 다른 내용이 나와도 큰 문제는 없습니다.

실제로 '섹스 판타지' 1권의 에로 신은 플롯과 사뭇 달랐고 말이죠. 담당 편집자님께서 무슨 생각을 하셨을지는 모르겠네요(웃음).

아니, 저도 대체 무슨 소릴 하고 있는 건지 원.

후기 페이지가 많으면 저도 모르게 잡담만 늘어놓게 된단 말이죠…….

뭐, 1권에 이어 2권도 '섹스 판타지'라는 제목에 부끄럽지 않을 내용이라고 생각하고 잇씁니다.

참고로 이 제목을 지은 사람은 담당 편집자님이십니다.

제가 지었다면 담당 편집자님의 편집자 생활이 위험할 수준의 제목이 나왔겠지만, 제목을 짓는 게 담당 편집자님이시면 문제될 건 없죠. 참으로 다행이군요.

그리고 은근슬쩍 끼워 넣어서 죄송합니다만, 본 작품과 마찬가지로 노벨 제로를 통해 '섹스 컴퍼니'라는 작품도 발매되었습니다.
세계관이 같은 건 아니지만, 이쪽도 귀여운 히로인들과 진하게 야한 짓을 하는 내용으로 구성되어 있습니다. 괜찮으시다면 이쪽도 잘 부탁드립니다!

이번에도 일러스트를 담당해 주신 시오콘부 선생님, 이번에 각기 다른 새 캐릭터 세 사람을 정말로 귀엽고 에로하게 그려 주셔서 진심으로 감사드립니다! 표지에서 의기양양한 표정을 짓는 시드 군도 마음에 듭니다.
담당 편집자님, 이번에도 여러모로 폐를 끼쳐드려서 정말로 죄송합니다!
이 책의 제작 및 판매에 관여해 주신 여러분들께도 감사 말씀 드립니다.
그리고 무엇보다도 독자 여러분께 최대급의 감사 말씀 올리겠습니다!
그럼, 다음에 또 만났으면 좋겠군요.

카가미 유

SEX FANTASY 2

2022년 06월 15일 제1판 인쇄
2022년 06월 25일 제1판 발행

지음 카가미 유 | **일러스트** 시오콘부

옮김 ruleeZ

발행 영상출판미디어(주)
등록번호 제 2002-000003호
주소 21315 인천광역시 부평구 부평대로 283 A동 702호
전화 032-505-2973(代) | **FAX** 032-505-2982

ISBN 979-11-380-1445-8
ISBN 979-11-380-1059-7 (세트)

SEX FANTASY Vol.2 IMOUTO MIKO TO NORA MAID
©Yu Kagami 2018
First published in Japan in 2018 by KADOKAWA CORPORATION, Tokyo.
Korean translation rights arranged with KADOKAWA CORPORATION, Tokyo.

※ 잘못된 책은 구입처에서 교환하여 드립니다.

NIGHT NOVEL 나이트노벨(NIGHT NOVEL)은 영상출판미디어(주)의 남성향 라이트노벨 및 관련서적 브랜드입니다.